Le palais des Cosaques perdus

Nederlands letterenfonds
dutch foundation for literature

Cette publication a été rendue possible grâce au soutien financier de la Fondation néerlandaise pour la littérature et du Centre national du livre.

Titre original : *Aleksandra*

Le bruit du monde
68, rue de Rome
13006 Marseille
contact@lebruitdumonde.com

ISBN 978-2-493206-40-4
Dépôt légal : avril 2023

Lisa Weeda

Le palais des Cosaques perdus

Traduit du néerlandais par Emmanuelle Tardif

Roman

le bruit du monde

NOTE À L'INTENTION DES LECTEURS

En arrivant aux Pays-Bas, ma grand-mère a opté pour le diminutif masculin Sacha, car le surnom habituel d'Aleksandra, Choura, se prêtait à de mauvaises plaisanteries en néerlandais.

Nastia est le diminutif d'Anastasiia, sœur aînée d'Aleksandra.

Kolia, ou Kolya, est le diminutif de Nikolaï. Dans ce roman, il est question de trois Nikolaï : le plus âgé conserve ce prénom, son fils se nomme Kolia et le plus jeune est systématiquement appelé Kolya.

En ukrainien, le nom complet d'une personne à l'état civil se compose généralement du prénom, du patronyme formé sur le prénom du père et enfin du nom de famille. Ces deux derniers prennent un suffixe différent selon le sexe. Ainsi, le nom de famille de mon arrière-grand-père est Krasnov et celui de ma grand-mère Krasnova.

De 1935 à 1958 et de 1970 à 1990, la ville de Lougansk s'appelait Vorochilovgrad.

Pour l'arbre généalogique, voir p. 340-341 ; pour la carte, voir p. 339.

À ma grand-mère Aleksandra

« And these are the trenches?
– Yeah, these are the trenches. The final trenches of Europe. »

Reportage « Ukraine (2/2) » de l'émission *Reizen Waes*, diffusé à la télévision flamande VRT en février 2019.

« Je prends sur moi la liberté de dire que nous avons laissé passer la chance qui nous a été donnée dans les années quatre-vingt-dix. En réponse à la question "Que devons-nous être, un pays fort, ou bien un pays digne où il fasse bon vivre ?", nous avons choisi la première option : un pays fort. Nous voilà revenus au temps de la force. Les Russes font la guerre aux Ukrainiens. À leurs frères. Mon père est biélorusse et ma mère ukrainienne. C'est le cas pour beaucoup de gens. [...] Le temps de l'espoir a été remplacé par le temps de la peur. Le temps est revenu en arrière… »

Discours de Svetlana Alexievitch,
lauréate du prix Nobel de littérature 2015.
Traduction : Sophie Benech.

À LA FRONTIÈRE ENTRE L'UKRAINE ET LA RÉPUBLIQUE POPULAIRE DE LOUGANSK

Août 2018

J'ai beau décliner le prénom d'Aleksandra, son patronyme Nikolaïevna et son nom de famille Krasnova, on ne m'autorise pas à franchir le poste de contrôle. Je reprends mon passeport et désigne le pont vers Lougansk :

« Lorsqu'ils l'ont forcée à quitter cette ville pour aller travailler en Allemagne, ça s'appelait encore Vorochilovgrad. »

Le jeune soldat ukrainien, qui vient de laisser passer tous les gens devant moi, fait glisser son fusil dans son dos et croise les bras. Le pont ressemble à un tronc d'arbre fendu en longueur au-dessus de la rivière qui sépare la République populaire du territoire ukrainien, sur lequel je me trouve. Inutile de s'approcher pour voir que la structure en bois qui sert de rampe d'accès au pont défoncé, depuis déjà près de quatre ans, n'est pas des plus solides.

« C'est truffé de mines, ça tire dans tous les sens, il y des bombardements la nuit, grommelle le garde-frontière.

– On m'a prévenue.

– Qui ça, on ?

– Ma grand-mère. Et sa sœur Nina, qui vit par ici – vous la connaissez peut-être ? Ma grand-tante d'Odessa, aussi. Et son fils. Ils m'ont tous dit : tu es folle. »

Le jeune soldat refait non de la tête.

« Alors comme ça, ta mémé chérie qui t'aime, enfin j'espère, elle t'envoie en pleine zone de combat. Elle ne serait pas un peu cinglée, par hasard ?

– Il faut que j'aille là-bas, elle me l'a demandé.

– Il faut beaucoup plus que ça en ce moment... Les papiers, c'est bien, mais t'es toute seule. Trouve-toi un fixeur, quelqu'un pour t'accompagner.

– Mes cousines habitent Lougansk. Tenez, j'ai leur numéro de téléphone. »

Je lui flanque mon portable sous le nez et je fais défiler les contacts jusqu'à ce qu'apparaissent les noms d'Ira et de Ioulya. Il croise un peu plus les bras contre sa poitrine, froissant légèrement l'emblème jaune et bleu cousu sur sa manche.

« Désolé, ma grande. »

Le visage aussi grave que possible, j'extrais de mon sac un long rectangle de lin et le montre au militaire.

« Cette toile a presque un siècle. Elle a parcouru des milliers de kilomètres. Vous ne pouvez pas lui refuser son dernier voyage de retour... »

Le lin blanc est brodé de lignes noires et rouges. Des fleurs en fil bleu, rouge et noir ornent les bordures. Je pose mon index dessus :

« Vous voyez cette ligne qui s'arrête en 2015, et le prénom Kolya, au-dessus ? C'est sur sa tombe que ma cinglée de grand-mère m'a demandé d'aller déposer la toile, pour refermer le temps. Sinon, il est perdu. »

Le soldat me regarde plier le tissu avec lenteur. D'abord en deux, puis encore en deux, jusqu'à ce qu'il ne reste dans mes mains qu'un petit carré. Je le replace précautionneusement dans mon sac. J'essaie de dramatiser ce geste au maximum, en prenant mon temps, comme si c'était l'objet le plus important du monde.

« Laissez-moi juste faire le bout de chemin qui reste. Quelques jours seulement et après je repars. »

Je fouille à nouveau dans mon sac et en ressors ma dernière carte : la vieille photo d'Aleksandra, mon ultime argument pour le convaincre. Je la tends tout près de son visage, de sorte qu'il n'ait pas d'autre choix que de regarder. Aleksandra le fixe. Elle se tient entre ses cousines Niouchka et Douchka, emmenées de force tout comme elle pendant la guerre.

« Bon sang, murmure le militaire en levant les yeux au ciel.

– Les autres photos qui dataient de sa jeunesse sont toutes parties en fumée. J'ai essayé d'en savoir plus, ma mère aussi s'est renseignée : personne dans la famille n'a plus quoi que ce soit. Tout a disparu. Brûlé. Par les Allemands. »

Il attrape la photo et la tient à côté de ma joue, ferme un œil, m'observe, puis retourne à la photo. Je pince les lèvres comme Aleksandra et plisse légèrement les yeux. Aurais-je dû tresser mes cheveux hirsutes et les nouer en couronne ?

« Effectivement, il y a comme un air de famille. À part les cheveux...

– Pfff, c'est nul. Vraiment trop nul. »

Je lui arrache la photo des mains et la replonge vivement dans mon sac. Mes talents de comédienne s'arrêtent là. Si seulement je possédais en moi plus de fougue, la fougue de mes grand-tantes ukrainiennes, capables d'engueuler quelqu'un à l'infini sans faire de pause...

J'essaie de prendre un ton cassant :

« Laissez-moi passer. »

La vieille dame derrière moi se met à soupirer avec insistance. Elle pose ses sacs de courses à terre en râlant et me demande combien de temps encore va durer ce cinéma. Tandis qu'elle parle, ses canines en or resplendissent au soleil.

« Ça suffit, décide le soldat, et il me chasse d'un revers de la main. Sors de cette file. Parce que là-bas, après le drapeau ukrainien, de l'autre côté du pont, c'est pas ton passeport qui va te protéger, pas plus que ton bout de chiffon et ta photo à faire pleurer dans les chaumières.

– Mais j'ai promis ! Laissez-moi passer, comme ça vous serez débarrassé de moi.

– Non, répond-il fermement. Il y a plein de gens qui veulent passer, des gens qui doivent vraiment rentrer à la maison. Qui vivent ici. »

La femme approuve d'un air revêche :

« Des gens comme moi, par exemple. Toi, tu n'as rien à faire dans le coin. Reviens quand la guerre sera finie. Ton cousin mort n'est pas près de bouger, fais-moi confiance. Allez hop, pousse-toi de là, j'ai encore une sacrée trotte pour rentrer chez moi, et après ça, faut en plus que je fasse la cuisine !

– Je ne pourrais pas venir avec vous ? Dès qu'on sera à Lougansk, j'appelle ma famille et je vous laisse tranquille.

– Et si ça ne répond pas ? Tu restes avec moi ? Quatre ans que je passe toutes les nuits à la cave ! Tu penses qu'on va tenir à deux dans mon petit lit d'une place ? Tu veux que je te raconte des histoires du bon vieux temps jusqu'à ce que tu t'endormes ?

– Vos papiers, madame, lui demande le militaire en tendant la main.

– Oui, oui... »

La femme me gratifie d'un sifflement agacé avant de poser ses sacs en plastique sur une longue table. De son soutien-gorge, elle extrait un passeport ukrainien et un passeport de la République populaire de Lougansk. Le militaire la dévisage, puis examine les photos d'identité. Ensuite, il ouvre les sacs un à un. Il n'est pas beaucoup plus vieux que moi, finalement. Ses mains farfouillent entre les provisions : des bocaux de cornichons, des briques de lait, des slips en imprimé fleuri, des collants sous cellophane, un brocoli, un artichaut, des conserves de haricots, des saucisses industrielles, des petites boîtes de sardines, des gobelets en plastique à rayures jaunes et bleues, un pain noir, des assiettes jetables à décor de fleurs rose vif.

« La raison de votre séjour en Ukraine ?

– Pension de retraite. Légumes. Pain, bas nylon. Et quelques culottes neuves.

– Qu'est-ce que vous venez faire ici ?

– Oh là, mon garçon, tu devrais me reconnaître, depuis le temps ! Tu pourrais aussi me porter de l'autre côté du pont, jusque chez moi, hein ? Dans tes gros bras musclés qui ne font que tenir des petits passeports légers à longueur de journée.

– Madame, vous...

– J'en ai marre. Tellement marre... Tu n'en as pas marre, toi ? De ces petits jeux, de tout ce cirque...

– Madame, s'il vous plaît, c'est vous qui bloquez la file, maintenant. Et vous savez très bien qu'on fait plus que le contrôle des passeports.

– C'est ça, oui, de ce côté-là ! »

Elle se retourne, vers l'Ukraine, et ricane :

« Quelle farce... Tout le monde ici s'amuse à jouer les gardes-frontières. Mais depuis le temps que je vis dans le coin, il n'y a strictement rien de changé. »

J'interromps son caquetage :

« Emmenez-moi donc... Ma grand-mère a grandi tout près, elle est née dans un village à la frontière avec la Russie, vous le connaissez peut-être. »

Je reprends mon téléphone pour lui montrer la carte.

« Oh, s'écrie la femme, ta grand-mère est du pays ! Alors ça change tout, bien sûr ! »

Elle remet ses passeports à l'abri et empoigne ses sacs de courses d'un seul mouvement.

« On ne la visite pas, cette terre de malheur où ta grand-mère est née, c'est trop dangereux. Bon, allez, au revoir ! *Do svidania !* »

Elle pousse ostensiblement ses sacs de courses contre mon ventre, m'obligeant ainsi à reculer d'un pas, passe en force devant moi et franchit le poste-frontière en marchant aussi dignement que possible sur ses talons en plastique bleu à paillettes. D'un ton bourru, elle salue les cinq soldats qui patrouillent de ce côté-ci du pont, prêts à intervenir. Elle progresse à vive allure sur le macadam fumant. Sa robe à fleurs lui donne peu à peu l'apparence d'une tache multicolore qui s'éloigne vers la rampe d'accès. J'attrape mon sac à dos et fais demi-tour.

« Bon ben tant pis, alors. »

Je me suis exprimée assez fort pour que le soldat m'entende.

« C'est ça, vas-y », bougonne-t-il.

Je reprends la direction de l'Ukraine. De part et d'autre, la terre est d'or. Les blés se balancent au gré du vent. À l'horizon, des usines exhalent de fins panaches blancs qui découpent le ciel d'azur en morceaux. Une détonation retentit dans le lointain. Puis deux autres, puis quatre, de plus en plus rapprochées. Ça tire des deux côtés, à l'est et à l'ouest. Effrayée, je sursaute et braque mon regard sur les gens qui attendent au checkpoint, pour voir s'ils réagissent comme moi. Des vieillards, des hommes et des femmes qui ont l'âge de mes parents, une demi-douzaine de jeunes : aucun d'eux ne bronche. Ils font défiler d'un doigt l'écran de leur téléphone et transfèrent le poids de leur corps d'une jambe sur l'autre. L'écho de la mitraille s'estompe au-dessus des champs. Pendant que j'essaie de suivre le son qui décroît, une voiture s'approche dans un bruit de ferraille et stoppe derrière la file d'attente. C'est un vieux modèle Zaporojets, tout en angles, fait de bric et de broc : la portière arrière gauche n'est pas blanche, comme le reste de la carrosserie, mais rouge. Un homme descend, jette un coup d'œil à sa montre en argent, puis au groupe qui patiente sous l'abri de panneaux d'aggloméré. Hochant la tête d'un air satisfait, il se penche par la vitre encore ouverte pour parler au conducteur. Ensuite, il pénètre dans le champ de blé. La voiture fait plusieurs manœuvres laborieuses avant de repartir sur la route empoussiérée.

« Holà, attendez une seconde. »

Le soldat restitue en vitesse son passeport à une jeune fille. Il va au bout de la queue voir ce qui se passe. Tout le monde se tait, les gens abaissent leur portable. On se tourne vers l'homme qui s'enfonce dans les blés, d'abord jusqu'à la taille, puis jusqu'aux épaules et enfin jusqu'au sommet du crâne.

« Il y a quelqu'un là-dedans ? aboie le militaire à l'intention d'un adolescent dégingandé, qui, de peur, se recroqueville.

– J'crois qu'il est allé pisser.

– Putain, quel imbécile ! »

Il se précipite à la lisière du champ, où s'est ouvert un passage étroit. Il n'a pas le temps de poser un pied sur la terre noire qu'une mélodie de téléphone éclate entre les épis de blé : *Mais pourquoi t'en vas-tuuuuuu ?* chante une voix voluptueuse. Elle efface tous les sons alentour. Chacun dans la file d'attente se tait et regarde.

« Allô ? » entend-on au milieu du champ.

Le blé ne bouge plus, la poussière est retombée. La terre se tient coite en prévision de ce qui va venir.

« Ah oui, bien sûr, logique », poursuit l'homme.

Le haut de sa tête oscille brièvement. Je vois une femme se détourner de la scène et fermer les yeux, comme si elle anticipait quelque chose. Il y a un étrange bruit de succion. Clac. Une déflagration gigantesque m'écrase les tympans. Épis et mottes de terre noire voltigent en tous sens. Le crâne de l'homme disparaît dans un nuage de fumée. Les gens de la file se baissent tous en même temps. À cause des sifflements dans mes oreilles, j'ai perdu le sens de l'orientation. Je vois les blés qui ondulent, et les soldats. Fusil d'assaut en joue, ils accourent vers le bas-côté, au plus près du point d'explosion. Ils parlent fort et en phrases courtes.

« Il est mort ?

– Mort de chez mort.

– Pas très malin, à cette heure-ci.

– Encore une belle connerie, les gars, une belle connerie. »

Ils se regroupent sur la chaussée poussiéreuse, le temps d'un conciliabule à voix basse.

« Restez où vous êtes ! lancent les soldats aux gens de la file d'attente. Personne ne bouge avant qu'on ait sécurisé le périmètre ! »

En colonne, ils entrent dans le champ, prêts à faire feu. L'un d'eux reste au bord pour surveiller le checkpoint. Un vieil homme se met à pleurer doucement. Ses voisins consultent leur montre ou leur téléphone, secouant la tête d'un air énervé.

« Non mais c'est pas bientôt fini, quelle bande de débiles ! » râle un garçon en maillot du FC Lougansk.

Il croise ses bras couverts de tatouages et regarde les casques militaires glisser au-dessus des épis de blé. Un soldat réclame une ambulance, à quoi un autre répond qu'une ambulance ne sert à rien, qu'ils feraient mieux de rassembler les membres épars et d'appeler la police locale. Je pose mon regard sur le pont au loin, puis sur la fille en tête de rang, qui est en train de téléphoner. La nacre de sa coque Swarovski scintille au soleil.

« Ben ouais, chuis en retard. Devine... Y a une pancarte en bord de champ, mais bon, c'est pas ça qui va les faire réfléchir, hein ! »

Entre-temps, tout le monde autour de moi s'est mis à passer des coups de fil. Je fais demi-tour. Tu es folle, je me dis, et je commence à piquer un sprint. Je passe le checkpoint à toute vitesse, slalome entre les blocs de béton sur la route qui mène au pont.

« Ne fais pas ça, gamine ! s'égosille un vieillard derrière moi. Ta grand-mère aurait honte de voir son pays dans cet état ! »

Je lève le bras sans ralentir l'allure et balaie son avertissement d'un revers de la main. Je ne peux pas m'arrêter, pas maintenant. Que se passera-t-il si je cesse de courir ? Quel pouvoir ont les soldats en cas de franchissement illégal de la frontière ? Tandis que se rapproche la terre natale de mon aïeule, je repense au jour où ma mère m'a téléphoné en pleurs et n'a prononcé qu'une seule phrase : « C'est Kolya, ils l'ont retrouvé. » Et je repense à Aleksandra, qui a plié devant moi le rectangle de lin en disant que Kolya en avait besoin plus qu'aucun d'entre nous, avant de me conseiller d'acheter un gilet pare-balles pour le mettre sous mon tee-shirt – ce que je n'ai pas fait et que je regrette, maintenant qu'un des militaires m'ordonne de revenir immédiatement.

« Personne n'ira chercher ton cadavre si ça tourne mal ! » hurle-t-il.

Je double la vieille femme en robe à fleurs et m'engage sur l'instable rampe de bois. Un bref instant, je revois ma grand-mère secouer tristement la tête dans son appartement au rez-de-chaussée d'une résidence séniors et j'oublie de regarder le revêtement déchiré du pont. L'abîme sur ma gauche m'attire presque dans le Donets, la rivière dont elle me parle tout le temps, où elle nageait enfant, où ma mère aussi a nagé lorsqu'elle est venue ici pour la première fois, cette rivière que je découvre moi-même à présent et qui m'inspire une pensée : si je tombe, c'est fini pour moi. Je me décale vers la droite, saisis le parapet et accélère sur l'asphalte crevassé. Parvenue au bout, j'amorce une descente malhabile sur l'autre rampe de bois, qui ne me paraît pas plus fiable que la première. Ce sont juste quelques planches auxquelles on a fixé des lattes pour éviter de dévaler la pente tout schuss.

« Quelle précipitation ! » s'étonne un homme qui vient à ma rencontre. Il traîne derrière lui un caddie aux roulettes usées. Chaque fois qu'il a réussi, d'une secousse, à faire passer le chariot à provisions au-dessus d'un tasseau, il s'arrête un instant. Sous les manches courtes de sa chemise hawaïenne s'étendent deux cercles de transpiration, il a soigneusement peigné ses cheveux sur le côté et dégage un parfum suave d'eau de Cologne. L'odeur me pique les narines.

« S'il vous plaît, monsieur... »

Je fais moi aussi une pause, les mains appuyées sur les genoux pour reprendre haleine.

« Le vieux cimetière, vous connaissez ?

– Celui de la rue Skhidnyi ? »

Je confirme d'un signe de tête.

« Tout droit, encore tout droit et puis sur la droite à un moment donné. Attention, c'est loin, à pied. Et quand tu seras en bas, ne te remets pas à courir, tu te ferais remarquer. »

Je le remercie et continue ma descente à petites foulées, croisant des hommes et des femmes d'un certain âge. Leur pas est lent. À la force des bras, ils tirent sur la fragile main courante. Ils s'épongent le front avec leurs mouchoirs fleuris, tout comme Aleksandra les jours de grande chaleur, lorsqu'elle prend le soleil dans son jardinet côté rue. Derrière eux, il y a une longue route pleine de trous. Aleksandra m'a dit que la rivière était à deux pas de la ville, mais face à cette ligne droite, au bout de laquelle on ne distingue que le checkpoint de la République populaire, je me pose la question : où commence au juste le Lougansk de sa jeunesse ?

« Hé, la miss ! Tu ne peux pas traverser comme ça ! »

Le soldat, qui s'approche à grandes enjambées, est déjà au milieu du pont. Ses bottes militaires retombent en chocs sourds sur l'asphalte.

« Vas-y quand même, cours ! » m'exhorte le type en chemise hawaïenne, d'un peu plus haut.

Il pose son caddie en travers de la rampe et fait semblant de chercher quelque chose. Il soulève le rabat, se met à sortir toutes sortes de provisions : des tomates, des pommes de terre, un melon.

« Ça ne le retiendra pas longtemps. Allez, grouille-toi ! *Davaï !* »

Je resserre les bretelles de mon sac à dos et prend appel sur la dernière latte. Je me reçois mal, dérape dans la poussière du talus. Les gens qui arrivent de la zone des conflits observent avec perplexité mes gesticulations maladroites.

« Barrez-lui la route, s'il vous plaît ! Je dois aller sur la tombe de mon oncle. »

Je jette un coup d'œil en arrière. Au moment précis où je me rends compte qu'il va aussi falloir passer le prochain poste de contrôle, j'entends une voix d'homme qui m'appelle, quelque part sur ma gauche.

« Par ici ! Dans ce champ ! »

Je traverse la chaussée au pas de course et dépasse un triangle rouge indiquant *« Danger, mines ! »*

« Oh, merde... »

Par-dessus les blés, je cherche la voix qui vient de m'apostropher.

« Continue de courir, mon enfant, tu y es presque ! Il ne t'arrivera rien. »

Les épis me fouettent le visage, font des marques sur mes bras, des stries rouges sur mes mollets. Je brasse devant moi comme une malade pour avoir au minimum un mètre de visibilité au sol. Et, histoire de toucher le moins de surface possible, je galope sur la pointe des pieds.

« Par où je dois aller ?

– Par ici ! »

J'ai à peine fait un pas vers la droite que mes orteils heurtent un bloc de pierre. Je perds l'équilibre et m'effondre contre un gigantesque escalier blanc.

DANS LE PALAIS DES COSAQUES PERDUS

De larges gradins de marbre s'étendent à ma gauche et à ma droite. Je me relève, puis grimpe les marches aussi vite que possible. Elles sont tellement hautes que je dois bondir de l'une à l'autre. Lorsque j'atteins, hors d'haleine, un perron monumental, je vois se dresser devant moi un immense édifice. Comme une pièce montée hystérique, une version étirée de la tour de Babel. L'ensemble se compose de cylindres superposés, six en tout, abritant peut-être une centaine d'étages. Au sommet : une statue de Lénine. Chaque cylindre est flanqué d'une colonnade et surmonté de statues – des personnages cinq fois plus grands que moi. Ils agitent des drapeaux et avancent avec détermination, j'aperçois des ouvriers, des enfants, de jeunes kolkhoziennes, des garçons tenant burins et marteaux. Ils portent des blouses et des pantalons de travail, des salopettes, des tabliers, des fichus, des casquettes. Lénine, qui fait à lui seul près de vingt étages, pointe son index au loin, vers le checkpoint ukrainien, du côté de l'Occident, à l'opposé de la zone de guerre, de la frontière avec la Russie. Je suis le prolongement de son doigt et découvre le casque du soldat qui bouge en lisière du champ de blé. Il est encore à mes trousses, celui-là ? Sous le péristyle du premier niveau, une porte à glissière s'ouvre en craquant.

« Hé, me souffle une voix, ne reste donc pas là comme une empotée ! »

Un visage apparaît par l'entrebâillement. Je reconnais le portrait en noir et blanc qui trône au-dessus du lit de ma grand-mère.

« Mince alors... Nikolaï ! »

Il n'a pas vieilli d'une journée par rapport à la photo : deux ou trois sillons en travers du front, pattes-d'oie au coin des yeux, moustache soignée, sourcils charbonneux et mâchoire taillée à la serpe. De sa main fine, il me fait signe d'approcher. Je jette un dernier coup d'œil à Lénine.

« Qu'est-ce qu'il fait ici, lui ? Il a au moins cent ans de retard, non ?

– Aucune importance, me répond Nikolaï avec brusquerie, viens vite à l'intérieur ! »

J'escalade encore une volée de marches et file sur le marbre luisant de la terrasse en direction de la porte, par où se déversent des grains de blé.

« Il faut encore rentrer tout ça », remarque-t-il d'un ton soucieux.

Je m'agenouille sur le seuil. Dans le creux de mes paumes réunies en coupelle, je transporte précautionneusement les grains à l'intérieur.

« Plus vite, mon enfant, aussi vite que tes jeunes bras le permettent ! »

Tandis que je me sers de mes mains comme d'un chasse-neige, repoussant le blé pour le mettre à l'abri, le soldat me crie que je suis au milieu d'un champ de mines et que je ne dois surtout pas bouger.

« Je vois mal ce que tu es en train de faire, mais écoute-moi et reste où tu es ! Plus. Un. Geste ! »

J'hésite un instant, ne sachant pas si je dois entrer dans la tour ou simplement fermer les yeux et, comme le dit le soldat, rester immobile jusqu'à ce qu'on vienne me chercher, mais le regard bleu, bienveillant, de mon arrière-grand-père et les bruits de pas qui se rapprochent derrière moi me convainquent de rentrer les derniers grains et de me faufiler par l'ouverture. Une fois à l'intérieur, j'aide Nikolaï à refermer la lourde porte de bois. Penché vers l'avant, les genoux fléchis, il expire profondément. Quant à moi, après m'être débarrassée de mon sac à dos, je me laisse choir dans le blé. La voûte et les murs du grand hall sont couverts de fresques : une foule marchant sous les drapeaux rouges, des enfants tout de blanc vêtus à l'exception d'un foulard rouge noué autour du cou. Ils défilent sur des boulevards aussi larges que l'artère à six voies qui traverse Kyiv et où ont lieu les parades militaires du 9 Mai. Marteaux et faucilles décorent les angles du plafond, je vois des étoiles rouges, des corniches dorées, des étendards de pierre. Nikolaï me tend la main et m'aide à me relever.

« Enfin tu es là, dit-il, après tout ce temps... »

Il se met à tapoter mon short et mon tee-shirt pour en faire tomber les grains retenus dans les plis, mais s'arrête brusquement lorsque, ayant fini d'épousseter mes épaules, il aperçoit mon visage. On dirait que je lui ai fait peur. Qu'il s'effraie de mes yeux, de mon nez. De mes bras, de mes jambes, qu'il vient pourtant de toucher avec une simplicité toute paternelle. C'est là que je me rends compte : je n'ai jamais rencontré le père de ma grand-mère, je n'ai jamais eu de contact physique avec lui, il est mort en 1953. Nous nous regardons longuement, sans dire un mot, puis il ferme les paupières et secoue la tête, riant de lui-même :

« Je t'avais prise pour Aleksandra. »

*

Pas facile de se déplacer dans les grains de blé. Ils m'arrivent aux genoux. Je dois patauger à travers. Les fresques foncent vers moi de toute part, le grand hall ressemble à une affiche de propagande soudain rendue à la vie : je suis assaillie par un tourbillon criard de rouge, de blanc et d'or. Aleksandra n'a rien mentionné de tout ça lorsqu'elle m'a dit d'aller conduire Kolya « de l'autre côté ». J'envisage brièvement de rouvrir la porte pour sortir et me précipiter comme une folle, en slalomant à travers champ, dans les bras du soldat.

« Je ne suis pas sûre d'être là où je devrais. »

J'ai pris un ton aussi détaché que possible. Ma voix se perd dans l'immensité de la salle.

« Tu ne me sembles pas non plus avoir les qualités de quelqu'un qui peut prétendre à venir ici. »

Je le regarde droit dans les yeux, à la recherche d'une explication.

« Toi, tu es vivante ! Ça ne s'est jamais vu, dans ce palais, un descendant des Krasnov qui soit en vie ! J'ai vraiment cru que tu étais Aleksandra, qu'elle venait enfin faire la traversée avec moi. »

Sa voix s'anime lorsqu'il parle d'elle. Est-ce qu'il attend réellement sa venue depuis bientôt trois quarts de siècle ?

« C'est pour ça qu'elle m'a envoyée, pour que j'aide quelqu'un à traverser. »

J'ai l'air de chercher une excuse.

« Quelqu'un ? Qui donc ? Moi ? Je ne bougerai pas tant que je ne la verrai pas ici !

– Mais non, du calme : je viens pour Kolya. Elle le voit en rêve, elle dit qu'il ne trouve pas le repos. »

Nikolaï écarquille les yeux.

« Comment le sait-elle ?

– Elle affirme qu'il est retenu quelque part ici. Elle m'a parlé d'un troupeau de cerfs blancs dans son appartement, de lignes noires et rouges. Avant mon départ, elle m'a confié une vieille toile avec plein de lignes comme ça brodées dessus. Vous y êtes aussi. »

Les lèvres de Nikolaï deviennent brusquement aussi raides qu'un double décimètre, il n'y a pas l'ombre d'un sourire aux commissures. Aleksandra prend parfois la même expression, quand je fais des blagues cochonnes, par exemple. Mais aussi le jour de l'enterrement de mon grand-père, lorsqu'ils ont refermé le cercueil. Et en voyant partir ses sœurs Lida, Klava et Nina, il y a quatre ans, après leur visite surprise aux Pays-Bas pour son quatre-vingt-dixième anniversaire. C'était en plein été, la guerre venait de commencer au Donbass. Ces semaines en compagnie de mes trois grand-tantes sont passées si vite qu'on aurait pu croire qu'elles avaient dû retourner chez elles en catastrophe au bout de quarante-huit heures à peine. Leurs robes à fleurs n'avaient pas fini de sécher sur le fil à linge, leurs belles chaussures de ville venaient d'être sagement alignées dans le couloir, elles n'avaient chanté que deux chansons traditionnelles et il fallait déjà repartir. Dans la voiture de mon oncle Peter, qui nous emmenait à l'aéroport, j'étais coincée à l'arrière entre Lida et Nina, lesquelles se contorsionnaient pour faire durer au maximum les signes d'adieu à leur sœur, postée devant sa maison.

« Il faut qu'on salue le plus longtemps possible, avait insisté Lida, sa canine en or quasiment appuyée contre ma joue. Le plus longtemps possible. C'est peut-être la dernière fois. »

Nikolaï m'attrape les mains.

« Il est ici. Kolya. Lui aussi est pris dans l'entre-deux. »

Mon arrière-grand-père lève le doigt vers la coupole, et au-delà. Je suis des yeux l'index qu'il tend lentement de plus en plus haut, jusqu'à devoir se tenir sur la pointe des pieds. La foule des gens qui défilent, le visage illuminé d'un sourire radieux, se rapproche de nous. Ils nous poussent, Nikolaï et moi, comme du bétail docile forcé de les accompagner dans leur liesse extravagante. Je m'aperçois que ce ne sont pas seulement des peintures murales, mais aussi des mosaïques, composées de milliers de petits tessons brillants.

« Pourquoi est-ce qu'ils marchent vers nous ? Pourquoi est-ce qu'on ne voit pas où ils vont ? »

Je pense à ce qu'Aleksandra m'a raconté de sa jeunesse, de ses souvenirs du Komsomol, où ses amies et elle avaient appris des chansons glorifiant la puissance de la mère patrie, des chansons qu'elles entonnaient en chœur pendant les parades de rue.

« On s'entraînait à tirer au petit plomb et à faire des bandages pour les blessés », m'a-t-elle dit un jour, donnant subitement un tout autre éclairage à ses plaisirs d'enfance.

Nikolaï m'emmène vers le centre du hall, en direction d'une banquette rouge placée pile au milieu. À chaque pas, mes chaussures se remplissent de grains qui me démangent. J'essaie de ne pas déraper. Nikolaï, à côté de moi, glisse plus qu'il ne marche. Il avance comme sur des skis dans la neige. Le soutien de son bras me permet de progresser.

« On s'y fait, me dit-il. Au bout de quelque temps, d'accord, mais on s'y fait. Moi, je regarde les fresques et les dorures – le décor me distrait. »

Dès que mes yeux se posent sur ces figures de mosaïque, elles prennent un sourire encore plus forcé, comme si elles savaient très bien que leurs muscles faciaux étaient à la limite du claquage. Je crois un instant voir Aleksandra, elle arrive droit sur moi, son visage rond, ses cheveux châtains et ses yeux bleus suivent le mouvement de la foule ondulante. Nikolaï tapote l'assise de la banquette. Je prends place près de lui.

« C'est quoi, cet endroit impossible ? Une gare de transit pour les morts ?

– En principe, ce n'est rien. Ce palais n'existe pas. Ou plutôt, il aurait dû exister, mais les choses ne sont pas allées plus loin que le songe de papier conçu par les dirigeants du pays où est née ta grand-mère. L'idée, c'était d'en faire le quartier général d'une révolution planétaire. Ils disaient : ici, nous allons réunir toutes les richesses que nous produisons, toute l'inventivité de nos paysans et de nos ouvriers ! Cet édifice allait montrer au monde entier de quoi nous étions capables pour, voyons, comment ont-ils tourné ça, pour "ériger sur la terre impie un monument dont chacun ne pouvait que rêver". Ce serait un lieu de congrès pour les commissaires du peuple, avec un petit théâtre et une grande salle de spectacle. La grande salle pourrait se transformer en patinoire. Il y aurait des réfectoires, des cantines et, à l'étage supérieur, un restaurant réservé aux dirigeants de l'Union. L'esplanade, en bas, serait si vaste qu'on pourrait y organiser des manifestations de masse, des parades, des défilés, des rassemblements à l'occasion de jours fériés comme la fête de la Victoire. L'endroit idéal pour qui voudrait savoir où sont passés tous ses copains déportés. »

Il rit. D'un rire bref. Puis il pousse un long soupir.

« Je plaisante. Impossible d'obtenir une réponse à cette question, même en allant frapper aux portes les plus prestigieuses. Avec Kolya, nous avons un nom pour cet endroit : *le palais des Cosaques perdus*. Enfin, c'est moi qui l'appelle ainsi. Lui, il a toujours du mal à en rire. »

Sa voix joue au ping-pong entre les murs aux reflets éclatants. Il passe doucement sa main sur l'étoffe rouge de la banquette. Je comprends maintenant la présence du gigantesque Lénine au sommet de cet ouvrage cylindrique. Nikolaï pousse à nouveau un long soupir et lève les yeux au plafond. Tiens, encore un Lénine, au centre de la fresque. Lui aussi pointe son doigt en direction de l'ouest.

« Ils avaient de grands rêves pour ce lieu, comme pour tout le pays. Avec les années, leurs rêves sont devenus de plus en plus avides. Cette avidité s'est propagée comme un frisson glaçant sur notre territoire. On la sentait, cette faim de croissance, plus insatiable que toute autre faim. Nous l'avons bien sentie durant l'hiver où ils ont fait exploser la plus grande cathédrale de Russie pour construire ce palais à la place. Notre Aleksandra était encore petite, sept ans à peine. Une enfant magnifique, avec son doux regard bleu, son sourire qui me faisait toujours du bien, même lorsque notre vie s'est enfoncée dans les ténèbres. »

Il me montre des vitraux installés de chaque côté de la porte par laquelle je me suis faufilée dans le hall. Sur toute leur largeur se déploie un paysage vallonné.

« Tu vois, c'est à ça que ressemblait notre pays, l'été, avant qu'ils fassent exploser la cathédrale et entament le chantier de cette bâtisse, à des centaines de kilomètres de notre village. »

Je contemple les cultures dorées, les steppes brunâtres et les labours noirs semés de vert tendre. On voit des gens dans le lointain. Au début, ils me paraissent immobiles, mais ensuite, je commence à distinguer leurs mouvements. Ce sont des paysans. Ils arpentent les coteaux, plient sous des gerbes de blé ou bien sont assis dans des carrioles transportant des sacs de céréales et de maïs, des monceaux de betteraves et d'oignons. Nikolaï aussi chemine à travers champs, je le reconnais à sa moustache sombre et droite. Il porte une petite faux sur l'épaule et avance main dans la main avec une paysanne en fichu.

« Ton arrière-grand-mère, Anna. Ma femme. »

Derrière eux trottinent deux fillettes : Aleksandra et sa sœur aînée, Nastia.

« Et là, c'est Baba Mari, ma belle-mère, tu la vois ? Celle qui marche à petits pas, sans s'affoler ? Elle n'était presque jamais pressée. »

Tout comme ma grand-mère, Baba Mari garde la main posée sur sa hanche, elle caresse le museau des vaches, des chèvres et des chevaux, qui baissent la tête à son passage. Certains viennent s'appuyer contre elle ou l'escortent quelques instants. Aleksandra et Nastia jouent à s'attraper : lorsque l'une sent une tape dans son dos et fait volte-face, l'autre part se cacher en vitesse entre les épis de blé. Elles se poursuivent, courent sur le sentier poussiéreux qui mène à un moulin. Les ailes tournoient dans le vent. Je le reconnais à ce que m'en a raconté Aleksandra : il est tout en bois et un peu moins grand que les moulins des Pays-Bas. Quand les deux sœurs en ont assez de courir, elles rejoignent Anna, Nikolaï et Baba Mari. Côte à côte, ils avancent à travers les cultures, synchrones. Ils frappent des mains pour faire aller plus vite les chevaux attelés aux carrioles, pour rassembler les chèvres. Les vitraux changent maintenant de couleur, le bleu vif du ciel s'obscurcit, s'empourpre. Le soleil descend dans les champs d'ocre jaune. La petite troupe va s'adosser à la roue d'une charrette, une tomate à la main. Les tomates sont aussi rouges que le ciel. La terre est noire de jais.

« Quel bel endroit... »

Je regarde ma jeune grand-mère s'assoupir sur les genoux de son papa.

« Tous les matins, c'était précisément ce petit coin d'Ukraine que le soleil touchait en premier. Quand le jour se levait, on voyait un mince filet rouge à l'horizon. »

*

« Ils ont toujours été là, le noir et le rouge, m'avait dit Aleksandra la veille de mon départ pour l'Ukraine, où j'allais retrouver la tombe de Kolya. Ce jour glacial de novembre 1942, lorsque j'ai dû monter dans le train pour l'Allemagne en gare de Vorochilovgrad, avec au fond de ma valise la pièce de lin brodée par Baba Mari, le rouge et le noir sont partis avec moi. Je te confie cette toile, qui est à la fois une grâce et une malédiction. Ta famille a toujours été unie par le rouge et par le noir. À travers la vie et la mort, ces lignes se suivent, se confondent, se heurtent, s'écartent, font surgir d'autres lignes. Quand il y a trop de noir, nous nous réunissons et nous pleurons les disparus. Quand c'est le rouge qui domine, nous rions et nous chantons, nous nous embrassons, nous dansons. Dans l'existence d'un Krasnov, il est rare que le rouge et le noir n'avancent pas ensemble. »

Elle s'était exprimée d'un ton presque nonchalant. Très calme, détachée. Parlant de ces deux couleurs comme si je devais forcément connaître leur histoire, moi, la petite-fille d'une grand-mère russo-ukrainienne. Après ça, elle a posé trois baisers sur mes joues et m'a tenue un moment dans ses bras.

*

J'attrape mon sac à dos, dézippe le compartiment du haut et en sors le rectangle de lin. Les yeux de Nikolaï s'éclairent en voyant l'objet.

« Incroyable qu'il soit encore là, nous pensions qu'elle l'avait perdu en route. Il paraît qu'on a tout pris à d'autres filles.

– Elle l'a gardé auprès d'elle, dans sa valise. Jusqu'aux Pays-Bas. Ensuite, il est resté dans la huche à pain, bien à l'abri pendant toutes ces années. Elle ne reprenait ses broderies que lorsqu'il n'y avait personne, même mon grand-père ne l'a jamais vue continuer ce travail.

– C'est Baba Mari qui l'a commencé, chez nous en ville, dans la maison où nous sommes allés vivre quand ils ont réquisitionné notre ferme. Elle allait broder dans sa chambre. Malheur à toi si tu entrais pendant qu'elle usait ses vieux doigts à confectionner cet ouvrage... Elle te criait si fort dessus que tu repartais très vite. »

Nikolaï me tend ses paumes ouvertes :

« Je peux ? »

Une fois que j'ai déposé la toile dans ses mains, il la déplie par les deux bouts. Il passe en revue les lignes que sa belle-mère Mari a commencé à broder au cours des années trente et qu'Aleksandra, à sa demande, s'est efforcée de continuer, d'abord dans les baraquements de Griesheim, puis aux Pays-Bas. « C'est peut-être bien cette pièce de tissu qui m'a gardée en vie », m'avait-elle fait observer un jour.

« Où suis-je là-dedans ? J'ai du mal à déchiffrer. »

Je lui indique la ligne brodée à son nom et terminée par un petit carré gris. La date de sa mort figure au-dessus d'une croix orthodoxe.

« Ah oui, 1953, je vois. »

Il regarde une à une les lignes des autres membres de la famille : mon arrière-arrière-grand-mère Varvara Krasnova, Baba Mari, grand-papa Stepan, Anna (il arrête son doigt sur le prénom de sa femme et en effleure chacune des lettres), Nastia, Aleksandra, mes grand-tantes Lida, Klava et Nina, mon grand-oncle Kolia, mon grand-oncle Sacha, le cousin Aleksandr, Igor, Kolya, Larissa, Andriy, Natacha, Vitya. Je lui montre les lignes qui se prolongent au-delà de la croix grise de Kolya et je précise :

« Ses mains ont perdu de leur agilité, certaines années ne sont pas très lisibles.

– Ici, dans ce palais, on vit sans calendrier. Après mon arrivée, il ne s'est rien passé pendant très longtemps. Le premier à m'avoir avisé de l'année en cours, c'était mon petit-fils Aleksandr, en 1987. Apparemment, il y avait une guerre. Avec l'Afghanistan, c'est bien ça ? »

Je secoue la tête d'un air ignorant.

« Du côté de... en fait, j'en sais rien. Tout ce que je sais, c'est que les soldats sont peu à peu devenus fous après leur retour. J'ai entendu parler d'un militaire stationné là-bas qui s'était amusé à donner des coups de pied dans un tronc humain, près d'un grand feu de camp, et de pilotes d'avion qui avaient tiré sur leurs propres camarades au sol. Des histoires de montagnes inaccessibles, d'embuscades, d'enfants sans mains... Des choses aussi incohérentes que celles qu'il m'a racontées, donc. Il n'arrivait pas à expliquer. Il avait l'esprit dans le brouillard, il ne pouvait même pas me donner le nom de ses parents. Cela ne l'empêchait pas d'être fier comme un paon dans sa tenue militaire, avec ses bottes de neige. Mais bon, j'en avais tant vu, de ces fiers soldats complètement brisés qui marchaient dans les rues de notre ville pendant la Grande Guerre patriotique, qu'il ne m'a pas impressionné avec son héroïsme. J'avais beau lui répéter que, sans cette guerre, il ne se serait pas retrouvé ici, dans le palais des Cosaques perdus, il continuait à proclamer des choses que j'ai oubliées depuis. Au bout de six mois, il a disparu. Ensuite, pendant longtemps, je n'ai vu personne de notre famille dans cet interstice entre la vie et la mort. Jusqu'à l'apparition d'Igor, pour un passage éclair. Il était fatigué, silencieux. Sa tête avait l'air bizarre, elle n'arrêtait pas de tomber sur le côté, comme si elle ne tenait que par un nerf. Tout autour de son cou, il y avait une marque, une ligne violacée. Il refusait d'en parler. Je n'avais pas le droit de l'examiner, de le toucher. Il pleurait quelquefois, sans faire de bruit. Et il me regardait en remuant la tête. La seule phrase que je l'ai entendu prononcer, c'était : « Je ne la supporte plus, cette noirceur qui a envahi nos terres. Pourquoi faut-il que les ténèbres se répètent à l'infini, grand-papa Krasnov, comme une chenille qui se transformerait sans cesse, non pas en papillon de jour, mais en papillon de nuit ? » Igor est reparti tellement vite que je n'ai pas eu l'occasion de lui demander en quelle année nous étions. Kolya est arrivé peu après. Quand il m'a dit qu'on était en 2015, j'ai eu comme un choc : j'avais passé soixante-deux ans ici ! Grâce à la montre-bracelet que porte Kolya, nous avons pu compter les jours pendant à peu près un mois. Le verre était déjà fêlé, il fallait faire beaucoup d'efforts pour lire la date à l'intérieur du guichet. D'autres fissures se sont formées et le verre est devenu de plus en plus opaque, jusqu'à ce qu'on ne puisse plus rien voir du tout. »

Il commence à plier la toile, mais s'interrompt. Il la redéplie et regarde ma ligne de temps, majoritairement rouge même si elle comporte quelques points de fil noir : le décès d'Igor et de Kolya, de mes oncles Peter et Nico, la mort inopinée d'une de mes cousines. Là où s'arrête la ligne de Kolya, la mienne continue, tout comme celles de ma mère et d'Aleksandra, de mes grand-tantes Nina, Lida et Klava, de mon oncle Andriy et de sa femme Natacha, de l'oncle Vitya, de tante Ioulya et de tante Larissa.

*

La première fois que je suis allée à Odessa avec ma mère, en mai 2015, ça faisait deux mois que Kolya était introuvable. Le soir de notre arrivée, ma grand-tante Klava nous avait tous réunis dans le salon. Oncle Andriy a levé son verre de vodka pour le toast numéro un, *odin*.

« Merci beaucoup à toutes les deux d'être venues jusqu'ici, dans notre pays, dans notre ville, a-t-il déclaré. Nous espérons que malgré la précarité de la situation, vous sentirez en vous l'amour pour notre terre. Tout comme nous le ressentons. *Naz-da-ro-viè !* Ou alors *boud'mo !* En russe ou en ukrainien, c'est comme on veut, hein, nous sommes un peu au milieu, avec des ancêtres comme les nôtres et le nom de l'Ukraine sur nos passeports. »

Nous avons trinqué. Nina, fermant les yeux, m'a serré le genou, puis s'est enfilé le petit verre – illustré d'une vue touristique de Volendam – et l'a reposé d'un coup sec.

« Ouh là, Lisinka, je crois que j'ai passé l'âge ! »

Andriy s'est saisi de la bouteille et a resservi chacun autour de la table, remplissant les verres à ras bord d'un geste nonchalant. La vodka éclaboussait les assiettes de hareng et de poulet, les rondelles de tomates, les lanières de poivrons et les œufs garnis.

« *Odin*, *dva*, *tri*, a-t-il rappelé à Nina en dépliant le pouce, l'index et le majeur, avant de lever la main comme le Christ en majesté sur l'icône derrière lui. Sinon, ça porte malheur. Et on n'a pas besoin de ça en ce moment.

– Même moi ? a demandé ma grand-tante avec une expression théâtrale, posant un doigt sur son thorax.

– Même toi ! » a scandé l'assistance.

Verre numéro deux, *dva* :

« Buvons celui-ci à la santé de notre *tiotia* Nina. À son courage pour avoir traversé le pays d'est en ouest, toute seule. Elle est indestructible, Nina. Comme notre pays. Comme nos maisons. Puisse-t-elle rester sauve, et que la guerre qui fait rage tout près de chez elle soit bientôt finie. *Tiotia Nina, na zdaroviè !* »

Ça se passait exactement comme chez Aleksandra, comme à tous les anniversaires et à toutes les fêtes de famille de mon enfance. Dès que je regardais ailleurs, même une seconde, je retrouvais ensuite mon assiette débordant de nourriture : « Mange ! Tu veux encore quelque chose ? Tiens, essaie donc ça, tu vas voir comme c'est bon ! »

Pendant ce temps, la vodka s'était remise à couler dans les verres et je me suis rendu compte, en voyant la pendule dorée de Klava sur le rebord de la fenêtre, qu'il n'y avait qu'un quart d'heure de passé : ce dîner commençait à peine. Ma tante Natacha s'est levée et m'a lancé un clin d'œil.

« Attention, attention, a-t-elle prévenu en me désignant et en clignant de l'œil à nouveau. Tout le monde y passera ! »

Elle a rajusté sa robe bleue à fleurs blanches et s'est exclamée avec entrain :

« *Tri !* Trois, pour conjurer le malheur. Écoutez, Marie, Lisinka : je suis contente que vous ayez fait ce grand voyage, en espérant que nous aurons bien d'autres occasions de nous retrouver. Et la prochaine fois, ce sera en Hollande. *Na zdaroviè !* »

Tchin-tchin. Une gorgée. Claquement sur la table. « Au moins trois vodkas contre le malheur », mais dans cette famille, on n'en reste jamais là. Les trois premiers verres sont juste un rodage, un échauffement. Ils se boivent encore par à-coups, avec une sensation de brûlure dans la gorge, une toux ravalée. Les trois premiers verres sont des exercices d'étirement pour la descente parfaite, l'ultime cascade de l'alcool, qui ne vous pique plus l'estomac, mais vous réchauffe de l'intérieur. À ce moment-là, j'ai entendu Nina qui toussotait. Sur ma gauche, maman a dit en hochant la tête, les yeux clos :

« Doux Jésus, ça faisait un bail... »

Le verre suivant a pris son temps pour arriver. Andriy laissait monter la tension. Avec un petit sourire de défi, il s'est penché par-dessus la table et m'a tapoté la main, paternel. Nous avons commencé le repas, Klava m'a rempli une nouvelle assiette de saucisse et de hareng, terminant par une tranche de pain enduite d'une préparation crémeuse fabriquée maison.

« Du *vkousno*, a-t-elle précisé en se frottant le ventre – délicieux. »

J'ai approuvé d'un hochement de tête avant de croquer dans la tartine et de me raidir sous l'effet décapant du mélange de mayonnaise, d'ail et de fromage sur ma langue. Aussitôt s'est présenté le numéro quatre, *tchetyré*, et à ce moment-là, comme on arrivait à la fin de la bouteille, chacun a dû laisser son verre sur la table en attendant d'être servi. Avec soin, Andriy a réparti la vodka entre les huit convives. Équitablement, sans tricher. Il tenait la bouteille par le goulot.

« N'oublions pas un autre rituel important, a-t-il déclaré, solennel, en remontant la ceinture de son pantalon – du coup, sa chemise bien comme il faut s'est tendue encore plus autour de son ventre légèrement rebondi. Quelqu'un doit faire un vœu. »

Tel un animateur de jeux télévisés, il a regardé tout le monde autour de la table, un à un, puis a tendu la bouteille à sa fille, Anna. Elle l'a prise et, les yeux fermés, a soufflé dans le goulot. Andriy a tout de suite récupéré la bouteille et vite revissé le bouchon. Nous avons alors trinqué pour que le vœu d'Anna se réalise. Depuis ce soir-là, à Odessa, je sais que nous autres, les Néerlandais, nous trinquons beaucoup trop à la légère. Nous ne disons pas assez : « Quel bonheur d'être ici avec vous, quel bonheur de vous avoir ici près de moi ! » C'est aussi ce soir-là que j'ai appris à porter un toast en l'honneur des morts, sans prononcer le mot « santé ». La bouteille a fait sa ronde dans un silence complet. Nous ne tenions pas notre verre de la main droite, mais de la gauche.

« Cinq. *Piat.* »

Klava s'est levée. Après avoir lissé sa jupe du plat de la main, elle a esquissé une moue et pris la parole :

« Buvons à notre cousin Igor, à notre mère Anna, à notre père Nikolaï, à notre frère Kolia, au mari de Nina, Aleksandr, et à l'autre Aleksandr, notre neveu. Buvons à nos sœurs Anastasiia, Elena et Nadia. »

J'ai pensé à ma grand-mère Aleksandra, à ce qu'elle nous répondait systématiquement quand nous lui demandions si elle ne voulait pas venir avec nous revoir sa maison natale, son pays : « Mais qu'est-ce que j'irais encore faire là-bas ? Chaque fois que j'y suis retournée pour voir la famille, j'ai passé mon temps à me recueillir sur des tombes. Toujours plus de tombes. »

Nous avons levé nos verres en silence.

« Et… cousin Kolya ? » s'est risquée ma mère.

Tout le monde autour de la table a bondi, secouant la tête avec vigueur.

« Seigneur Dieu, a gémi Klava, les yeux au ciel.

– Non, Marie, ça ne se peut pas, c'est défendu, a expliqué Nina. Personne ne sait s'il est mort. Nous n'avons pas le droit de le précipiter dans l'au-delà.

– Il faut toujours garder l'espoir que quelqu'un est en vie, a renchéri Natacha. Porter un toast à Kolya maintenant, ce serait provoquer le malheur. »

Nous avons bu, mais pas à Kolya. Puis nous sommes passés directement au verre numéro six.

« Une fois qu'on a trinqué en l'honneur des morts, il faut tout de suite boire au bonheur et à la santé, à l'amour, à un bon travail, à une belle maison, à l'avenir des enfants. *Na zdaroviè boud'mo na zdaroviè !* »

Nous avons trinqué, bu, mangé, changé de position sur nos sièges, et nous n'avons pas parlé d'Igor, découvert un an plus tôt dans sa salle de bains, une ceinture autour du cou, ni de Kolya, que personne n'avait pu joindre depuis sa disparition, ni de sa femme Larissa, qui l'avait cherché partout et qui était même allée en Russie pour voir s'il ne traînait pas avec l'un de ses fournisseurs occasionnels, revendeur de frigos bon marché. Au bout de deux œufs garnis, ma mère m'a poussée du coude. Avec hésitation, j'ai prié Andriy de nous resservir une vodka.

« Sept. *Siem.* »

En me levant, j'ai attrapé le tournis et je me suis souvenue de mon meilleur ami, qui lui aussi a du sang ukrainien dans les veines et qui, avant mon départ, avait bien insisté : « Arrange-toi pour te mettre à côté d'une plante verte, sans quoi tu ne vas pas en réchapper. » Il n'y avait aucune plante en pot à proximité. Juste mes grand-tantes, avec leurs belles robes et leurs dents en or. C'était le salon de *tiotia* Klava, plein d'affreux meubles soviétiques, de tentures, de portraits de famille, de cygnes Swarovski et de saints au visage triste sur des panneaux de bois. Il y avait un vieux calendrier ouvert sur une scène typique des Pays-Bas : un moulin devant lequel se trouvaient deux jeunes filles. Des cueilleuses de tulipes. Et moi, j'étais à Odessa. En Ukraine. Dans le pays où était née ma grand-mère, le pays dont tout le monde, avant que je parte, n'arrêtait pas de me parler comme d'un endroit à éviter : « Fais attention, c'est la guerre, là-bas. Et ils sont corrompus jusqu'à l'os. »

« Mes chères grand-tantes, Andriy, Natacha, Anna. Ici, je me sens chez moi et j'éprouve de la reconnaissance. Parce que je peux enfin commencer à apprendre la langue. Parce que vous m'avez si chaleureusement accueillie. Parce que dans cette maison, il semble toujours y avoir des quantités de vodka en réserve. Merci beaucoup, Nina, Klava. Quand vous nous avez rendu visite l'été dernier en Hollande avec Lida, qui est maintenant rentrée au Kazakhstan, babouchka Sacha n'a pas voulu vous raccompagner à l'aéroport. Après coup, je lui ai demandé pourquoi. Elle a répondu que cette fois-là était peut-être la dernière. En touillant son thé, elle m'a dit : “Ma petite, on ne peut pas faire ses adieux éternellement, mais toi, il faut que tu ailles là-bas, tant que tu en as l'occasion.” C'est pour ça que je suis venue, en son nom, dans son pays, pour boire à sa santé. À Sacha. *Boud'mo. Na zdaroviè.* »

Je me suis rassise et Nina a de nouveau posé la main sur mon genou. Elle paraissait avoir vieilli depuis l'année d'avant, lorsque, pendant son séjour aux Pays-Bas, sa maison à Stanytsia Louganska avait été touchée par une grenade de mortier. Cet été-là, ses joues étaient plus rondes, ses yeux moins creux et son regard moins fatigué.

« Beau discours, ma grande. »

Poussant sur ses bras, elle s'est extraite du canapé et a pris appui sur mon épaule.

« Andriy, un peu de vodka pour ta vieille tante, a-t-elle ordonné à mon oncle de sa voix douce. Allez, *tchout-tchout* ! »

Andriy s'est exécuté et a servi un huitième et dernier verre à chacun, un peu moins copieusement pour Nina. Ma grand-tante, qui tenait le godet d'eau-de-vie dans sa main, faisait tourner le liquide exactement à la façon d'Aleksandra quand elle prenait sa petite goutte à quatre heures de l'après-midi. Et, tout comme ma grand-mère, elle pétrissait en nous écoutant la peau ridée près de son poignet.

« *Spassiba*, a commencé Nina. Je suis très heureuse de pouvoir être ici ce soir. D'avoir eu la chance de faire le voyage jusqu'ici, jusqu'à vous, ma famille. De cette possibilité qui nous est donnée de nous réunir, malgré toutes nos différences. Je vous souhaite beaucoup de bonheur, *jelaiou vam stchastia.* »

Nous gardions le silence. Nina s'est raclé la gorge. Depuis qu'elle dormait à la cave, c'est-à-dire depuis que les bombardements nocturnes s'étaient intensifiés, elle avait une petite toux râpeuse.

Une petite toux qui semblait partie pour durer. Nina était bien moins loquace que l'été précédent. Ces jours-là, à

Odessa, elle répondait à mes questions en faisant non de la tête et en montrant sa gorge. Puis elle me prenait le bras et nous marchions dans la ville, le long de la plage, sur le boulevard beaucoup trop clinquant du front de mer ou à travers les faubourgs résidentiels. Nous nous taisions et laissions notre regard errer autour de nous, se poser sur tout ce qui n'avait pas été bombardé, comme chez elle. Je savais pourquoi sa voix s'éteignait comme ça. Aleksandra m'avait raconté qu'il y a longtemps, dans les années soixante, Nina avait perdu son fils de dix ans. Alors qu'il jouait dans une rue en chantier de Stanytsia Louganska, il avait ramassé un câble électrique qui dépassait d'un tas de sable. Le courant n'était pas coupé. Le garçon était mort sur le coup. Une année durant, sa mère n'avait plus dit un mot – s'attirant ainsi la réprobation générale. Le seul qui comprenait ce silence, c'était son mari, l'oncle Sacha Poliakov. Ma mère m'avait dit un jour que lorsqu'il se mettait en colère, il devenait tout rouge. Dans la famille, on l'appelait « tonton Pomidorski ».

« Ça ne se faisait pas vraiment, chez nous, de montrer son chagrin plus que le temps nécessaire, m'avait précisé Nina lors de son séjour aux Pays-Bas. On pouvait baisser la tête un moment, mais il fallait très vite la relever. À la maison, je pleurais, tandis que dehors, je travaillais et je me taisais. »

Après avoir appris que son neveu était mort à l'autre bout de l'Europe, ma grand-mère avait brodé un trait de fil noir dans la ligne de temps de Nina et de Sacha. Le deuxième pour Nina depuis le décès de Nikolaï. Sans rien dire, elle et son bonhomme-tomate de mari ont continué à bâtir leur maison. Ils ont aménagé un jardin propret, construit une véranda, ajouté un étage. Ils ont peint en jaune et bleu la clôture métallique autour du potager. En s'abattant sur cette maison, un après-midi de septembre, la grenade de mortier n'en a pas laissé grand-chose. Et pourtant, Nina y est retournée. Elle ne voulait pas vivre à Lougansk chez Kolya, ni à Odessa chez Klava, ni au Kazakhstan chez Lida.

« J'ai construit cette maison de mes propres mains, mes enfants y sont nés, mon homme y a rendu l'âme, c'est tout ce qu'il me reste de notre vie ensemble », avait-elle alors expliqué.

Une dernière fois, Nina a tendu son verre à Andriy pour qu'il la resserve.

« Sans oublier la paix, a-t-elle dit. Buvons à la paix. »

« En quelle année sommes-nous ? me demande Nikolaï, interrompant le vœu non encore exaucé de Nina.

– 2018. C'est l'été. Il fait une chaleur impossible dehors.

– Voilà donc déjà trois ans que Kolya est ici ? »

Je suis tentée de lui rappeler depuis combien de temps il traîne lui-même dans ce silo à grains, au milieu de fresques terribles peuplées de Soviétiques bien trop souriants. Mais je me retiens. Qui sait si ne je vais pas déséquilibrer l'histoire de toute la famille en tirant sur sa ligne de temps ?

LOUGANSK
17 avril 2014

À l'instant où Kolya, après avoir déverrouillé la porte de son magasin, voit passer dans la rue un jeune homme armé d'un fusil automatique, nous sommes tirés de notre demi-sommeil. Le sol a bougé. Nous percevons des glissements, des secousses. Les flèches d'or plantées dans notre dos s'embrasent, elles commencent à brûler notre pelage blanc.

« La terre est en mouvement, nous chuchotons-nous les uns aux autres.

– C'était à prévoir, dit l'un d'entre nous, voilà déjà un certain temps que je la sentais frémir sous mes sabots. »

Nous penchons nos bois, tentons d'interpréter le sol. Nous essayons d'entendre à quelle profondeur se trouve le sang, s'il s'écoule ou se tapit sous la terre noire. Nous cherchons à obtenir des nouvelles de nos descendants, les Cosaques du Don. Nous avions déjà le sentiment qu'il se passait quelque chose. Au cours de l'hiver 2013, on nous a rapporté que Kolya, ici présent, avait appelé son cousin Andriy, dans l'ouest du pays. Nous savions qu'il ne téléphonait jamais de chez lui, devant sa femme Larissa et sa fille Mariya, mais qu'il utilisait l'appareil de la boutique.

Voici de quoi il retournait. Une révolution avait éclaté au centre du pays. La plus grande place de la capitale, Kyiv, à près de huit cents kilomètres de notre terre natale, s'était enflammée. Littéralement. Le président de l'Ukraine, pays de nos descendants, refusait de signer un accord d'association avec l'Europe. À la dernière minute, il s'est tourné vers l'État que d'aucuns nomment notre grand frère, la Russie, qui jadis nous employa, nous les Cosaques du Don, et au service de laquelle nos pères prirent part à une interminable série de batailles : la grande guerre du Nord, la guerre de Sept Ans, la guerre de Crimée, la conquête du Caucase, plusieurs guerres russo-persanes, les guerres napoléoniennes, les guerres russo-turques, ainsi que la Première Guerre mondiale. Celui d'entre nous qui tombait au combat se métamorphosait en cerf blanc aux bois d'or, à la robe blanche et au dos percé d'une flèche. Nous devenions l'emblème que nous avions arboré de notre vivant sur la poitrine. « Ce cerf n'est pas mort, mais il ne va pas très bien non plus », plaisantions-nous.

Lorsque vinrent les bolcheviks, ils nous trouvèrent face à eux. Le Cosaque du Don n'a jamais été d'un seul camp, il porte les mots « libre » et « aventurier » sous la peau jusqu'à sa mort, puis, après la traversée, sous son pelage. Ces mots, nous les transmettons aux générations suivantes : « Plutôt mourir en liberté que dans la servitude », susurrons-nous aux nouveau-nés. L'hiver dernier, ces mots ont une fois de plus été nécessaires, ces mots qui, à tant d'époques, ont eu tant de significations différentes. En soi, l'accord que le président avait refusé de signer au dernier moment était ennuyeux comme la pluie, là ne se trouvait pas le problème, tous ces petits caractères sur papier ne nous intéressaient pas, nous avions vu tant de vérités écrites se perdre dans la réalité que cela nous semblait négligeable. Non, ce qui nous agitait, c'était le sentiment général : la signature de cet accord offrait l'espoir d'un changement, mais ce fut l'inverse qui se produisit. C'était comme si l'on refermait des portes, comme si nos enfants se faisaient brutalement renvoyer dans le passé.

En cet hiver 2013, par écran interposé, Kolya regardait les étudiants se rassembler en plein cœur du pays, sur la place Maïdan, au pied du grand monument blanc. Par le biais d'un site Internet, il voyait en direct des jeunes gens à peine plus âgés que sa propre fille envahir peu à peu la place. Ils se regroupaient sous la statue de Berehynia, la femme d'or perchée à soixante mètres de hauteur sur une colonne érigée dix ans après l'indépendance de l'Ukraine. Berehynia, en robe traditionnelle, un rameau de viorne dans les mains, contemplait les manifestants réunis autour d'elle, comme une mère, gardienne de l'avenir. Au début, on ne comptait sur la place que quelques centaines d'étudiants, mais très vite, ils furent des milliers. Certains affirmaient ne pas être là pour la politique : « Nous n'avons rien à voir avec ça, nous voulons vivre dans un pays libre, respirer, bouger. Nous avons tous des parents ou des grands-parents qui viennent de différents horizons, Russes ou Kazakhs, Ukrainiens ou Géorgiens, Tatars ou Cosaques du Don. La politique et ses embrouilles, on n'en a vraiment rien à faire. » Ils portaient sur leurs épaules des drapeaux européens comme s'il s'agissait de costumes folkloriques. Ils étaient à Maïdan pour avoir une véritable indépendance. Ils ne voulaient plus vivre comme notre Andriy et sa Natacha au lendemain de la transition, durant les années 1990 : remplis d'espoir, mais déçus. Andriy et Natacha s'étaient bien rendu compte que tout disparaissait dans leur ville, qu'il n'y avait que des promesses et que la voirie n'en était pas mieux entretenue pour autant.

Nous le trouvions très beau à voir, cet acte de résistance pacifique : l'esplanade vibrait de chants et de danses, on distribuait de la soupe et du pain, des jeunes filles portaient des couronnes de fleurs dans les cheveux. Mais comme il en va toujours sur ces terres, où nous-mêmes avons vécu, bientôt les choses se gâtèrent. Des hommes entièrement capitonnés de noir, armés de bâtons et de boucliers en fer, investirent la place, dispersèrent les participants. La résistance pacifique n'avait pas encore eu le temps de s'installer pour de bon que les premières gouttes de sang tombèrent sur les pavés blancs de Maïdan. Alors commencèrent les arrestations, les disparitions. Mais pour chaque personne arrêtée, il en arrivait d'autres sur la place. Des milliers, oui da, des milliers ! Jamais nous n'avions vu un tel rassemblement. Les manifestants venaient de partout. Y compris de notre territoire, le bassin du Donets. Ceux-là n'étaient qu'une poignée, qui sentaient brûler en eux le désir du changement, qui voulaient eux aussi se rapprocher de l'Occident. Lorsque, quelques semaines plus tard, la milice et les compagnies spéciales d'intervention troquèrent les balles en caoutchouc contre des balles réelles, nous assistâmes à une première conversation téléphonique entre les deux cousins.

« Toi aussi, Andriy, tu y es ?

– Où ça, à Kyiv ? Non, j'y suis allé en novembre, avec Natacha. À ce moment-là, ils se servaient juste de balles en caoutchouc, de fumigènes, de gaz lacrymo. Maintenant je suis à Odessa, chez nous, c'est encore calme, pour l'instant. Mais rends-toi compte, c'est fou ! Tous ces gens rassemblés, des millions de gens ! Unis pour virer cet opportuniste de Ianoukovitch ! On va gagner, frangin. L'Europe se rapproche.

– Gagner ? Mais contre qui ?

– On ne va quand même pas encore se tourner vers la Russie ?

– Fais attention à ce que tu dis, Andriy. Fais très attention. Ici, les gens tiennent un autre langage. N'oublie pas où tu es né. »

Quand les premières victimes tombèrent du côté de Maïdan, en février 2014, il ne se passait pas encore grand-chose chez Kolya, mais dans cette région-là, tout peut aller très vite. La chute d'un seul pilier fait parfois s'effondrer l'ensemble de l'édifice. Après plus de cent morts et cent cinquante disparitions, la révolution de la Dignité prit fin. Il fallut ensuite quatre-vingt-quatorze jours pour que le président s'en aille. Le peuple fit la fête et se prépara à un nouveau gouvernement. Sur les terres de Kolya, ces terres où nous montons la garde depuis plusieurs siècles, retentit un son de cloche moins euphorique. Ce n'était pas le mot « révolution » qui bruissait en ces lieux, mais un questionnement : que nous apporte-t-elle, cette dignité, dans nos contrées si distantes des frontières de l'Europe ? Que nous apporte-t-elle à nous, les mineurs oubliés, qui, au lendemain de la chute de l'Union soviétique, nous sommes rendus par milliers jusqu'à Kyiv, espérant y trouver une oreille attentive et non la corruption, la misère, les dessous-de-table, les pratiques mafieuses et les magouilles en tous genres ? Ne sommes-nous pas dans l'éternel pays des confins ? N'est-ce pas ici, à l'est, que s'étend la dernière parcelle de l'Ukraine ?

Très rapidement, c'est-à-dire quatre jours après la révolution et la victoire de la Dignité, nous vîmes d'autres drapeaux se lever sur la péninsule de Crimée : le jaune et le bleu de l'Ukraine firent place au blanc-bleu-rouge de la Russie. Andriy et Kolya, de même que leurs cousins Igor et Vitya, tournèrent le regard vers cette presqu'île – qui n'appartenait à l'Ukraine que depuis 1954 – et la virent annexée, conquise, récupérée peut-être. Certains à Lougansk s'enthousiasmèrent : tout rentrait dans l'ordre, dans le giron de la Russie, avec une touche de nostalgie soviétique. Nous serions bien en peine de dire s'il s'agit d'un bon ou d'un mauvais sentiment, étant donné que chaque tournant de notre histoire a pour origine un autre plus ancien, de vieux rapports de force. En réalité, la perspective qui se présente à nous est toujours brumeuse et imprévisible.

Ici, à l'est, le silence avait fini par tomber. Kolya ne parlait plus politique en dehors du foyer familial. À table, il refusait de prendre les appels d'Andriy. Larissa le dévisageait, mais ne posait pas de questions. Quant à Vitya, nous le voyions de moins en moins leur rendre visite, il préférait traîner en compagnie de louches individus. Et Igor ne donnait soudain plus signe de vie.

Juste après avoir déverrouillé la porte de son magasin et vu passer le jeune homme lourdement armé, Kolya reçoit une vidéo de Larissa par Viber. Nous nous approchons pour regarder avec lui. L'un de nous se penche par-dessus son épaule, essayant de suivre ce qui se passe. Sur l'écran du téléphone, le chaos est tel que Kolya, sidéré, interrompt la séquence au bout d'une minute et la reprend depuis le début. Toutes les sept secondes, il appuie sur « pause ». La caméra se faufile à travers un groupe d'hommes, s'avance sur un large trottoir et s'arrête devant le siège de l'administration régionale, où travaille Larissa. Des gaillards affublés de cagoules et de lunettes noires sont occupés à casser les vitres du rez-de-chaussée à coups de gourdin, de bâton et de barre de fer. Ils entrent dans le bâtiment par les ouvertures ainsi dégagées. Puis, debout sur les appuis de fenêtre, hissent leurs camarades auprès d'eux, à la force des bras. La caméra est elle aussi entraînée à l'intérieur. Dans la cage d'escalier, des policiers en grand uniforme assistent à la scène. Ils ne font rien. Ils regardent l'objectif sans dire un mot. Ils laissent passer les cagoules et leurs gourdins. Les dix dernières secondes de la vidéo montrent ces agents de police quittant le siège de l'administration régionale sous les applaudissements et les hourras des émeutiers restés au-dehors.

C'est plein de pneus entassés, de banderoles, de barbelés, écrit Larissa. *Ils ont monté un bar. Je n'ai rien pu emporter et on m'interdit de retourner à l'intérieur. Ils gueulent, mais ils ont été gentils quand ils m'ont évacuée de mon bureau. Je n'y comprends rien.*

Kolya ouvre la porte de sa boutique. Nous le voyons chercher du regard le garçon au fusil d'assaut. Il a disparu. Tout est calme dans la rue, comme si rien ne s'était produit, comme si le jeune homme n'avait été qu'un mirage. Kolya revient dans le magasin et appelle Larissa.

« Où est-ce que tu es ?

– Pratiquement à la maison.

– Va chez Nina. Prends les filles avec toi. »

Lorsque sa femme a raccroché, Kolya envoie un message à Andriy.

« C'est commencé. Ils sont là. »

DANS LE PALAIS DES COSAQUES PERDUS

Nikolaï pose le rectangle de toile sur la banquette.

« J'ai encore quelque chose pour vous. »

J'attrape la photo que j'ai montrée tout à l'heure au soldat du checkpoint. En silence, Nikolaï regarde ma grand-mère. Elle pose entre ses cousines Niouchka et Douchka. Cette tresse en couronne, c'est exactement comme ça que m'avait coiffée Elena, la mère de ma tante Natacha. Il faisait une chaleur insupportable. Nous étions dans la datcha de l'oncle Andriy et de sa femme, à une heure de voiture d'Odessa. Assise sous la tonnelle, je contemplais la mer Noire. Elena chantait pour moi en me tressant les cheveux. Le potager débordait de tomates et de concombres. Klava, Nina et ma mère se promenaient au fond du jardin. Elles se parlaient en russe, avec prudence, à mi-voix. Je voyais gesticuler Klava, qui tendait un mouchoir à Nina. Comme je les regardais avec trop d'insistance, Elena m'a tourné la tête légèrement vers la gauche d'une pression douce, mais ferme.

Sur la photo, ma grand-mère cligne un peu des yeux, peut-être à cause du flash. Elle porte une robe à carreaux noirs et blancs, avec un col en biais, fermé sur sa gorge par quatre boutons.

« Lorsqu'elle est retournée pour la première fois au pays, en 1973, elle portait une robe avec le même genre de motif. Elle l'avait pendant la dernière partie du trajet en train, de Moscou à Vorochilovgrad. Ma mère nous l'a toujours décrite comme ça, vêtue de cette robe, se tordant les mains, horriblement nerveuse. Elle n'arrêtait pas de casser les oreilles au mari de tante Nina, tonton Pomidorski, qui était venu les chercher à leur correspondance en gare de Moscou.

– Les filles de mon frère Klim, dit Nikolaï en désignant Niouchka et Douchka. C'est Douchka qui nous a appris qu'Aleksandra était toujours en vie, quand Niouchka et elle sont rentrées après la guerre. Seulement, lorsqu'elles sont revenues dans notre ville à moitié en ruine, nous avons dû leur annoncer qu'elles n'avaient plus de père. Klim s'était fait fusiller par un Russe.

– Mais votre frère aussi était russe, tout comme vous, non ?

– Ah, Russes ou Ukrainiens, nous étions avant tout des Cosaques du Don. Mon frère et ses amis s'en sont très vite lassés, de cette révolution... Elle leur avait d'abord semblé prometteuse pour le pays, mais en fin de compte, les gens n'étaient pas vraiment libres et ne pouvaient absolument pas faire entendre leur voix. Pour nous, les Cosaques du Don, il y avait peu de place. Nous allions et venions trop librement, donc nous étions dangereux. Dans les années vingt, ceux qui ouvraient leur clapet disparaissaient aussitôt ou mouraient. Et à partir de là, il s'est passé ce qui se passe d'ordinaire : *les braves sont tous en prison*, comme on dit. Ils nous ont éliminés. Systématiquement. Ensuite, Staline a remis deux sous dans la machine avec son plan quinquennal. Tout, et surtout chacun, devait être sacrifié aux grands changements économiques qu'il nous réservait. Nous avons perdu d'autres proches, des amis, des enfants d'amis. Après ces années sombres, Klim était en colère. Il se rebellait volontiers contre l'autorité, comme beaucoup de Cosaques du Don.

– Et vous, vous n'étiez pas en colère ?

– Moi, j'étais différent, plus calme, peut-être un peu plus souple. Je ne voulais pas me battre, je ne voulais pas la guerre. Je voulais vivre en sûreté, coudre des habits pour ta grand-mère, pour son frère et ses sœurs, je voulais être un bon mari pour Anna. Il m'est arrivé de me mettre en rage, bien sûr, j'avais perdu des gens autour de moi, de bons amis, mais je n'étais pas comme Klim. Lui, il se souvenait de tout comme si c'était hier, le chagrin lui collait à la peau, à la manière d'une sangsue. Quand la guerre a commencé et que les Allemands, pendant l'été 1942, se sont dirigés vers le Don, nous avons vu de l'espoir sur le visage de Klim. "Peut-être serons-nous tous bientôt libérés", m'a-t-il chuchoté un soir.

– Mais les Allemands ont brûlé vos terres, pillé vos provisions, violenté les femmes, forcé les gens à creuser leurs propres fosses communes...

– Tout ce qui s'est passé pendant cette guerre ne nous était pas forcément inconnu. Pour Klim, cela faisait partie de l'ordre des choses, c'était inhérent au choix de la liberté.

– Ils menaçaient de fusiller cent personnes pour chacun de leurs soldats tués ! C'est ce que m'a dit Aleksandra. »

Nikolaï se tourne vers moi et me regarde en face. Ses yeux bleus changent de couleur, virant au noir absolu.

« Klim voulait être libéré. C'est ce que nous voulions tous. Notre pays frémissait : un mélange d'excitation et d'angoisse envahissait les rues. Dans certaines localités, on accueillait les soldats allemands sous des arceaux fleuris, avec du pain, du sel et du beurre. Mères et filles embrassaient les jeunes militaires qui arrivaient sur leurs side-cars. Des chefs de village, les starostes, se portaient volontaires pour surveiller la population. Ils clouaient sur chaque porte une liste de noms pour que les Allemands sachent combien de gens habitaient là et quel âge ils avaient. Nous étions pris dans un atroce dilemme.

*

Le dernier soir, à Odessa, Andriy s'est penché vers moi par-dessus la table et m'a saisi la main. Ses yeux, aussi bleus que ceux de Nikolaï, étaient humides.

« Qui sommes-nous donc, Lisa ? C'est ce que je me demande parfois. On m'a raconté l'histoire d'un homme, en Crimée, qui était moitié tatar, moitié russe, il avait toujours vécu là. Pendant la révolution de Maïdan, sa fille était partie pour Kyiv et elle n'avait plus jamais reparu. Elle était tombée amoureuse de la capitale, ce qu'il pouvait comprendre. Elle lui disait : "Kyiv respire, papa." Il restait quand même, en promettant d'aller la voir au printemps. Mais le printemps n'avait pas encore commencé que les Russes étaient déjà en Crimée. Avec des tanks et armés jusqu'aux dents. Ils étaient très effrayants, déterminés aussi. Ils disaient : "Tout ça est à nous." L'homme ne partageait pas entièrement cet avis. La presqu'île avait déjà été annexée par les Russes au cours du XVIIIe siècle et rattachée plus tard à la République socialiste soviétique d'Ukraine, sur ordre de Krouchtchev. "Personne ne sait vraiment à qui ça appartient", se disait l'homme. Mais rien n'y a fait. Un char, sans doute débarqué d'un vaisseau russe, a ouvert une brèche dans le mur de la base militaire et ils ont hissé le drapeau de la Russie. Enfin, c'est ce que j'ai entendu dire. Bref, cet homme, qui vivait là depuis toujours, depuis sa naissance juste après la guerre, eh bien, cet homme donnait à manger aux chiens errants. Il y en avait de plus en plus, parce que leurs maîtres partaient. Pour aller sur la péninsule, on devait passer par des tas de checkpoints, ça pouvait prendre des heures depuis l'Ukraine. La fille ne voulait pas revenir voir son père en Crimée. Ils discutaient de la situation au téléphone, quand il y avait du réseau. Parfois, les connexions Internet étaient impossibles pendant plusieurs jours et il avait beaucoup de mal à la joindre. Elle lui demandait de fuir. Comme j'ai moi-même demandé à Kolya s'il ne voulait pas venir ici, à Odessa, où il serait en sécurité. Mais cet homme ne pouvait pas s'en aller. Il répondait : "J'ai tous ces chiens, maintenant. Ça fait pitié, non ? Sans moi, ils vont peut-être mourir." Sa fille lui a dit qu'elle avait entendu parler d'un référendum qui serait bientôt organisé pour savoir si la Crimée faisait partie de la Russie ou de l'Ukraine. Lui-même aurait préféré que la nouvelle du référendum sur les frontières de la presqu'île n'ait pas atteint le continent. Lorsque sa fille l'a interrogé sur ses intentions, il s'est contenté de dire : "Rester vivre ici. Dans ma maison. Et donner à manger aux chiens." Le référendum approchait. Chaque jour, des unités de la milice passaient dans les rues et frappaient chez les gens pour leur demander ce qu'ils allaient voter. L'homme les voyait écumer la ville. Il attendait patiemment de les voir arriver dans son jardin. Et les miliciens sont venus. Ils étaient deux, ils lui ont dit de voter pour la Russie. L'homme a voulu savoir pourquoi, en précisant que la démocratie, ça ne fonctionnait pas comme ça. "C'est mieux pour le pays", ont répondu les autres. "C'est surtout mieux pour votre marine", a répliqué l'homme, et il a ajouté : "De toute façon, qu'est-ce que ça change ? Les Russes viennent déjà ici en vacances et la moitié de la population est russophone."

Les miliciens ont soupiré : “Si ça ne change rien, alors vous pouvez aussi bien voter pour.” L’homme a répété que ça ne fonctionnait pas comme ça. “Dans ce cas, ce n’est pas la peine de vous déplacer”, ont réagi les types. Je crois que la conversation s’est poursuivie comme ça pendant un petit moment, jusqu’à ce que l’un des deux lui annonce qu’ils reviendraient la semaine d’après, en espérant qu’il ait changé d’avis d’ici là. “Votre fille est partie à Kiev, elle a déjà choisi, elle. Ce n’est pas très bon pour votre réputation, alors mettez le bon bulletin dans l’urne.” Ils sont sortis du jardin. Les chiens attendaient devant le portail. Des dizaines de chiens. L’homme est allé au supermarché et à la boucherie pour leur acheter à manger. Une semaine a passé. Tous les jours, c’était la même routine : il se levait, il allait en voiture voir la mer, il nourrissait les chiens. Le huitième jour, les miliciens sont revenus. Leur allure avait changé. Ils étaient armés de matraques. L’un des deux portait aussi un pistolet. “On doit être sûrs que vous êtes du bon côté.” Ils l’ont pris par les épaules, ils l’ont poussé brutalement contre la clôture au bout du terrain et ils l’ont frappé à coups de bâton jusqu’à ce qu’il tombe. L’homme est resté allongé par terre, il leur a demandé où c’était, le bon côté : “Est-ce que vous le savez vous-mêmes ? Le bien et le mal ont tendance à changer de camp lorsque ça nous arrange. C’est pour cette raison que mes grands-parents tatars ont été déportés. En mai 1944. Ma mère avait la chance d’être mariée à un Russe, mais ses parents, ses grands-parents, ses frères et ses sœurs ont été forcés de quitter leur foyer, tenus en joue par les soviets. On leur a donné un quart d’heure pour rassembler leurs affaires. Ma mère s’est ensuite retrouvée dans une maison presque vide, car ils avaient pris le plus de choses possible avec eux. On les a mis dans un wagon à bestiaux avec soixante autres personnes et ils ont été transportés en Ouzbékistan. Ma mère a perdu la moitié de sa famille dans ce convoi. Plus tard, elle n'a revu son père, son frère et sa sœur survivants que quatre fois en tout, c'était trop difficile pour elle de faire un trajet aussi long." Les miliciens sont restés silencieux, puis l'un d'eux a dit : "Les Tatars fricotaient avec les fascistes." "Tout le monde avait peur de Staline", a riposté l'homme. Il s'est relevé, puis il a traversé le terrain dans l'autre sens et il a ouvert le portail. Les chiens, qui attendaient depuis un moment sur la chaussée, se sont engouffrés dans le jardin, ont reniflé les pantalons des soldats, léché les matraques. L'un des miliciens a donné un coup sur la tête d'un chien de berger. La bête a gémi si fort que toute la rue pouvait l'entendre. "Qu'est-ce qui vous prend, pourquoi vous faites ça?" a demandé l'ami des chiens. Le milicien a frappé de nouveau, encore plus violemment. Le chien s'est écroulé dans l'herbe. Ses congénères se sont mis à aboyer, et ils ont encerclé les deux hommes. D'autres chiens entraient, toujours plus nombreux. Il en arrivait tellement que le jardin a vite été rempli. Les chiens retroussaient les babines, happaient les mollets des lascars. Ils se jetaient sur eux, les mordaient aux mains, aux bras, aux oreilles. Les hommes essayaient de se défendre en agitant leurs matraques comme des fous furieux, mais les chiens étaient plus rapides, plus malins, plus offensifs. Ils déchiraient les manches, les jambes de pantalon, griffaient le cuir des bottes. Au bout de cinq minutes à hurler contre la meute, le gars qui avait un pistolet s'en est saisi et l'a pointé sur le chien de berger toujours étendu par terre, à bout de souffle. Il y a eu un coup de feu. Les autres chiens se sont figés. Le bruit de la détonation se répercutait dans la rue, entre les immeubles. L'homme qui donnait à manger aux chiens s'est agenouillé près de l'animal. Il l'a pris dans ses bras.

La balle avait traversé l'abdomen. Il y avait un trou des deux côtés du corps. “Maintenant, partez, s'il vous plaît, a demandé l'homme aux deux miliciens qui se tenaient, immobiles, au milieu des chiens, les yeux baissés vers la bête morte. Si même les créatures qui n'ont rien à voir avec la politique doivent payer les pots cassés, c'en est bien fini de nous tous.” Alors les miliciens sont partis. Il ne les a plus revus. »

Andriy me tenait toujours la main. J'ai repensé à certaines conversations qu'il avait eues avec Aleksandra au téléphone quand je me trouvais chez elle, à la manière dont il arrivait à la persuader que tout allait bien dans son pays natal.

« J'ai grandi avec la langue russe. D'après mon passeport, je suis ukrainien. J'ai changé mon code WiFi en *POUTINE_est_un_gros_connard*, on a perdu Igor, et Kolya est porté disparu depuis le 30 mars. Vitya dit qu'il va me buter si je retourne à Lougansk, que je dois rester à l'Ouest. Nous sommes nés sur un sol déchiré, alors qu'est-ce qu'il faut que je fasse ? Peut-être que le Donbass, ce bout de territoire aux limites aussi variables que les populations qui l'ont traversé, ne peut devenir notre véritable pays qu'en étant autonome ? Les Cosaques du Don, ancêtres de ton arrière-grand-père, ont toujours traîné près de ce fleuve, de part et d'autre des frontières d'aujourd'hui. Sommes-nous condamnés, nous les descendants des Krasnov, à l'errance éternelle ? »

*

Les yeux de Nikolaï redeviennent bleus, du même bleu que ceux d'Aleksandra et d'Andriy. Je pose ma main sur son genou. Je sens ses os à travers le pantalon.

« En ce temps-là, lorsque la guerre a commencé pour de bon et que chacun prenait parti, j'ai souvent pensé à Tolia, le fils d'un de mes cousins, Petr. Tolia était un peu plus jeune que moi. Après la révolution d'Octobre, il a décidé de se battre aux côtés des bolcheviks. Il avait envie d'aventure. Le monde nouveau l'enthousiasmait. Finalement, loin de chez lui, il a déserté. Il ne comprenait plus pour quelle cause il luttait, ni contre qui.

– Une terre peut-elle trouver le repos sous les pas de peuples mêlés ? »

Nikolaï éclate de rire.

« Sous les pas de peuples mêlés, répète-t-il d'une voix grave en imitant mon sérieux. Mais enfin, Lisa, quelle question philosophique ! Et beaucoup trop sinistre. »

Vexée, je croise les bras et détourne mon regard vers les figures de mosaïque au sourire toujours plus amer.

« Non, tu as raison. Écoute : à l'usine de Lougansk où je fabriquais des pelisses, après notre expulsion de la ferme, j'entendais les camarades pinailler pendant des heures sur l'histoire de notre pays et sur ceux qui pouvaient s'en déclarer les héritiers légitimes. Ils n'arrêtaient pas de se chamailler, toute la journée, jusqu'à ce qu'ils arrivent à l'année 800 ou 900 et quelque chose. Alors là, le ton montait vraiment : ils parlaient de la Rous de Kiev, une vague principauté qu'un vague seigneur avait fondée en attendant d'agrandir son territoire, et c'est alors qu'un Ukrainien a dit : "Sans nous, la Rous de Kiev n'aurait pas existé !" Peuples mêlés ? Quelle farce ! Comme les histoires de mes arrière-grands-pères sur les Cosaques du Don. Ah ça oui, on pouvait très bien se laisser entraîner par ces légendes sur la défense de nos terres et de nos traditions ! Mais on pouvait aussi, tout simplement, faire en sorte de gagner son pain et de nourrir ses enfants. »

Nikolaï me prend la photo des mains et la pose sur ses genoux.

« À l'époque, tu vois, nous avions encore une vie relativement normale. Ta grand-mère a fait réaliser ce portrait le jour de son quinzième anniversaire, le 1er septembre 1939, le jour où les Allemands ont envahi la Pologne, le jour où le tissu brodé par Baba Mari s'est envolé dans un arbre. Une journée peu ordinaire, comme on a pu le constater par la suite. Mais sur le moment, c'était surtout une journée pleine de suprises, parmi lesquelles ce rectangle de toile ouvragée. Pour la photographie, Niouchka, Douchka et Aleksandra avaient épargné tout l'été en travaillant au kolkhoze. Aleksandra l'a emportée en Allemagne, avec la pièce de lin. »

Il regarde la date indiquée au verso.

« Elles étaient dans le même train. Les chiens. »

Il tient devant lui la photo froissée, pleine de craquelures blanches même dans la lumière dorée qui tombe du vitrail. Il inspire profondément. J'enchaîne pour conjurer le malaise :

« Aleksandra nous a longtemps caché l'existence de cette photo. Je ne connaissais que les portraits d'après-guerre : la photo de son mariage avec mon grand-père, celles qui dataient de l'époque où elle avait déjà six enfants. Celle-ci, elle ne l'a ressortie qu'au moment des premières grosses manifestations à Kyiv, pendant l'hiver 2013. Cent mille personnes réunies sur la place de l'Indépendance, en plein centre. J'ai montré à Aleksandra les images de ces jeunes, de ces mères, de ces pères, de ces étudiants, de ces grands-parents qui portaient quelquefois une passoire sur la tête en guise de casque. On leur tapait dessus à coups de matraque, jusqu'au sang. Il y avait des coulées rouges sur leur visage, dans leur cou, des gouttes qui tombaient sur leurs manteaux, qui éclaboussaient la neige. Toutes les deux, nous avons vu cette place blanche se changer peu à peu en une forteresse carbonisée. Des jeunes gens traînaient les cadavres de leurs copains à travers les rues, en essayant de se protéger avec des plaques de métal et des panneaux d'aggloméré. La plupart du temps, Aleksandra et moi, on regardait tout ça sans rien dire et parfois, elle me disait : "Ce pays a tellement changé depuis que je suis partie au service du travail obligatoire, je ne comprends pas du tout ce qui s'y passe aujourd'hui." Chaque fois que j'allais la voir, les troubles s'étendaient toujours plus vers l'est.»

*

«Le rouge tranquille de nos lignes du temps est sous la menace, m'a murmuré Aleksandra après avoir eu Andriy au téléphone. Il était allé protester à Maïdan quelques jours en novembre, mais se trouvait de nouveau chez lui, à Odessa, où des échauffourées avaient eu lieu entre manifestants ukrainiens et hooligans prorusses. Andriy m'appelait pour dire que la situation en ville était redevenue normale. Vitya ne veut plus rien avoir à faire avec l'Europe, mais ils se parlent toujours, entre cousins. J'attends une lettre de ma sœur Klava. Je sais déjà ce qu'elle va m'écrire : elle va m'expliquer que tout est calme, que certaines personnes courent parfois un danger, mais pas elle. Quand ils se mettent à envoyer ce genre de lettres et à passer ce genre d'appels, ma petite Lisa, alors on sait que les carottes sont cuites. Je m'en souviens encore, de la première lettre que j'ai reçue de mes parents après la guerre. Tu veux savoir ce qu'ils disaient ? *Chère Aleksandra,* bla bla bla, *bons baisers de la part de tout le monde, tu nous manques terriblement. Quand reviendras-tu ? Nous t'attendons, nous en perdons le sommeil. Nous pleurons tout le temps. Nous allons bien, nous avons suffisamment à manger et à boire. En revanche, au numéro douze, un peu plus loin dans la rue, ils n'ont rien à se mettre sous la dent, ils vivent dans la pauvreté. Les enfants doivent aller quémander du pain de porte à porte, ils n'ont que des loques sur le dos, ils volent pour s'en sortir.* » Elle s'est interrompue un instant et m'a pris la main. « Le seul passage important de toute la lettre, c'était celui-là. À propos de la famille au numéro douze. Cette famille, c'était eux. Il faut toujours lire entre les lignes, avec les gens du bloc de l'Est. C'est ce que j'ai retenu de ma vie là-bas : derrière chaque mot se cache autre chose, ma petite. Ton oncle Andriy me ment. Tout va très mal. Le pays est en train de se désagréger. »

Un mois après la lettre de Klava et les appels d'Andriy, la réalité a donné raison à ma grand-mère : au printemps 2014, c'était le tour de sa région natale, le bassin du Donets. Des commandos de séparatistes qui portaient un brassard orange et noir ont pris d'assaut les bâtiments officiels et proclamé une république populaire. Certains habitants, surtout parmi les plus jeunes, partaient se réfugier en Russie, dans l'ouest de l'Ukraine, en Allemagne ou en Pologne. De plus en plus de gens disparaissaient, comme en Crimée quelque temps plus tôt : les uns refaisaient surface au bout de deux ou trois jours, complètement esquintés par les coups, d'autres restaient introuvables. Ou bien on finissait par découvrir leur corps, abandonné dans un lieu indéfini, à l'écart de tout. Ma grand-tante Nina, qui dorénavant habitait sur la ligne de front, est allée dormir à la cave, un couvre-feu a été instauré, les tirs et les bombardements n'arrêtaient pas, le jour comme la nuit, notre cousin Igor s'est fait menacer pour une poignée de roubles et, quelques mois plus tard, l'a payé de sa vie. La nourriture manquait. Les coupures d'électricité, d'eau, d'Internet duraient des jours. Nous ne recevions plus de courrier ni d'appels téléphoniques du Donbass. Ma mère ne voyait plus de photos ni de mots gentils arriver dans sa boîte mail. Le pays natal d'Aleksandra se taisait, nous étions coupés de notre famille. Lorsque le cousin Kolya, en mars 2015, a disparu et que j'ai annoncé la nouvelle à ma grand-mère, il y a eu en elle comme un basculement.

« Nom d'un chien, s'est-elle emportée, je te l'avais bien dit : ils font exactement la même chose que quand j'étais petite ! »

Elle a attrapé la canne posée contre le dossier de sa chaise, s'est relevée à la force des bras et, l'air grincheux, est allée à petits pas dans le couloir, où elle a ouvert la porte du cagibi pour prendre une boîte à pain rangée sur l'étagère au-dessus de la machine à laver. Cette boîte en métal vert foncé, d'un modèle que je connaissais depuis toujours pour l'avoir vu à différents endroits, chez d'autres gens, était pleine de rouille et toute bosselée. Le mécanisme de fermeture avait fait son temps : malgré les efforts d'Aleksandra pour enfoncer le bouton-poussoir qui devait libérer le verrou, la languette en fer dans laquelle il s'était autrefois emboîté parfaitement refusait de se relever à cause de la déformation du couvercle, cabossé tout près d'une charnière. Finalement, elle a réussi à débloquer le verrou en poussant le bouton à moitié tout en donnant, de l'autre main, un grand coup sur le couvercle.

« Bon sang de bonsoir... »

Elle a posé la boîte sur la table et l'a fait glisser vers moi. Dedans, j'ai vu des piles de photos, de télégrammes, de lettres par avion venant d'Union soviétique, d'Ukraine, du Kazakhstan ou de Russie... Rien n'était classé, ni par date, ni par pays. Il y avait des photos de mariage sur lesquelles tout le monde – chapka en hiver, tête nue en été – regardait l'objectif d'un air maussade (même les mariés) ; des portaits sépia de mes grand-tantes serrant fermement leurs enfants contre elles ; des cousines en tenue militaire, posant sous un pommier ; des cousins en tenue militaire, posant devant un parterre fleuri ; un cortège funèbre dans les rues de Stanytsia Louganska, la dépouille du cousin Aleksandr transportée sur un chariot ; une petite photo carrée de Nina et de tonton Pomidorski, attablés chez mes grands-parents à Dordrecht, en compagnie de ma mère et de mes tantes ; Aleksandra parmi ses sœurs et aux côtés de leur mère Anna, toutes en robe à fleurs ; un portrait noir et blanc de Kolia, l'unique frère de ma grand-mère.

« Nous avons différents Kolia dans la famille, m'a précisé Aleksandra. Trop pour en tenir le compte. Ta mère avait du mal à s'y retrouver, la première fois qu'elle m'a accompagnée là-bas, en 1973. Je vais te dire ce que je lui ai dit, dans le train, avant d'arriver : les Kolia que tu dois retenir, il y en a quatre. Mon père, Nikolaï. Mon frère Nikolaï, surnommé Kolia, qui était donc ton grand-oncle, Lisa. Il se trouve que mon frère avait perdu un morceau de doigt dans un accident de travail à l'usine. La phalange, tranchée net, n'avait pas pu être recousue. Quand ta mère et moi sommes descendues sur le quai de la gare, accueillies par les membres de notre famille, avec tout près d'eux un accordéoniste qui jouait bien trop fort, eh bien, Marie est allée embrasser Kolia en premier, elle l'avait reconnu à son doigt raccourci. Ensuite, il y a bien sûr mon fils Nico, ton oncle hollandais. Et enfin Kolya avec un *y*, le cousin de ta mère, mon neveu, le fils de ma sœur Nina. »

Sur la photo qu'Aleksandra gardait dans la boîte à pain, son frère était jeune, environ treize ans. Il avait encore tous ses doigts. Le cliché datait de l'immédiat après-guerre. Kolya posait assis sur une chaise, de trois quarts, les mains croisées sur les genoux. Il portait une chemise sombre au col empesé, ses cheveux noirs étaient sagement peignés sur le côté. Souriant à moitié, il fixait l'objectif. Ses iris étaient presque entièrement noirs. L'allure convenable qu'il essayait de se donner jurait avec la solide ossature de ses épaules juvéniles. Dans un coin de l'image, un peu au-dessus de sa tête, quelque chose était inscrit à la main, en capitales cyrilliques. L'encre avait pâli par endroits. Tout ce que je pouvais déchiffrer, c'était *Choura*, le premier surnom de ma grand-mère. Je lui ai tendu la photo.

« *Pour ma sœur Choura, en souvenir*, a lu Aleksandra, avant de remettre la photo dans la boîte. C'était étrange de le voir là, dans cette gare. Comme si je me retrouvais devant mon père, tellement il lui ressemblait. Comme si le temps s'était arrêté en novembre 1942 et que papa n'avait pas bougé du quai. »

Elle ne paraissait pas particulièrement émue.

*

Je regarde Nikolaï, sa peau est bronzée, on dirait qu'il travaillait encore aux champs pas plus tard qu'hier, au lieu de fabriquer ses manteaux de fourrure à l'usine.

« Je ne suis pas étonné que cette boîte à pain ait mis aussi longtemps à sortir de sa cachette. Ta grand-mère a été élevée dans le silence. À l'abri des paroles. Ne rien dire, c'était se protéger. Moi, je me taisais depuis que les Cosaques du Don avaient été chassés de nos terres. Anna et Baba Mari se taisaient depuis 1927, lorsque nous avions essayé de garder plus longtemps nos récoltes à la ferme et peut-être ainsi de gagner un peu plus d'argent. À l'époque, les contrôles se renforçaient, les volumes confisqués augmentaient. Les brigades du Komsomol – les jeunesses communistes – sillonnaient notre région. Des garçons parfois ivres, généralement armés. Ils repéraient de manière infaillible les fermes qui employaient du personnel. Leur mission était de propager un message édicté en haut lieu : nos parcelles devaient être mises en commun. Nous allions tous les cultiver, collectivement. Non pas avec nos anciens outils, mais à l'aide de tracteurs modernes. Les *komsomoltsy* ont suspendu des banderoles aux bâtiments publics, aux maisons, aux clôtures. Ils ont organisé des soirées où tous les villageois étaient invités à écouter leurs harangues. Ils nous ont divisés en trois groupes, ce qui donnait l'impression que nous étions ennemis les uns des autres. Du jour au lendemain, notre village n'a plus compté que des paysans pauvres, censés adhérer au monde nouveau, des fermiers ordinaires, qui étaient neutres et bientôt amenés à faire partie d'une ferme collective, et enfin des koulaks, propriétaires terriens, donc riches et ennemis du prolétariat. Nos jeunes orateurs, à jeun ou ronds comme des barriques, n'avaient que ce mot à la bouche : prolétariat par-ci, prolétariat par-là... Après leurs discours, j'avais envie de vomir. Alors j'allais faire un tour sur les chemins avoisinants et je voyais, dans chaque isba, mes amis qui donnaient à manger à leurs enfants, les femmes qui caressaient la tête de leur homme, qui refermaient les rideaux, et je me disais : notre petit village, avec sa demi-douzaine de fermes, ils vont finir par nous le démantibuler. Quand la brigade est partie, nous sommes retournés au travail. Le plus normalement possible. Mais quelque chose avait changé entre nous. Nous sentions arriver un vent funeste, il courait dans les rues du village comme un mauvais esprit durant la nuit ; nous nous regardions d'une autre façon, nos employés devenaient plus craintifs, moins loquaces. Sur les marchés, dans les bourgades et les villes des environs, on entendait les gens tenir des propos tels que "les jours sont comptés pour les ennemis du prolétariat". Tout le monde répétait ces mots, mais personne ne savait ce qu'ils signifiaient. Certains prédisaient une guerre civile : nous, les paysans un peu plus aisés, qui pouvions cultiver un peu plus de terres noires et qui avions un peu plus de bétail, nous allions nous défendre, nous rebeller contre l'État. Nos sols fertiles et nos récoltes ne tomberaient pas entre les mains des autorités, qui revenaient sans cesse exiger davantage.

"Celui qui détient la nourriture détient le pouvoir", avait dit un vieil homme à Anna, un jour au marché de Lougansk. Ce n'est que quatre ans plus tard – nous avions fui notre village depuis longtemps, la campagne s'était entièrement vidée de ses habitants et une foule de paysans affamés errait dans les rues de la ville – que j'ai compris le sens de ses paroles. Mais à ce moment-là, il était déjà trop tard. »

Au mur, les personnages de mosaïque ne posent plus le regard sur nous, mais sur le blé amassé dans le grand hall d'accueil. Leurs joues sont moins rouges et moins rebondies qu'à mon arrivée. Ils semblent brusquement épuisés. Affolés. D'un pied, je creuse en rond dans le tas de grains jusqu'à ce que le sol apparaisse. Il est blanc et scintille. La pierre ressemble à celle de Maïdan, où je me suis promenée un soir pendant mon voyage vers l'est de l'Ukraine. Des fleurs et des photos avaient été déposées sur les bords de la place. Dans les rues voisines, il manquait des pavés ici et là, comme si ceux qu'on avait arrachés durant la révolution ne pouvaient pas être remplacés. Des lanternes de deuil éclairaient la nuit tombante de petites lueurs rouges et partout dans les arbres flottaient des rubans jaune et bleu.

« Au printemps 1928, ils ont commencé à serrer la vis. La consigne était simple, donc apparemment pas si terrible : contribuer davantage. Anna, Baba et moi leur avons donné plus de bétail et de céréales. Sans broncher. Un jour que je vendais nos légumes au marché, j'ai entendu dire que les paysans qui osaient rechigner prenaient parfois tout de suite une balle dans la tête ou se retrouvaient jetés dans un train pour la Sibérie. Quant à leurs enfants, lorsqu'ils n'avaient pas la chance d'être recueillis dans un orphelinat, ils devaient s'en sortir tout seuls. Comme nous ne voulions pas que Nastia et Aleksandra grandissent sans parents, nous faisions ce qui nous était demandé. En 1928 et 1929, les récoltes ont été mauvaises et il ne restait presque plus rien pour nous-mêmes. Mais la consigne ne changeait pas : il fallait toujours contribuer davantage, jusqu'à nos bêtes, alors que nous ne pouvions pas travailler la terre sans elles. Plus rien n'était logique. En 1930, Anna, Baba Mari et moi n'avions plus que quelques poules, un tout petit troupeau de chèvres, deux vaches et trois chevaux. Certains paysans du village enterraient leurs dernières économies et vendaient leurs objets de valeur. De notre côté, nous nous sommes séparés des cadres en or de nos icônes. Sur les conseils de mon meilleur ami Oleg, nous avons remplacé les images pieuses accrochées au mur par un grand portrait de Lénine. Quand Aleksandra nous demandait pourquoi, nous lui répondions que c'était parce qu'elle était née l'année de sa mort à lui. Pendant longtemps, elle a ressenti beaucoup de fierté à le voir là, en bonne place, le regard tourné vers l'infini. Nous avions encore une icône de l'autre côté de la pièce, dans un coin. Celle que Mari et Stepan avaient commandée après leur mariage.

Durant l'hiver 1929, nous avons survécu grâce aux légumes que Baba Mari s'était acharnée tout l'été à mettre en bocaux, des journées entières. On en trouvait un peu partout dans la maison. Cet hiver-là, Nastia avait beaucoup maigri et ta grand-mère était toujours fatiguée. L'année suivante, heureusement, la terre a très bien donné. Notre docilité silencieuse semblait récompensée. On aurait dit que le sol nous présentait ses excuses en nous offrant tout ce qu'il pouvait produire : maïs, blé, tournesols, oignons, ail, betteraves. Des veaux, des chevreaux sont nés. Nous manquions de bras pour les récoltes, mais tout a pu être livré à temps, en quantité requise. Et le reste suffisait à nos besoins. Finalement, 1930 a été une bonne année. Nous avons fait une fête dans le jardin pour nos amis et nos ouvriers agricoles. Anna avait préparé des gâteaux au miel, Oleg nous a apporté de la bière qu'il brassait lui-même. Nous avons mangé de la viande à la broche et du poisson pêché dans la petite rivière. Cet été-là, j'ai dégusté la tomate la plus douce qu'il m'ait jamais été donné de goûter.

Mais l'année d'après, nous n'avons presque rien récolté. La terre paraissait s'être effondrée, dans un dernier souffle, pour ne plus jamais se relever. Chaque jour dévoilait un nouveau désastre : pourriture aux racines, jeunes pousses détruites par le gel, semences non germées, prolifération de vermines, sol gorgé d'eau – tellement, même, que je m'y enfonçais parfois jusqu'aux genoux. L'État continuait de réclamer davantage, mais la terre noire avait décidé de ne plus participer, comme si elle sentait que cela ne faisait aucune différence, que nous, les hommes qui la cultivions avec amour, ne connaîtrions désormais que la douleur. Elle semblait savoir que les denrées qu'elle produisait finissaient dorénavant dans les mauvaises assiettes. Cette année-là nous a brisés. Elle a brisé nos terres, nos bêtes, les paysans de notre village. La fatigue, le vide, la maigreur dominaient. Anna avait faim. Moi-même j'avais faim. Nos employés partaient pour la ville dans l'espoir d'y trouver de quoi vivre. Ta grand-mère et sa sœur les ont remplacés. Quand elles n'étaient pas obligées d'aller à l'école, elles aidaient aux champs. »

Nikolaï prend un grain de blé sur le sol et le fait rouler au creux de sa main, comme pour en déterminer la valeur.

« Je les revois toutes les deux, agenouillées sur la terre noire parmi les patates, les oignons, les betteraves. La nuit, je rêvais qu'elles disparaissaient, ensevelies. Les ouvriers agricoles qui travaillaient encore pour nous venaient aussi avec leurs enfants. Des garçons et des fillettes de cinq ou six ans. Quelle agilité dans les doigts ! Ils ramassaient les pommes de terre à toute allure. Aleksandra, elle, avait sept ans. C'est comme si elle était aujourd'hui devant moi, avec ses cheveux bouclés, penchée vers le sol, dans sa robe préférée. Sa main tenait deux fois dans la mienne, c'était scandaleux à voir. Même si le travail allait plus vite quand les enfants nous aidaient, nous ne pouvions naturellement tirer de la terre que ce qu'elle nous donnait. Pendant l'été 1931, quelques jours après la bénédiction d'une récolte beaucoup trop maigre, Anna et moi avons décidé d'abattre l'un de nos chevaux, Oskar, afin d'avoir assez d'argent pour passer l'hiver. Le boucher était déjà parti pour la ville et je ne pouvais pas me résoudre à m'en charger moi-même. J'ai demandé à Oleg de m'aider, il était bûcheron et beaucoup plus costaud que moi. Au milieu de la nuit, une fois que tout le monde dormait, j'ai enfourché Oskar et je suis parti dans l'obscurité vers l'isba d'Oleg, à l'orée de la forêt. En chemin, réchauffé par l'échine de cet animal avec lequel nous avions fait tant de récoltes, je me suis dit : tout ce qui nous permet de vivre sur ces terres sera bientôt perdu. J'ai dû terminer le trajet à pied, le long d'un étroit sentier, en tirant Oskar par le licol. On n'y voyait goutte. Je m'étais déjà cassé la figure à cet endroit : des années plus tôt, après la fête des moissons, j'avais trébuché sur une souche. J'étais couvert de bleus et je pouvais à peine marcher. Baba Mari s'était longuement moquée de moi à ce sujet, singeant ma démarche bancale et riant à gorge déployée. Mais cette nuit-là, sur le sentier avec Oskar, j'ai fait très attention, je posais un pied devant l'autre, gros orteil contre talon. Il ne fallait pas qu'une mauvaise chute soit la dernière chose que le pauvre ait connue de moi, un tel malheur ne devait pas avoir lieu sur ces terres déjà éprouvées. Mon père serait mort une seconde fois, de honte, si son Cosaque de fils s'était fait écraser par son propre cheval. Je m'imaginais déjà étendu par terre, là-bas dans la forêt. Tu sais ce qu'il m'a dit, mon père, quand j'étais jeune ?

– Non, quoi ?

– "Un Cosaque du Don n'est rien sans son cheval." Cette nuit-là, dans les bois, j'ai beaucoup repensé à mon père, à ce jour de mon enfance où il m'a installé sur le dos d'un cheval et m'a laissé partir, tout simplement. Il m'a dit de donner des coups de talon dans la panse de l'animal. J'étais pieds nus, cette première fois, je sentais les muscles du cheval, les lignes de son corps. Ma peau était fraîche contre son ventre chaud. Mes talons disparaissaient presque dans ses flancs. Il était en même temps doux et rude, je me suis cramponné à son cou, jusqu'à ce que mon père, furieux, me rappelle à l'ordre : je devais me tenir droit. Droit et intrépide. Alors, à l'approche de la maison d'Oleg, dans les derniers mètres, j'ai redressé le torse. Il ne fallait pas que le cheval me voie faible, diminué. Oleg avait déjà pratiquement tout préparé : sa pierre à aiguiser, des cordes, une mangeoire pleine de foin qui devait distraire mon pauvre Oskar, des seaux pour recueillir le sang. À notre arrivée, il s'est mis à caresser l'animal, lui a murmuré à l'oreille des paroles anciennes que nos pères nous avaient apprises. Il lui a chanté la chanson du corbeau noir : *Envole-toi et va dire à ma mère, à ma mère chérie, que je suis tombé pour la patrie.* Ensuite, il m'a dit qu'il devait encore aller chercher quelque chose. Il est rentré chez lui, s'éclairant avec sa lampe à huile, et en a rapporté la plus grosse hache qu'il possédait.

"C'est vraiment de ça que tu vas te servir?" lui ai-je demandé, saisi d'effroi.

Je le voyais déjà se jeter sur Oskar comme un barbare, lui tailler la chair à la hache jusqu'à ce que la bête s'écroule. Ou bien lui casser les genoux pour ensuite asséner le coup de grâce. J'entendais presque les os se fracasser.

"Calme-toi, m'a-t-il dit. Je ne frapperai qu'une seule fois. Nous ne devons pas faire d'erreur."

Les bras passés autour du ventre d'Oskar, j'ai fermé les yeux. J'ai entendu mon ami prendre une longue respiration, puis il y a eu un coup mat. Derrière nous, la forêt restait silencieuse, pas une branche ne craquait, pas un cerf ne bougeait. La seule fois où j'ai connu un tel silence par la suite, c'est lorsque le train qui emportait Aleksandra, Niouchka et Douchka a disparu dans le lointain et que leurs cris, leurs pleurs ne nous parvenaient plus. Mais j'entends encore les bruits qui ont suivi le coup sur le front d'Oskar : le couteau planté dans son cou, la chair se fendant sous la lame, le flot de sang dans les seaux. L'animal a glissé d'entre mes bras. Au moyen d'une corde nouée autour de ses jarrets, nous l'avons hissé à une poutre, puis laissé se vider de son sang sur la véranda où Oleg n'allait jamais, à l'arrière de la maison. Nous avons bu du kvas sans rien dire. Les seaux de sang, nous les avons déversés dans un affluent du Don. »

*

« Oskar. Deux ou trois icônes. Des sacs remplis d'argent. J'avais beau être petite, je voyais très bien ce qui se passait, m'a dit ma grand-mère. Mais personne n'en parlait. On voyait de plus en plus souvent des hommes débarquer sur la place du village, poser une table au milieu et planter des écriteaux tout autour. Ils racontaient des histoires de fermes immenses où les gens iraient travailler, bien plus dur qu'avant. Ils annonçaient à grands cris de nouvelles machines, de nouveaux tracteurs. C'est grâce à vous que le reste de l'Union soviétique pourra se construire, nous ont-ils dit un jour, c'est vous qui remplissez les estomacs de toute notre société ! Sur le moment, je me suis sentie fière, mes parents allaient se charger de cette noble tâche. Une semaine plus tard, Oskar n'était plus là. Disparu du jour au lendemain. Et il y avait un sac d'argent sur la table. Ce genre de choses, ça vous marque. On finit par le sentir, quand la situation se dégrade peu à peu – même lorsqu'on n'est qu'une petite fille. »

*

« Quelques mois après l'abattage d'Oskar, le 5 décembre 1931 à l'aube, Anna et moi nous sommes rendus à l'évidence : la saison avait été terrible. Nous avons échangé un court baiser. »

Nikolaï fixe le plafond, creuse un trou dans le tas de grains avec le bout de son pied.

« Elle m'a dit que tout finirait peut-être par s'arranger, sans conviction. J'ai acquiescé, ou bien je lui ai caressé les cheveux, enfin, j'ai essayé de la rassurer. Ensuite, je suis allé m'asseoir devant ma machine à coudre et j'ai lutté contre le chagrin en ajoutant une épaisseur de lainage aux manteaux d'Aleksandra, de Nastia, de Baba Mari, d'Oleg et au sien. C'était l'hiver où, à Moscou, la plus grande cathédrale de Russie explosait sur l'ordre de nos dirigeants. Leur projet de palais des Soviets, beaucoup trop ambitieux, a probablement suffi à tout faire vaciller. »

*

Le 5 décembre 1931, Anna va porter un demi-sac de farine à Baba Mari, en compagnie d'Aleksandra, quand Oleg accourt à leur rencontre. Il reste un moment à reprendre son souffle sur le chemin gelé, s'appuyant d'une main sur l'épaule frêle d'Anna et passant l'autre sur la joue d'Aleksandra. De petits nuages blancs sortent par intermittence de ses narines, on dirait les nuages d'un ciel d'été, dans lesquels la fillette essaie toujours de deviner des animaux. Anna le regarde, effarée. Elle tient le sac de farine dans ses bras comme un bébé.

« Qu'est-ce qui se passe, oncle Oleg ? demande Aleksandra.

– Bouche-toi les oreilles », lui répond-il.

Ma grand-mère hésite, elle sait qu'Oleg finit toujours par céder quand elle lui sourit gentiment. Elle tente le coup, il fait non de la tête.

« Aleksandra », insiste-t-il d'une voix grave.

Elle met les mains sur ses oreilles et attend qu'Oleg commence à parler. Dès qu'il tourne les yeux pour s'adresser à Anna, elle décolle sa main de son oreille gauche.

« Il y a un grand panneau devant l'école. Avec les noms de tout le monde, classés en trois catégories.

– Ils sont donc revenus, après leurs beaux discours sur la place du village... », murmure Anna.

Oleg l'attrape par les épaules et la secoue légèrement. Aleksandra ne l'a jamais vu aussi effrayé. Son corps est plus alerte que d'habitude, ses gestes sont moins tranquilles, il agite les mains et lance des coups d'œil inquiets autour de lui, comme un animal craintif.

« Vous êtes inscrits tout en haut. Dans le groupe des koulaks. »

Ma grand-mère s'est penchée par-dessus la boîte à pain et m'a chuchoté ce mot à l'oreille, deux syllabes énigmatiques, comme un dangereux secret. « Koulak. Une injure ancienne pour qualifier les riches propriétaires terriens qui exploitaient leurs employés. On a vu soudain toutes sortes d'affiches apparaître dans le village. Certaines montraient des paysans armés de fusils, au milieu d'un cercle de machines agricoles crachant de la vapeur. D'autres représentaient un énorme poing qui frappait le dos d'un gros homme en habits élégants et qui le réduisait en morceaux. *Anéantissons la classe des koulaks*, c'est ce qu'il y avait d'écrit sur ces affiches. Horrible. Mais ces gros koulaks avec leur cigare au bec et des liasses de billets débordant de leurs poches ne ressemblaient pas du tout à mon père ni à mon défunt grand-papa Stepan. Notre famille avait toujours été bonne avec les ouvriers agricoles, nous connaissions tout le monde, mangions avec eux à table et, quand il y avait de la nourriture en trop, elle était équitablement partagée. Mais depuis le passage des brigades, ça n'avait plus d'importance : bons ou mauvais, honnêtes ou malhonnêtes, nous étions tous des criminels, et même moi, une enfant de sept ans, j'étais une koulak. Je n'avais rien fait d'autre que de naître sur ces terres, dans cette ferme. »

J'observe le corps de Nikolaï, décrit par Aleksandra comme au pire un peu trop musculeux, peut-être même trop mince. En tout cas ni gros, ni lourd, ni plein aux as, tel que le prétendait la propagande officielle. Ses pommettes sont bien définies, sa peau est tendue sur ses mâchoires – en fait, il a le même visage que juste après la guerre, dépouillé de cette fine couche de graisse qui permet à un être humain d'avoir l'air vivant.

LOUGANSK
23 avril 2014

Nous pensions qu'ils seraient matés, les séparatistes prorusses, en voulant prendre la ville de Kolya. Une nouvelle république ? C'est tellement dépassé, nous disions-nous, *so nineties*... Nous imaginions qu'il en irait de cette ville comme de celles, un peu moins à l'est, où les rebelles s'étaient fait refouler, mais ces hommes-ci étaient parvenus à leurs fins, avec leurs cagoules, leurs brassards orange et noir, leurs lance-roquettes et leurs kalachnikovs. Devant le siège des autorités régionales de Lougansk, cet édifice déjà sous leur contrôle, les voici maintenant alignés de front, comme une compagnie en ordre de bataille. Ils portent des boucliers métalliques semblables à ceux que Kolya, l'hiver dernier, a vus lors des manifestations de Maïdan : robustes et rectangulaires. Ces longs écus, qui leur arrivent au menton, sont tapissés de feuilles de papier. On peut y lire des slogans tels qu'*Obama Hands Off Ukraine*. Nous n'y comprenons plus grand-chose. Une journaliste interroge les sentinelles pour une chaîne de télévision britannique, elle tend son microphone par-dessus leurs boucliers. Les hommes fixent la caméra d'un air méfiant. De l'autre côté de l'esplanade, en face du bâtiment investi, les prorusses ont improvisé un camp avec bar et podium, où leurs sympathisants prononcent des discours et jouent de la musique. L'envoyée spéciale pointe le camp du doigt et demande : « Qu'est-ce que vous espérez voir se passer ici ? »

Kolya saisit une bribe de cette question et s'arrête un instant pour écouter l'échange. L'un des encagoulés répond que Kiev magouille avec l'Amérique et que les gens du Donbass sont toujours oubliés par le gouvernement ukrainien. Kolya avait simplement l'intention de passer au bureau de Larissa pour en rapporter quelques affaires, mais quand il voit comment les hommes réagissent aux relances de la journaliste, il fait demi-tour et s'en va. Ce que nous avons déjà remarqué, il le découvre maintenant : Vitya, son cousin, est l'un des occupants de la place. Kolya hésite, doit-il aller dire bonjour, a-t-il envie d'être vu parmi ces manifestants prorusses qui ne veulent plus entendre parler de l'Ouest ? Que va dire Andriy, ou Nina ? Nous restons neutres, nos bois ne le bouteront ni d'un côté ni de l'autre. Il n'y a rien de définitif tant que nous nous contentons d'observer. Parfois, il faut voir quelque chose pour être en mesure de s'en détourner. Vitya aperçoit son cousin et, agitant le bras avec enthousiasme, l'invite à le rejoindre. Kolya répond à son salut, prend une grande respiration et se décide à traverser la place en direction du camp. Juste devant l'entrée, un homme en jeans, tee-shirt et blouson noirs l'arrête.

« Je vous connais », dit Kolya.

L'homme lui fait signe de lever les bras.

« Vous m'avez bien acheté une télévision, l'an dernier ?

– Je vous ai jamais vu.

– Écran plat, cinquante-cinq pouces. »

Kolya le regarde droit dans les yeux pendant que l'autre commence à le fouiller.

« Vous pensez que j'ai des idées derrière la tête ? plaisante-t-il pour briser la glace.

– La routine », maugrée l'homme en accomplissant sa besogne, d'abord de haut en bas – épaules, coudes, poignets – et puis dans l'autre sens, des hanches aux aisselles.

Ce spectacle nous met mal à l'aise, il nous rappelle les brigades qui ont autrefois écumé la région et qui avaient le droit de tout inspecter, y compris sous le matelas de nos lointains parents. Plus rien ne vous appartient-il donc, par ici ? Des deux mains, l'homme palpe les manches du manteau de Kolya, son pantalon au niveau des mollets, des cuisses, puis à l'entrejambe. Enfin, après avoir tiré sur les ourlets du pantalon, il se relève.

« *Safe* », lâche-t-il sans regarder Kolya.

Personne ne réagit à ce constat, les hommes autour de lui sont occupés à ne rien faire et ne lui ont pas prêté attention.

« Elle marche encore bien, la télé ?

– Vous pouvez y aller.

– Oh là là, quel sens de l'humour...

– Circulez. J'ai rien à voir avec ça. »

Kolya hausse les épaules et s'approche de l'endroit où sont concentrés les barnums. À chaque tente est fixé un drapeau. Celui de l'Ukraine n'en fait pas partie, mais nous reconnaissons la traditionnelle bannière bleu, jaune et rouge des Cosaques du Don. Elle porte l'effigie du Christ, entourée de ces mots : *Que Dieu soit avec nous. Pour la Foi, le Don et la Patrie.*

« Que fait ici cet ancien étendard ? interroge l'un de nous. Ont-ils l'intention de s'en servir ? Ce pays appartient-il désormais aux Cosaques du Don ? »

Vitya est assis à une table en plastique sur la terrasse improvisée. Les gens autour de lui discutent tranquillement, boivent de la bière ou du soda, fument des cigarettes. Deux hommes sont en train de chanter sur scène, le visage tout près du microphone placé entre eux. L'un joue de simples accords à la guitare, l'autre a joint les mains dans son dos. Kolya, balançant la tête au rythme de la musique, s'arrête un instant pour les regarder. Ensuite, il va s'asseoir. Vitya lui tape gaiement sur l'épaule :

« Alors, frangin, ça va ?

– Qu'est-ce que tu fais ici ?

– Je proteste.

– Et contre quoi, au juste ?

– Kiev ne nous écoute pas.

– Ah bon ?

– On est entre le marteau et l'enclume, comme d'hab'. Encore une fois, le Donbass n'a qu'à se débrouiller tout seul. Mais on aurait dû s'en douter : qu'est-ce qu'ils ont fait pour nous, pour cette terre, pour les gens qui vivent ici, après leur fameuse révolution de la Dignité ?

– Explique-moi.

– Oh, Kolya, mon p'tit Kolya... Tu sais quand même ce qu'ils disent de nous ? Tu l'as bien vu, non, à la télé ukrainienne ? »

Il montre du doigt les hommes et les femmes installés aux petites tables de la terrasse.

« Est-ce qu'on a l'air de terroristes corrompus ? aboie-t-il. Est-ce que moi, j'ai l'air d'un terroriste ? »

Kolya ne suit qu'à moitié l'index de Vitya. Il regarde surtout son pantalon de treillis, son blouson camouflage, son brassard orange et noir. Le discours est vague, confus.

« Hé, regarde-moi ! »

Vitya lui colle son poing contre la poitrine.

« Arrête, Vitya. »

Kolya baisse les yeux vers la table :

« Je comprends ta colère, mais il y a des cinglés qui courent les rues, ici. Ça tire partout dans la ville, on ne peut pas s'approcher des bureaux de la Sûreté à cause des palettes et des barbelés qui bloquent toute la place et c'est plein de drapeaux avec *Stop au fascisme* écrit dessus. Qu'est-ce que ce putain de fascisme vient faire là-dedans ? Ça m'échappe... Des types en cagoule avec des kalachnikovs montent la garde devant la mairie. Est-ce qu'il faut vraiment casser quelque chose ? Et ces brassards, ça veut dire quoi ?

– Tu vois quelqu'un d'autre pour régler le problème ?

– Ben, nous ! On peut voter, non ?

– Tu crois que la démocratie va changer quelque chose ? »

Kolya hoche la tête :

« Et sinon, quoi ? On fait comme en Crimée ? Tu sais combien de gens sont partis de là-bas ? »

Vitya s'esclaffe. Ce rire sardonique nous effraie. Klim n'avait-il pas ricané ainsi devant Nikolaï, qui lui assurait que l'Armée rouge viendrait libérer leur famille ? Quand a-t-il reconnu son erreur ? À quel moment s'est-il retrouvé face à un Russe et lui a-t-il dit : « Mon frère, épargne-moi, nous appartenons tous les deux au même camp » ? Vitya se lève, tend les bras en l'air pour demander l'attention et désigne Kolya.

« Eh, les amis, écoutez : cet homme, mon cousin, mon cadet, veut des élections démocratiques ! Il mériterait bien le titre de "héros du peuple", non ? Faut le porter en triomphe ! Quelle idée révolutionnaire ! »

L'assistance pouffe de rire.

« Et qu'est-ce qu'elle nous a rapporté, cette promesse de démocratie ? grommelle un homme à la table voisine. La pauvreté, le chômage et la corruption. Alors non merci, mon gars. »

Il secoue la tête de gauche à droite et reprend une gorgée de bière. Des dizaines de médailles soviétiques sont épinglées à son uniforme militaire.

« Tu rêves, avec ta démocratie ! » s'écrie une femme.

Elle s'appuie sur sa canne et rit, faisant apparaître ses dents en or.

« On ne va quand même pas encore laisser les autres décider du sort de notre pays ! Manquerait plus que ça ! Va donc t'installer à l'Ouest, avec ta libre-pensée. »

Quelqu'un applaudit et lance un « Hourrah ! », le vieux cri de guerre de l'Armée rouge. Vitya s'incline en guise de salut et se rassied.

« Nous, on en a ras le bol, lance-t-il à Kolya. C'est pour ça qu'on est ici, frangin. Et toi, qu'est-ce que tu vas faire ?

– De quoi tu parles ?

– Tu vas vraiment attendre les élections, après tout ce bordel à Kiev ? Elle a peut-être raison, la vieille : et si tu partais à l'Ouest ? Tu t'es plutôt bien débrouillé, jusqu'à maintenant, avec ton petit magasin. T'es le plus riche de la famille, t'as jamais vraiment eu de gros problèmes.

– Je m'occupe de Nina, de Ioulya, je partage ce que j'ai, riposte Kolya.

– À ta place, je le dirais pas trop fort. Tu devrais peut-être rester tranquillement derrière ton comptoir en attendant que ça se tasse. Et pas faire de vagues. »

DANS LE PALAIS DES COSAQUES PERDUS

« Oleg, lui, ne figurait pas sur cette liste, raconte Nikolaï. Il n'avait pas de terres, il bûcheronnait dans le petit bois en bordure de notre village. Un endroit magnifique, plein de chênes, j'allais souvent m'y promener avec ta grand-mère. Moi non plus, au départ, je n'étais pas paysan, pas plus qu'Oleg n'avait débuté comme bûcheron : nous descendions l'un et l'autre de Cosaques du Don, nos pères avaient chevauché ensemble à travers la steppe et combattu pour les tsars. Avant de nous installer dans le village où est née ta grand-mère, Oleg et moi n'étions que de jeunes vauriens, des va-nu-pieds sans scrupule. J'ai rencontré Anna par hasard, au marché de Lougansk, où elle vendait les fruits et les légumes de la ferme familiale. Des yeux bleus, une chevelure éclatante, un visage sévère : elle était belle, et terriblement redoutable. En passant devant son étal, Oleg et moi lui avons chipé une pomme, ce qui ne lui a pas échappé, bien sûr. Elle nous a couru après et m'a cogné sur la caboche avec un épi de maïs. Un épi de maïs ! Tu sais, quand c'est cru, c'est aussi dur qu'un gourdin. J'en ai gardé un œil au beurre noir pendant une semaine. Puis je suis retourné la voir au marché. Avec une pomme que j'avais honnêtement achetée sur un autre étal. Je lui ai demandé si elle était déjà prise. Il a fallu un moment pour qu'elle veuille bien me donner rendez-vous, enfin, pour que ses parents donnent leur consentement, plutôt. Elle était leur seule enfant, un peu plus jeune que moi : j'avais dix-sept ans, elle seize. Baba Mari n'approuvait pas cette idée.

"Que ferions-nous d'un pareil vaurien?" s'est-elle écriée devant Stepan la première fois que je suis allé leur rendre visite à la ferme. Elle était occupée à broder une chemise et ne m'accordait pas un regard. Chaque point se doublait d'une question à mon égard : "Est-ce que tu bois? Es-tu bagarreur? As-tu de l'argent? D'où viennent tes parents? Que fais-tu pour gagner ta vie?" Je suivais le mouvement de l'aiguille et répondais sans me dérober. Ensuite, la tête basse, je l'ai écoutée déclamer sa tirade sur tous ces traîne-misère qu'elle voyait défiler pour avoir la main de sa fille, comme des chiens errants en quête d'un morceau de viande.

"Que viendrais-tu faire dans une famille de paysans aisés comme la nôtre?" m'a-t-elle lancé. Et de continuer son ouvrage. Tes ancêtres Popov, Lisa, étaient bien connus dans la région. Stepan, le père d'Anna qui, dans sa plus belle chemise de lin, se tenait devant moi sans rien dire, menait son exploitation d'une main de fer et avec droiture. Il faisait preuve de loyauté envers ses employés, mais surtout envers son village. C'était un vrai chef de clan, avec son auguste moustache et ses gros sourcils peu avenants. J'ai attendu des mois avant de le voir sourire. Sur le front, il avait des rides plus profondes que le plus profond des chenaux dans le lit d'un fleuve, c'était incroyable, on aurait pu s'y noyer à les regarder trop longtemps. »

Nikolaï fronce les sourcils et appuie des deux mains sur les côtés de son visage, qui ne devient plus qu'un amas de plis. Ça me fait rire.

« J'ai compris qu'il ne serait pas facile de convaincre Baba Mari : j'avais moi aussi piètre allure et, de plus, j'étais un descendant de Cosaques du Don, peu renommés pour leur cordialité. Ils avaient jadis rôdé sur le territoire où s'étaient établis les Popov, ils avaient volé, pillé, alors je me suis dit qu'il valait mieux être sincère avec elle. C'était tout ce que j'avais. J'ai répondu : "Je couds." Elle a souri. »

Un soir, à Odessa, j'étais allée me promener sur la corniche avec tante Klava, la plus jeune sœur de ma grand-mère, et là, face à la mer Noire, elle a tenu à préciser que leur père, à l'époque, était un as de la combine.

« Un véritable Cosaque du Don, un charmeur, un plaisantin, un bel homme, mais surtout : un combinard. »

« Le frère aîné de mon père, l'oncle Matveï, m'a recueilli lorsque je me suis enfui du foyer parental, continue Nikolaï. En 1905, mon père était revenu brisé de la guerre contre le Japon. Il n'avait plus de forces, ni de courage, il se sentait utilisé par les tsars. En vérité, c'était plus ambivalent : les Cosaques du Don ne payaient pratiquement pas d'impôts à la Russie impériale, jouissaient d'une relative liberté sous ce régime, mais en échange, ils devaient souvent mener les combats. On célébrait leur hardiesse, et pour cause. Quand mon père est rentré du Japon, son corps avait perdu toute vigueur. Il s'est mis à boire. Et à frapper d'autant plus. Ma mère partait tous les matins se réfugier chez ses parents, jusqu'à ce qu'un jour elle cesse de revenir, mes grands frères avaient déjà quitté la maison depuis des années. Je ne voyais pas d'autre solution que de m'enfuir.

Matveï m'a dit qu'il pouvait m'apprendre à coudre, ce qui me permettrait de gagner mon pain. Je n'étais pas chez lui depuis une minute qu'il m'asseyait déjà devant une machine à pédale. Au début, je m'y suis pris comme un empoté : je découpais les patrons de travers, j'étais incapable de piquer droit, je n'arrêtais pas de casser des aiguilles sur les tissus trop épais... Chaque jour, Matveï venait me regarder, les poings sur les hanches, le bedon en avant, comme s'il n'était pas obligé de travailler lui-même et qu'il avait tout son temps. En sa présence, je cousais avec plus de précision. Par une froide nuit de décembre, c'était avant de rencontrer Anna, je me suis enveloppé, nu, dans mon premier manteau d'hiver, et je suis allé dormir sur la véranda de Matveï. La neige atteignait la quatrième marche du perron. Cette nuit-là, il ne faisait pas aussi noir que d'habitude. Les cristaux de glace au bord du toit de chaume semblaient avoir bu toute la lumière du jour pour pouvoir briller une fois le soleil couché. La maison de Matveï scintillait dans l'obscurité. On entendait une brise légère qui provenait du Donets gelé, les hautes herbes recouvertes de givre se balançaient doucement. Ça bruissait comme une étoffe rêche. J'essayais de trouver le sommeil, mais ne pas sentir le froid dans ce manteau me rendait trop euphorique. J'avais renforcé la doublure en lainage par une deuxième couche de cuir et toute une peau de mouton. Le col aussi était en laine, carré et plus épais sur la nuque, contre le vent des steppes qui vous tailladait jusqu'aux os. J'avais mis des semaines à confectionner ce col. »

Nikolaï se coince les mains sous les aisselles, comme s'il recherchait la chaleur donnée par son manteau cette nuit-là.

« Baba Mari m'a fait savoir que c'était d'accord. “Viens vivre au village”, a-t-elle dit. Je me suis acheté une machine à coudre, j'ai dit au revoir à mon oncle et j'ai persuadé Oleg de m'accompagner. Le vieux bûcheron qui travaillait là-bas était sur le point de mourir – il ressemblait lui-même à un arbre sec – et cherchait un successeur. Oleg a commencé son apprentissage auprès de lui, et moi, je me suis mis au service des Popov. Tous les deux, nous avons construit une maison à l'orée du bois. Chaque matin, nous voyions le jour se lever sur une grande plaine calme aux airs de steppe. Le soleil, rasant les blés d'or, entrait chez nous par la fenêtre. Oleg dormait sur un lit de planches, moi sur une paillasse à même le sol. Le soir, je fabriquais des vêtements pour les villageois, et à l'aube, je partais à pied pour la ferme, dos au soleil levant. Le paysage n'arrêtait pas de changer : c'était chaque jour une palette de couleurs légèrement différente, des tiges un peu plus hautes, des tournesols un peu plus nombreux. »

Je me cale contre le dossier de la banquette et songe au moulin en bois dont Aleksandra parle tout le temps. Je vois le sentier menant à la rivière, le puits, les chevaux, les vaches et les cultures de céréales. Les seaux pleins de tomates rouge sang, les légumes en bocaux hermétiques préparés pour l'hiver par Baba Mari. Le Donets qui assemble les champs à la manière d'un faufil, ses affluents qui maintiennent le territoire en place et qui attachent la Russie et l'Ukraine au point de surjet, comme le fait Nikolaï en cousant les manches de ses pelisses aux pièces du dos et de la poitrine ou en doublant de cuir les pans de fourrure. Le voilà qui cesse d'actionner la pédale de sa Singer et qui sort, fonçant droit dans les blés. Il passe la main entre les tiges, en arrache une, écrase l'épi pour en extraire deux ou trois grains, qu'il met aussitôt dans sa bouche. Sous la dent, le blé sec a le même goût que ce coin de pays : doux et amer. Il mâche, écoute les bêtes, le sifflement des céréales dans le vent. Il observe la terre noire sous ses pieds, si fertile qu'on se la disputera toujours.

« C'était beau de travailler aux champs, mais aussi très pénible. Contrairement à la couture, pour laquelle j'avais surtout besoin de mes mains, de mes pieds et de mon dos, ces besognes exigeaient de moi que j'utilise tout mon corps. De tôt le matin à tard le soir, je devais trimer dans ces sillons noirs, entre les maïs, les plants de pommes de terre, les betteraves et les céréales. Malgré mon jeune âge, j'étais exténué à la fin de la journée. Parfois même, je ne pouvais plus voir un légume en peinture, mais bon, je n'en disais rien. Il fallait qu'Anna sache que je travaillais plus dur que les autres : quand tout le monde avait regagné ses pénates, j'étais encore en train de remiser les outils ou de nettoyer la grange. Jamais je ne laissais une seule goutte de la soupe cuisinée par Baba Mari, je la remerciais abondamment pour la viande qu'elle nous servait les jours de fête. C'est seulement après que je rentrais à la maison retrouver mon matelas de paille. Il m'arrivait d'embrasser Anna derrière le fenil. Un soir, Baba Mari m'a demandé de rester à table et m'a appris à broder les cols et les poignets de lin blanc avec du fil noir ou rouge. Elle m'a montré les couleurs qui correspondaient à notre territoire, au pays de mes ancêtres, les Cosaques du Don, et de ses ancêtres à elle, des paysans russes : noir pour le sol, rouge pour l'amour, bleu pour les fleurs d'après les glaces hivernales. Après mon mariage avec Anna, Oleg et moi avons convaincu notre bon copain Sergueï de venir lui aussi s'installer au village. Il travaillait déjà la terre, tout près de Lougansk, et vivait seul. Lena, une amie d'Anna, était aussi célibataire. Elle avait un tempérament taciturne et réservé, elle était beaucoup plus énigmatique que ma pipelette d'Anna, qui avait toujours envie de faire la fête. Lorsque Sergueï est venu en reconnaissance et qu'il a rencontré Lena, elle a succombé aussitôt. Et le coup de foudre était réciproque. Avant la déportation de Sergueï, en 1931, ils ont eu deux filles, un peu plus jeunes qu'Aleksandra. Je ne sais pas ce qu'elles sont devenues après notre départ du village, au plus fort de l'hiver, dans les derniers jours de l'année 1931. »

*

Au milieu de la cour enneigée, Aleksandra observe par la porte ouverte ce qui se passe à l'intérieur du corps de ferme, en ce début de décembre 1931. Voici déjà une demi-heure que deux *komsomoltsy* ratissent les lieux, un bloc-notes à la main. Ils se déplacent avec maladresse, cognant leurs bottes d'hiver sur les chaises et les meubles. Un silence glacial règne dans la cour. Il n'y a pas le moindre souffle de vent. La terre se tient sur ses gardes et écoute tout ce qui se déroule dans le village. Aleksandra aussi tend l'oreille. Concentrée, elle suit chaque pas que font les jeunes militants. Elle connaît le bruit des tiroirs et des portes qui s'ouvrent, le poids des casseroles, l'emplacement des bocaux sur les étagères. Elle sait quel tintement aigu font les assiettes en étain quand on les empile, elle sait comment disposer la nappe sur la table, où il faut ranger les couteaux et les cuillères, dans quel compartiment de la caisse en bois sont les bougies, à quel endroit se trouve la lampe à pétrole. Pour l'heure, les deux garçons, qui se font appeler « brigadiers », inspectent brutalement la maison. Ils bougent les objets sans demander la permission, tout comme ils troublent l'ordre dans le village depuis plusieurs jours, en dépit des règles. Aleksandra les a vus entrer chez tout le monde, avec leur long manteau, leur casquette brune et leur menton encore glabre à quelques poils près. Ils ne comprennent pas le dialecte russo-ukrainien parlé dans la région et ignorent Aleksandra lorsqu'elle s'adresse à eux en les appelant « mon oncle », comme elle l'a toujours fait avec les hommes du village. D'ailleurs, ils ne tiennent compte de personne. Au seuil de chaque foyer, ils commencent par montrer leur arme de poing pour ensuite forcer le passage en proférant des jurons. Exactement comme ici, en ce moment même.

Les voilà maintenant qui touchent à tout autour d'eux. Ils posent les mains sur les tables et les bahuts, tapotent les vitres du doigt, appuient deux ou trois fois de suite sur les poignées de porte, entrent et sortent de chaque pièce, regardent sous le lit d'Anna et de Nikolaï, soulèvent les draps, dérangent les oreillers, secouent les couvertures. Aleksandra les entend bougonner :

« On n'a rien oublié ?

– Non, sauf si t'as pas encore jeté un coup d'œil là-dedans. »

Ils prennent des notes, le crayon décolle à peine du papier. Aleksandra n'a jamais vu personne s'attarder autant sur des objets qui ne lui inspirent aucune pensée : les bols, le samovar, les tasses, les figurines qu'Oleg taille dans ses morceaux de bois en trop, les cannes de grand-papa Stepan, conservées après sa mort dans un beau porte-parapluie en fer-blanc, l'espace entre le coussin et l'assise du fauteuil à bascule… Aleksandra regarde le ruban noir qui file dans leurs mains, les choses qu'ils ont saisies, les mots notés sur leur calepin. À chaque objet ou meuble qu'ils touchent, la maison lui semble un peu plus étrangère, surtout quand l'un des garçons enfonce son bras dans le four, jusqu'à l'aisselle.

« Non, pas de cachette, l'arrière du four touche bien le mur, signale-t-il à son camarade avant de retirer sa manche noircie.

– Bon, alors on continue. »

Il attrape son pied-de-biche qu'il avait tranquillement laissé dans un coin de la pièce en entrant, comme un chien censé attendre les ordres de son maître.

Ces deux-là, avec leur pied-de-biche et leur longue barre de fer, elle les a vus à l'œuvre quelques jours plus tôt chez Sergueï, un ami de son père. Une fois la porte forcée, l'un des garçons a fait demi-tour et s'est mis à planter le piquet un peu partout dans le sol gelé de la cour : près de la clôture, au pied du pommier, le long des murs de la ferme... Et dans le petit toit en chaume au-dessus du puits. Ensuite, il s'est immobilisé, les bras le long du corps, les yeux fixés sur son acolyte.

« Tu regardes partout, a juste dit ce dernier. Vraiment partout. »

L'autre s'est alors appliqué à sonder méthodiquement chaque endroit de la cour. Près de l'abreuvoir que Sergueï avait placé là pour les chevaux, le piquet s'est enfoncé tout entier dans le sol. Le garçon a perdu l'équilibre et s'est retrouvé sur le flanc dans la neige. À ce moment-là, il a poussé un cri de triomphe. Il s'est remis debout et a continué les sondages tout autour de l'abreuvoir : chaque fois, la barre de fer s'enfonçait totalement. D'un coup de pied, il a renversé l'auge.

« Encore un péquenot qui se croit plus malin que nous ! Pauvre imbécile. Pauvre imbécile de cul-terreux. »

De l'autre côté de la cour, Aleksandra voyait Sergueï devenir blanc comme un linge et sa femme, Lena, lever les yeux au ciel. Nikolaï, adossé tout près de son ami contre la façade, a fermé les paupières et fait un signe de croix.

« Allez, creuse, espèce de traître ! » a aboyé le sondeur à l'intention de Sergueï.

Celui-ci, poussant sur ses bras, s'est lentement écarté du mur, a échangé un regard furtif avec Nikolaï et s'est approché de l'auge renversée. Comparé aux deux garçons, dont les manteaux étaient trop grands pour eux, Sergueï dégageait une impression de force. Il dépassait d'une tête le jeune militant à la barre de fer et ses épaules étaient deux fois plus carrées que celles de l'autre, mais à la manière dont il marchait vers eux, on aurait dit un enfant peu assuré. Il y avait de la crainte et de l'abattement dans son regard, ses yeux étaient perdus entre le sol et la troupe des villageois qui assistaient à la scène. Le garçon au piquet est allé se poster fièrement près de Sergueï. Un bref instant, il aurait pu passer pour le chef du village. Les paysans silencieux ont craché par terre en regardant la pelle qu'on tendait à Sergueï. Il a commencé à creuser sans rien dire. Aleksandra ne l'avait jamais vu comme ça, d'habitude il était plutôt du style grande gueule, il pouvait raconter des tas d'histoires cochonnes et danser pendant des heures à la fête des moissons. À présent, ce mutisme la glaçait. Lena serrait contre elle ses filles Ioulia et Alia pendant que Sergueï creusait, creusait encore.

« Au début, j'accompagnais en mouvement chaque geste, chaque effort de mon ami, se souvient Nikolaï. Mais au bout d'une vingtaine de coups de pelle, je me suis arrêté. Je ne regardais plus que les deux *komsomoltsy*, qui, armés de pistolets, tournoyaient autour de la fosse toujours plus profonde, comme des vautours. Il n'a pas fallu longtemps à Sergueï pour terminer sa besogne : à cet endroit, la terre était meuble et friable, contrairement au reste de la cour. »

C'est bizarre, avait pensé Aleksandra, une terre aussi meuble... L'hiver, le sol est tellement froid et dur qu'on se fait des bleus en tombant.

Au bout d'une demi-heure à creuser son trou, Sergueï n'en dépassait plus que du sommet de son crâne.

« Tu nous donnes tout ce qu'il y a là-dedans ! » ont crié en chœur les deux garçons.

Plusieurs sacs de grains sont sortis de la fosse. Ils étaient aussi grands qu'Aleksandra, et couverts de terre. À peine Sergueï avait-il posé le dernier sac aux pieds des militants que l'un d'eux lui a arraché la pelle des mains. Puis, après avoir inspiré profondément, il l'a brandie au-dessus de lui. Surpris par le coup sur la tête de Sergueï, les paysans attroupés au bord de la cour ont tous courbé l'échine. Lui-même s'est effondré sans faire de bruit.

« On revient te chercher demain, mon bonhomme, a vociféré le *komsomolets* en se penchant au-dessus de la fosse. Tu pars dans le prochain convoi. Et ne va pas t'imaginer, avec ta petite cervelle de bouseux, que tu peux t'enfuir. On a des gens partout. »

Se retournant vers son acolyte et vers les paysans, il a fait mine de frapper à nouveau :

« Le spectacle est terminé, camarades, rentrez chez vous – après nous avoir aidés à charger les sacs de grains, bien sûr. »

Il a ensuite dégainé son arme et tiré une fois en l'air. Aleksandra s'est bouché les oreilles, elle n'avait encore jamais rien entendu d'aussi perçant. Le sondeur a donné à trois paysans l'ordre de monter immédiatement les sacs dans la camionnette. Le trio s'est exécuté sans un mot, sans regarder personne. Une fois le grain chargé, les deux « brigadiers » sont partis. En abandonnant Sergueï au fond de son trou.

« Oleg, par ici ! s'est écrié Nikolaï en direction de son ami, accouru après le coup de feu sans comprendre exactement ce qui se passait. C'est Sergueï.

– Crénom de nom ! Il est mort ?

– Je ne crois pas. »

Les deux amis se sont précipités vers la fosse. Lena, détournant les yeux, pleurait en silence tandis qu'Alia et Ioulia blottissaient leur visage contre son ventre. Les fillettes geignaient, demandaient si leur père était mort.

« Non, a répondu Lena, il doit seulement se reposer un peu. »

Les autres villageois ont regagné leur foyer. Aleksandra s'est élancée dans la cour de la ferme.

« Reste derrière le puits », lui a ordonné Nikolaï.

Avec précaution, il s'est laissé glisser dans la fosse, suivi par Oleg. Aleksandra le trouvait impressionnant, Oleg, avec ses gestes à la fois doux et démesurés. Il avait une barbe taillée en pointe et des mains rugueuses. Elle posait toujours brièvement les siennes dessus quand Oleg venait rendre visite à Nikolaï et à Anna. Ces mains lui rappelaient le sable du Donets en été, quand le niveau de la rivière était bas : un sable grossier, mais malléable. Et voici maintenant que ces mains remontaient lentement, par les aisselles, le corps inerte de Sergueï.

« Prends les jambes, a-t-il soufflé à Nikolaï. Les jambes, mon frère. »

Nikolaï s'est penché vers le fond du trou et a posé les jambes de leur ami sur ses épaules. Puis, comme Oleg, qui tenait à bout de bras le dos de Sergueï, il a soulevé les cuisses au-dessus de lui. Ils l'ont ensuite fait basculer sur le côté, dans la neige boueuse de la cour. La chemise blanche de Sergueï était couverte de sang. Une coulée irrégulière partait de son crâne jusqu'au bas du dos. Ses cheveux, d'un rouge sombre, semblaient poisseux, bizarres, et lui dégoulinaient le long du visage comme si quelqu'un venait de lui casser un œuf sur la tête. Sa respiration était superficielle, râpeuse et saccadée. Oleg s'est extrait du trou à la seule force des biceps avant d'aider Nikolaï à sortir. Sergueï, étendu à terre comme une pièce de gibier, a mollement porté les mains à son crâne et contemplé le sang sur ses doigts. Oleg et Nikolaï l'ont déplacé en silence jusque dans la maison. Lena, qui les précédait, leur a indiqué la chambre. Aleksandra marchait derrière eux.

« C'est commencé, a dit Oleg en allongeant délicatement Sergueï sur le lit.

– Il y a des villages où certains ont réussi, avec les sacs de grains, a gémi Lena. À Zolotarivka, à Garasimivka... Maintenant, il ne nous reste plus rien. Et nous avons encore huit cents roubles à payer. Mais comment va-t-on faire ? Devons-nous céder notre dernière vache ? Sergueï, je suis perdue sans toi ! Que vas-tu devenir, là-bas, en Sibérie ? »

Après chaque question, son souffle se faisait de plus en plus râpeux. Ses phrases ressemblaient à des coups de fouet. Elle s'est assise sur une chaise, le regard dans le vide. Oleg pestait à voix basse.

« Bande de rats d'égout, on devrait tous les saigner au couteau sur le pré en friche à la sortie du village et jeter leur charogne dans les bois... À quoi ça va leur servir, de regrouper les terres ? Qu'est-ce qui va se passer quand tout sera à eux, sous leur autorité ? Ils ne savent même pas distinguer une semence d'un grain de sable... »

Nikolaï a versé de l'eau dans le samovar et allumé le réchaud. Pendant un moment, on n'a plus entendu que les gargouillis de la bouilloire. Oleg a distribué des bols et pris la boîte de thé en feuilles sur une étagère. La respiration de Lena s'est apaisée.

Après le thé, Oleg et Nikolaï sont retournés dans la cour. Ils ont comblé sans rien dire le trou au fond duquel Sergueï avait dissimulé ses sacs de grains. Aleksandra tentait de capter le regard de son père. Il ne la remarquait pas et gardait les yeux baissés sur un point qu'elle ne pouvait pas voir, loin dans les entrailles de la terre, bien au-delà de l'endroit où Sergueï était tombé peu avant. Nikolaï paraissait chercher sous la surface une profondeur de noir invisible à l'œil nu. Il a planté la bêche dans la terre meuble et appuyé dessus d'un coup de semelle. Il faisait de grands mouvements, comme s'il voulait casser son corps pour s'en évader. Après la dernière pelletée, Oleg est rentré voir Sergueï. Nikolaï restait immobile dans la cour, son regard sombre rivé au sol. Lorsqu'il a enfin levé les yeux, Aleksandra s'est aperçue qu'ils avaient absorbé tout le noir de la terre.

« Oleg dit vrai, a-t-il soupiré à l'intention de ma grand-mère. C'est commencé. Nous allons tout perdre. »

« Le danger a quelque chose de bizarre, me dit Nikolaï. Pendant longtemps, il n'existe pas, jusqu'à ce qu'un jour on tombe nez à nez avec. »

Il fait rouler quelques grains d'une main à l'autre, en alternance, comme si chacune de ses paumes était un filet de sécurité, une aube de moulin à eau.

Tirant et tordant, le « brigadier » finit par arracher une première lame de plancher. Le bois craque, la maison geint telle une bête blessée. Aleksandra se bouche les oreilles. Le garçon fait rapidement un pas en arrière et engage son pied-de-biche sous la lame suivante. Il procède de façon calme et routinière. Après avoir enlevé suffisamment de planches, cinq au total, il les appuie à la verticale contre le mur, en rang d'oignons. À quelque distance de là, Aleksandra, Baba Mari et Nikolaï contemplent la brèche qui traverse la pièce, comme une faille dans la terre.

« Les chiens », murmure Baba Mari.

Nikolaï la regarde en fronçant les sourcils. D'un bref mouvement des yeux, il désigne le *komsomolets*, dont la tête a disparu sous le plancher.

« Rien ici, résonne une voix caverneuse. Pas un seul grain de blé.

– Sans rire, grommelle Baba Mari en se tapant sur la cuisse comme si le freluquet racontait une blague.

– Dommage pour votre plancher, ironise l'autre garçon.

– Nous n'avons rien caché, insiste Nikolaï.

– C'est ça... Pas sous le plancher, en tout cas. Mais attends un peu, mon bonhomme. »

Son acolyte se remet debout et soulève encore plusieurs objets : des pots, des vases, une chaise, un tabouret, une casserole. Il examine tout une seconde fois, tape sur les murs, décale la table et regarde derrière les tapisseries. Il monte au grenier par l'échelle de bois et fait un dernier tour d'inspection.

« T'es sûr d'avoir tout vu là-haut ?

– Absolument, assure son camarade.

– Attends un peu, juste pour vérifier. »

Aleksandra l'entend farfouiller, renverser des choses, en déplacer d'autres. Une fois redescendu, il se dirige vers le coin où Baba Mari est assise sur son tabouret. Là, tout près d'elle, il arrache encore une lame de plancher.

« Toujours rien ! » hurle-t-il à son oreille.

Baba se contente de cligner des yeux, mais ne bouge pas.

« Alors là, comme c'est dommage ! »

Il croise les bras et, d'un mouvement de tête, fait signe à son camarade. Celui-ci s'approche du dernier coin de la pièce, en diagonale face à la porte d'entrée, le seul endroit qu'ils aient laissé tranquille jusqu'à présent. Sur une petite étagère en hauteur, pratiquement contre le plafond, se trouve l'icône réalisée pour le mariage de grand-papa Stepan et de Baba Mari. Elle repose sur un linge rectangulaire dont les extrémités retombent à chaque bout de la planche. Aleksandra fixe la Vierge à l'Enfant. La Sainte Mère regarde les deux garçons d'en haut. Plus Aleksandra se concentre sur les yeux de Marie, plus ils lui semblent sévères. Vous salissez cette maison, paraît-elle dire aux jeunes militants. Le cercle d'or de son auréole s'agrandit. Un moment, le garçon aux bras croisés juste en dessous d'elle lui rend son regard. Baba Mari, les yeux écarquillés, l'observe de dos. Avec son long manteau, il a l'air plus âgé qu'il n'est. Elle lance un coup d'œil à Nikolaï, puis, au-delà des deux « brigadiers », s'attarde sur les portraits de Lénine et de Staline, qui, satisfaits, ont le visage tourné vers l'horizon. Ils regardent par la fenêtre comme s'ils rêvaient d'être très loin, dans un lieu totalement différent d'ici, cette maison où les *komsomoltsy*, en leur nom, sous leurs drapeaux, sont en train de tout chambarder. Tandis que l'heure tourne, Aleksandra trouve que les deux lascars ont une mine de plus en plus réjouie.

« Moi ? chuchote l'un d'eux.

– Tu vois quelqu'un d'autre ?
– Oh, ça va ! Je l'ai déjà fait la dernière fois...
– Et alors ?
– Alors maintenant, à toi d'en prendre plein la tronche. »
Le moins grand des deux pousse un soupir et attrape un tabouret sous la table. Il grimpe dessus pour soulever l'icône de l'étagère. Le linge tombe tout de suite à terre, un mauvais signe.
« Est-ce bien nécessaire ? » demande Nikolaï d'un ton monocorde.
Aleksandra voit qu'il a les mêmes yeux noirs qu'un peu plus tôt quand il rebouchait la cachette à grains de Sergueï.
« De toute manière, c'est interdit, ce genre de choses », fait remarquer le garçon.
Tenant l'icône d'une main, il passe l'autre sur les joues de la Vierge, puis essuie le cadre doré avec sa manche sale et souffle sur le résidu de poussière.
« Un dernier adieu, babouchka ? propose-t-il à Mari, qui détourne le regard et secoue la tête. Bon, ben, tant pis. Au revoir, la Sainte Mère. »
Il se signe, lève les yeux au ciel d'un air théâtral, pose l'icône sur le sol et s'attaque au cadre à l'aide du pied-de-biche. C'est laborieux : au bout de nombreux efforts, une fissure lézarde le corps de Jésus et le visage de la Vierge.
« C'en est trop, maintenant ! » proteste Nikolaï.
Il s'avance vers le moins costaud des deux garçons et lui passe les bras autour des épaules. L'autre envoie son coude vers l'arrière et atteint Nikolaï en pleine figure, l'obligeant à relâcher son étreinte. Ensuite, il le frappe avec le pied-de-biche. D'abord à l'épaule, puis au genou. Craignant de recevoir comme Sergueï un coup sur la tête, Nikolaï recule. Il ne peut éviter la tranchée dans le parquet et tombe à la renverse.

« Espèce de pitre ! lance-t-il au *komsomolets* en essayant de se relever. Nous autres, nous respectons les règles, nous payons nos impôts, nous n'allons pas à l'église, nous ne voyons plus le prêtre, nous fêtons toutes les dates révolutionnaires ! Regardez : nous avons accroché au mur les portraits de Lénine et de Staline – il y en a aussi dans le bureau. Alors que vous voulez-vous, à la fin ? »

Les jeunes se penchent au-dessus de Nikolaï, dont la jambe prise dans le trou du plancher fait un angle bizarre.

« Ce qu'on veut ? T'as pas vu les panneaux, peut-être ? Tu sais pas lire, traître ? Ce machin en or peut rapporter quelque chose, hein, ça peut s'échanger contre du pain.

– Vous allez donc nous le donner, ce pain ? grince Baba Mari. Ou ai-je mal compris ?

– S'il vous plaît, maman, taisez-vous », tempère Nikolaï, qui est maintenant assis sur une chaise, se frottant le genou.

Une tache rouge foncé apparaît sur son pantalon et se propage dans l'étoffe.

« J'ai vu que vous ne manquiez absolument pas de pain », réagit le plus jeune des garçons.

D'un seul élan, il vide le buffet de toutes ses casseroles et en sort un quignon de pain noir.

« Alors n'essayez pas de nous faire pleurer, ou bien on vous embarque illico.

– Pour un morceau de pain ?

– On trouvera quelque chose, ne vous inquiétez pas. »

Baba se tait.

« C'est vraiment ça que vous voulez ? »

Elle secoue la tête et murmure :

« Non.

– Je me disais aussi. »

Les deux compères vont s'asseoir à table, se servent un peu de lait frais, triturent la nappe en crochet de Baba Mari, qu'elle a brodée de carreaux rouges et noirs et de fleurs bleues.

« Vise un peu cette camelote de bouseux », se moquent-ils.

Ils avalent leur lait à grand bruit, se lèvent et tirent sur le col de Nikolaï pour le forcer à quitter sa chaise.

« Montrez-nous donc vos terres, monsieur Krasnov. On espère qu'elles sont belles à voir. »

Un bref instant, Nikolaï ressemble à un chaton farouche qu'on saisit par la peau du cou pour le calmer, mais il recouvre apparemment l'usage de ses jambes, se lève, décroche son manteau de la patère et, d'un pas claudicant, conduit les intrus vers ses champs couverts de neige.

« Attendez, Nikolaï : tout le monde savait bien qu'ils mentaient, non ? Que vous n'étiez pas des contre-révolutionnaires ? »

Je me suis levée de la banquette et j'écoute l'écho de mes paroles se perdre dans le hall.

« Évidemment que c'était du pipeau, mais bon, que devions-nous faire ? Nous figurions sur leur "liste" ! À côté de villages entiers. Et s'il n'y avait pas de koulaks à mettre sur cette liste, mais seulement des paysans qui ne possédaient qu'une vache, une poule, une chèvre et un lopin de terre produisant juste de quoi survivre, ils les embarquaient quand même. L'important, ce n'étaient pas les gens, mais les quotas à remplir.

– Et tout le monde participait ? C'est que ce m'a dit l'oncle Andriy : que tout le monde participait.

– C'était soit participer, soit résister et mourir, répond Nikolaï en allant se placer devant l'une des mosaïques murales. Ceux qui résistaient, on les emmenait à la sortie du village, au bord d'une fosse creusée pour eux, et là, ils attendaient la balle qui allait les frapper. Imagine-toi dans cette rangée, Lisa, en dernière position. La nuit, j'étais incapable de dormir et je pensais à toutes ces fosses aux abords des villages, je nous voyais côte à côte, Anna et moi, les mains liées dans le dos. Je me représentais entassé avec des dizaines d'autres prisonniers dans un wagon de marchandises, sans presque avoir la place de respirer normalement, en route pour les terres glacées du Nord. Andriy n'a pas tout à fait raison : certains refusaient de participer. C'était à eux qu'on réservait les fosses. Oui, il y avait aussi des résistants, ma fille, mais je n'en étais pas. Je voulais rester, pour Nastia et Aleksandra, pour Anna et Baba. C'est pourquoi, ce jour-là, j'ai tout de même conduit les deux "brigadiers" sur les terres de la famille Popov, des terres si fertiles que nous récoltions deux fois dans l'année. Je leur ai fait faire le tour des champs : maïs, blé, betteraves, oignons, ail... J'ai expliqué à quoi servait chaque parcelle. J'ai ouvert les portes des granges et de l'étable, je les ai emmenés dans le petit bureau, j'ai sorti la liste des employés, les livres de comptes, où toute notre production était notée au gramme près. J'avais longuement réfléchi à cet itinéraire. Nous nous étions préparés, Anna et moi. Je ne voulais rien omettre, ne pas éveiller leurs soupçons – autrement, ils finiraient peut-être par vraiment tout chambouler. Les *komsomoltsy* ont regardé nos deux vaches et nos deux chevaux, qui mangeaient du foin dans leurs stalles. Ils ont caressé les bêtes et sont retournés dehors. Tout en fouillant le sol enneigé de la cour avec la pointe de leurs bottes, ils se sont mis à poser des questions stupides, pour rire :

"Ça pousse pas dans les arbres, les betteraves ?

– Mais non, arrête, c'est des racines, ça pousse sous la terre.

– Et comment ça marche, pour la farine ? Qui est-ce qui fait tourner la meule ?

– Un cheval, abruti."

Alors que je continuais mon parcours à travers champs, suivi par ces deux larrons qui ricanaient bêtement, j'ai vu ta grand-mère retourner dans la maison. Elle n'était qu'un petit point qui flottait presque au-dessus du sol, si légère qu'on aurait dit un fantôme. Puis sa frimousse est apparue à la fenêtre de notre chambre. »

*

« J'étais allée dans leur chambre à coucher parce que je cherchais quelque chose, m'a dit ma grand-mère devant la boîte à pain toujours posée entre nous sur la table. La machine à coudre. Combien de fois ne m'étais-je pas assise devant, à faire des tours sur le tabouret à vis de mon père, à regarder l'aiguille qui descendait tout droit... Bien sûr, j'ai fini par me piquer. Il y avait des gouttes de sang partout : sur le lin blanc de ma robe neuve, sur le plancher, sur le plateau de la machine, sur mes mains. C'était un tout petit trou dans la peau, mais ça n'arrêtait pas de couler. J'avais eu peur, mon père aussi, il s'est mis dans une de ces colères ! C'est la seule fois que j'ai pris une fessée. Par la suite, je n'ai eu le droit de m'installer à la machine qu'en sa présence. "C'est de cette façon que j'ai appris à coudre chez l'oncle Matveï : surveillé de près", disait papa. Il m'a montré comment placer mon pied sur la pédale, comment repousser l'étoffe tout en maintenant un rythme constant, de sorte que les piqûres soient bien droites. J'ai trouvé exactement la même machine dans notre baraquement, en Allemagne. Le seul objet un peu familier pendant la sombre période de mes premiers mois à l'usine. Dès que j'ai passé ma main sur la table en bois, sur la plaque métallique, comme je l'avais fait tant de fois dans mon enfance, une chaleur ancienne et rassurante s'est répandue dans mon corps. De l'espoir, peut-être. Le sentiment qu'il me restait encore quelque chose, que tout n'était pas perdu : je savais précisément comment fonctionnait la Singer, comment l'utiliser. J'avais à peine posé le pied sur la pédale que j'étais de nouveau chez moi, à la ferme. Par la fenêtre du baraquement, j'ai vu mon père marcher au milieu des champs, talonné par les deux “brigadiers”. J'ai baissé les yeux et je me suis retrouvée dans la chambre de mes parents, à scruter un emplacement vide sur le parquet. La machine à coudre n'était plus là, quelqu'un l'avait enlevée. »

*

« Elle savait tirer parti des plus petits riens. D'après elle, c'est vous qui le lui aviez appris, Nikolaï. En cousant des habits pour ses camarades de chambrée, elle s'était fait des amies, elle avait gagné leur confiance, comme vous-même aviez gagné la confiance de Baba Mari.

– La machine était en lieu sûr. Oleg m'avait prêté main-forte, pour la deuxième fois en deux ans. Peu avant l'inspection, il avait fait un feu sous une baignoire en zinc que nous avions remplie de neige. Ensuite, nous étions allés dans le bois derrière chez lui jeter un par un des baquets d'eau chaude sur le sol gelé. Nous espérions que la terre s'amollirait assez pour y creuser un trou. C'est ce qui s'est produit. La nuit d'après, Anna et moi sommes allés transporter la machine en carriole jusqu'à l'orée du bois. Il y avait un beau clair de lune et nos corps faisaient de longues ombres sur la neige. Le plus silencieusement possible, nous avons descendu la machine à coudre et, chargés comme des baudets, nous avons continué à pied sur le cahoteux chemin forestier. Oleg nous attendait près d'un trou profond et aussi large que la machine elle-même. J'ai pensé à Sergueï, à la fosse qu'il avait creusée aux dimensions exactes des sacs de grains. On y reconnaissait le soin qu'il mettait à toute chose, ce grain était à l'image de sa vie. Moi, je le voyais à sa façon d'entretenir le puits, aux gestes aimants qu'il avait pour Lena pendant les fêtes villageoises, à la douceur de ses caresses aux animaux de la ferme. Et puis, en regardant plus longtemps, je l'ai vu, couché au fond de ce trou dans la forêt. Nu. Mort de froid. Sa barbe était beaucoup trop longue, ses bras et ses jambes d'une maigreur extrême. Ses yeux, grands ouverts, fixaient le ciel noir au-dessus de nous. Trois cerfs blancs sont alors apparus, leurs bois étaient tout en or, comme la flèche qui leur perçait le dos. Ils m'ont adressé la parole en chuchotant : "Nul n'accueillera plus la discorde, les portes lui sont fermées." Ils m'ont fait une de ces peurs... Je ne les avais vus qu'une seule fois, bien des années auparavant, dans ma toute petite enfance.

Anna et Oleg me dévisageaient. Voilà un bon moment que j'étais planté là, à regarder tour à tour les cerfs blancs et le trou dans le sol. Oleg m'a donné une bourrade et flanqué de gros cordages dans les mains. Avec l'aide d'Anna, je les ai passés autour de la machine et nous l'avons fait glisser comme un cercueil lors d'un enterrement : en douceur, sans toucher les parois de la fosse. Ensuite, nous sommes restés un temps au bord du trou, en silence, c'était peut-être la dernière fois que nous voyions cette machine à coudre. J'avais apporté une grande pièce de coutil et un morceau de cuir de la même taille. Anna les a déposés l'un et l'autre sur la machine. »

*

À mesure que Nikolaï poursuit son récit, le plafond doré du grand hall devient de plus en plus laid. Si mes aïeux, au péril de leur vie, enterrent leurs biens les plus précieux au fond des bois, que signifie tout cet or dans le palais du Peuple ? Est-ce à cause de ce mensonge que les personnages souriants qui défilent au-dessus de ma tête se résignent à continuer leur chemin ? Parce qu'ils ne savent pas où ils vont ?

« Cette machine à coudre, c'est la seule chose que j'aie dissimulée dans ma vie, la seule fois où j'ai menti. Onze ans plus tard, Anna et moi nous trouvions sur le quai de la gare, entourés de jeunes filles en larmes. Je regardais les soldats allemands qui faisaient monter Aleksandra, Niouchka, Douchka et des centaines d'autres dans des wagons de marchandises. Comme du bétail. Ce jour-là, j'ai regretté de n'avoir menti qu'une seule fois. Je voyais les chiens de berger, tirant comme des forcenés sur leur laisse, essayer de mordre les mollets de nos filles. J'apercevais leurs crocs acérés, j'entendais leurs aboiements frénétiques, incapables de s'arrêter. Tout d'un coup, nos efforts pour cacher la machine à coudre, onze ans plus tôt, me semblaient absurdes. À quoi servent les objets gardés en secret, les denrées clandestines, quand on doit abandonner son enfant ? Avec un peu de patience, en économisant, nous aurions tout racheté plus tard. Ah, si nous avions pu échanger nos filles contre nos biens les plus précieux, mettre nos possessions dans le train à leur place... J'aurais voulu pouvoir cacher Aleksandra dans ce trou au milieu des bois, là où les Allemands ne viendraient jamais – ils parvenaient à dénicher presque tout le monde, mais enfin. Oleg m'avait déjà proposé cette solution, tu sais. Il l'aurait emmenée quelque part, sans nous dire à quel endroit, de sorte que nous ne puissions pas révéler sa cachette aux Allemands ni à la police auxiliaire ukrainienne.

Certains parents recouraient à ce procédé, disait-on. Parfois avec succès, parfois non : en cas de découverte, toute la famille de la jeune fille était exécutée en représailles, ou déportée. »

« Mon père avait demandé à un docteur de me déclarer malade. »

Dans un éclat de rire, Aleksandra s'est mise à pincer la peau de ses joues rouges.

« Une entreprise vouée à l'échec, évidemment. Toute personne de bon sens pouvait voir à des kilomètres que je me portais comme un charme. Regarde donc cette photo : tu vois cette bouille ronde, ces pommettes charnues ? Je pouvais difficilement prétexter une mauvaise santé pour rester chez mes parents. Les Allemands ne voulaient rien tant que de m'embarquer. Oh, ma petite, qu'est-ce qu'il faisait froid cet hiver-là, quand j'ai dû partir ! Mon père disait que c'était même pire que l'année où il avait enterré la machine à coudre. »

« En effet, ces deux hivers avaient beaucoup en commun, reconnaît Nikolaï. Ils ont simplement débouché sur une issue différente : j'ai fini par récupérer la machine, mais je n'ai plus jamais revu ma fille. »

Au moment où Aleksandra, après avoir découvert l'emplacement vide de la machine à coudre, quitte la chambre de ses parents, les deux « brigadiers » reviennent dans la cour, suivis par Nikolaï. L'un d'eux va s'asseoir sur la clôture, l'autre s'engouffre dans la maison.

« Hé, babouchka, donnez-moi un bout de ce pain : travailler en plein air, ça creuse ! »

Il tend la main tout près du visage de Baba Mari et claque des doigts.

« Plus vite que ça, j'ai faim ! »

Impassible, Baba Mari lui remet une tranche de pain noir. Il l'attrape, la roule entre ses doigts et prend une bouchée. Ensuite, tout en mâchant, il ressort dans la cour. Là, il pose un regard appuyé sur Aleksandra, qui, dans son manteau d'hiver, se tient à sa place préférée, sous le pommier maintenant dégarni. Elle lui renvoie son regard, essaie de cligner des yeux le moins possible, comme elle le fait devant les chevaux de la ferme, parce que, de cette manière, ils savent qu'on n'a pas peur. Le garçon a une cicatrice qui commence sur sa joue et disparaît dans son col. Elle se déforme à chaque bouchée, telle une corde relâchée après avoir été tendue.

« On revient la semaine prochaine pour vider la baraque. »

La bouche pleine, il s'adresse à Nikolaï :

« Vous pouvez emporter une partie de vos vêtements. Vos tapisseries, deux chaises et un tabouret. Les matelas ? D'accord. Un seul sommier. Une seule vache, un seul cheval. S'il manque quoi que ce soit d'autre, une table ou une chaise, on te met une balle dans la tronche. »

Son rire dévoile des dents brunâtres. Aleksandra lance un coup d'œil à son père, qui secoue la tête de droite à gauche.

« Tu préfères pas, hein, mon petit koulak ? Parce que les enfants de traîtres, après, on les accepte plus nulle part. »

Ses paroles sont dures et glaçantes aux oreilles de ma grand-mère.

« Je l'entends encore, ce ton haché, hargneux », a soupiré ma grand-mère avec amertume.

Devant moi, de l'autre côté de la table, elle s'est mise à imiter quelques syllabes, à parler russe en aboyant. Pain, planche, sacré.

Il n'enchaîne pas les mots et, contrairement à Baba Mari, ne prononce pas de longues phrases chantantes. Tout ce qu'il dit sort froid de sa bouche, comme d'une machine. Il continue de regarder Aleksandra, qui ne répond pas à son regard. Elle se concentre sur la cicatrice.

« Si ton père se tient à carreau, tout va bien se passer : il quitte le village, il aide l'État et il travaille pour la construction du pays. Comme ça, notre petit père Staline sera content. »

D'un air détaché, il se tourne un instant vers Nikolaï, qui se tient à distance, les mains dans les poches et les yeux fixant la terre. Seul le haut de son visage dépasse du col. Son gros manteau camoufle ses épaules étroites et son corps fluet.

« En hiver, il paraissait plus grand, plus fort, s'est rappelée Aleksandra. Quand il marchait l'été dans les champs, je devinais sa silhouette mince dans le pantalon et la chemise de lin. »

Négligemment, le « brigadier » jette la dernière bouchée de pain – un morceau de croûte – dans la neige.

« Nous laisserons tout en l'état, marmonne Nikolaï.

– Tu es sage, péquenot, très sage », raille le garçon.

Sa cicatrice s'étire au rythme de ses gloussements. Il fait penser à une marionnette à fils : dans certains mouvements, il se raidit d'un coup.

« Hé, calme-toi un peu ! »

Son camarade est toujours assis sur la clôture.

« Ces gens ne cherchent vraiment pas à nous mettre des bâtons dans les roues. »

Il lance un bref, très bref sourire à Aleksandra. Son visage est plus jeune que tout à l'heure, lorsqu'il arrachait brutalement les lames du plancher. Espiègle, il tire la langue. Comme ma grand-mère ne rit pas à sa plaisanterie, il descend de son perchoir et hausse les épaules. En traversant la cour, il pose une main sur l'épaule de Nikolaï, qui la regarde, étonné, il semble se demander ce que cette main fait là, comme il est parfois surpris, l'été, par un hanneton venu atterrir sur sa manche. Le jeune « brigadier » paraît confus, lui aussi. Il retire gauchement sa main et se remet en marche. Lui et son acolyte remontent dans leur camionnette, démarrent et s'éloignent en direction de Lougansk. Dès qu'ils ont disparu, Baba Mari sort de la maison et ramasse le croûton dans la neige. Ensuite, elle retourne à l'intérieur. Elle prend place à table et se met à enlever les bouloches de sa nappe en crochet.

« Toute ma vie se trouve ici. Anna est née dans cette pièce. Stepan m'y a demandée en mariage. Lorsqu'il est mort, nous l'avons veillé ici, face à l'icône que ces deux chiens ont démolie. »

Nikolaï pose sa main sur celle de Baba Mari, tout comme il pose maintenant sa main sur la mienne en disant que nous devons nous rendre au cœur de ce palais, à la recherche de Kolya. Par la fenêtre, il contemple les champs enneigés, laisse flotter son regard dans la pièce, sur les armoires, la table, la batterie de cuisine, le four, les tentures. Il se frictionne le front. Puis il retire sa pelisse, attrape un marteau dans le placard, ouvre un tiroir, y prélève une petite poignée de clous. Il s'agenouille au bord de la tranchée et tend la main vers Aleksandra.

« Ce sera vite fait, on n'en verra bientôt plus aucune trace. »

Elle saisit l'une des planches appuyées contre le mur et la pose sur les lambourdes. En silence, elle regarde son père enfoncer les clous aux quatre coins des lames. Une par une, ils les remettent en place.

« Tout a repris son aspect habituel et l'intrusion des deux vandales dans notre maison n'a bientôt plus ressemblé qu'à un mauvais rêve. Je suis allée m'asseoir à table près de Baba Mari et j'ai observé ses doigts qui couraient sur les motifs noirs et rouges de la nappe, les mêmes motifs que ceux-ci, Lisa. »

Elle s'est mise à chanter doucement : *Lorsque tout jeune encore, un matin de printemps, / Partant dessus les routes, le cœur empli d'espoir, / J'emportai la chemise que ma chère maman / Avait brodée pour moi de fil rouge, de fil noir. / Ô rouge et noir, mes deux couleurs, / Qui filez dans mon âme et la toile de lin / Ô rouge et noir, mes deux couleurs, / Rouge comme l'amour, noir comme le chagrin.*

*

« Tu connais cette chanson ? » me demande Nikolaï.

J'acquiesce et j'entends de nouveau la mélodie fredonnée par Aleksandra au moment où elle a sorti de sa boîte à pain le tissu brodé de lignes temporelles : « C'est un poème que Baba Mari chantait toujours pour moi. »

Entonnant le refrain, elle a étendu sur la table le long rectangle de toile. Sa voix était claire et juste, douce et ronde, comme si elle essayait, par son chant, de nous transporter toutes les deux dans la maison de son enfance. *Rouge comme l'amour, noir comme le chagrin.*

« Quand Baba Mari me chantait cette chanson, je regardais ses mains. Elle avait toujours un peu de terre sous les ongles, à cause du travail aux champs ou dans le potager. Un fin trait noir qui ne s'en allait jamais. Baba disait qu'elle venait de là. Elle affirmait que, petite graine, on l'avait enfouie dans le sol et qu'un jour, hop, elle était apparue au milieu des cultures, sous la forme d'un épi de maïs, enfant d'or né de la terre. Ce lien avec ses origines ne pouvait pas se briser : l'hiver, elle nommait le paysage environnant un “édredon de neige” et, l’été, un “océan d’or pailleté de coquelicots”. Toutes ces étendues qui nous entouraient étaient notre chez-nous. Même en temps de guerre, même en temps de crise. Pendant les mois d’été, il faisait bon sous les grands draps blancs que Baba Mari et ma mère, Anna, suspendaient entre les arbres du jardin. Nous avions des chats et des chiens pour partager nos jeux. En hiver, Baba et les voisins allaient au moulin presser de l’huile de graines de tournesol. Quand il faisait très chaud, elle mangeait des tomates laissées à rafraîchir dans l’évier. Elle m’a appris que la terre n’était pas seulement belle, mais aussi parfois cruelle. Qu’elle ne se donnait pas à n’importe qui. Je devais comprendre ce que la terre voulait de moi, comment il fallait la traiter, la respecter. La grand-mère de Mari, Baba Vitalia, avait un jour été encornée par un taureau. Il s’était soudain transformé en une bête furieuse, en quelque chose qui le dépassait lui-même. Personne ne savait pourquoi. Vitalia est morte sur le coup, encore accrochée aux cornes du taureau. Notre terre sera toujours noire et rouge, m’a enseigné Baba Mari. Le noir n’est pas uniquement la couleur des labours. C’est aussi celle de la mort. Elle disait souvent que nous vivions sur un territoire difficile et capricieux, mais qu’en tout cas, c’était le nôtre. Toutes nos histoires y sont enfouies, parce qu’elles finissent toujours par revenir chez elles. Les lignes brodées sur cette toile, Lisa, sont autant d’histoires, belles ou malheureuses, et il en arrive toujours plus. Tu sais ce que disait Baba Mari ? Rien ni personne ne pourra nous séparer de ce territoire, car nous l’avons dans le sang. »

*

Lorsque tout jeune encore, un matin de printemps, / Partant dessus les routes, le cœur empli d'espoir, / J'emportai la chemise que ma chère maman / Avait brodée pour moi de fil rouge, de fil noir. / Ô rouge et noir, mes deux couleurs, / Qui filez dans mon âme et la toile de lin / Ô rouge et noir, mes deux couleurs, / Rouge comme l'amour, noir comme le chagrin. Je chantonne en suivant Nikolaï à travers le hall qui ne fait que s'agrandir. Nous passons devant des piliers aussi hauts que deux maisons superposées. Chacun d'eux porte le nom d'un héros soviétique, gravé sur une médaille de pierre à son effigie. Au-dessus est accrochée une bannière rouge. Je lis les prénoms à haute voix : « Sigizmund, Iakov, Nikolaï, Vladimir, Mikhaïl, Zoïa... » Plus j'énumère, plus je vois surgir de piliers. En quelques secondes, ce n'est plus une galerie qui s'offre à mon regard, mais un champ de colonnes, comme si j'avançais parmi les stèles d'un cimetière.

« En effet, on ne sait plus où donner de la tête, me dit Nikolaï. Mais il y a encore mieux : avant d'aller retrouver Kolya, je voudrais te montrer quelque chose. »

Il ouvre une porte monumentale. Devant nous apparaît une gigantesque salle au plafond en coupole. Nikolaï exécute une élégante courbette et me fait signe d'entrer. Des dizaines de milliers de fauteuils rouges, disposés autour d'une scène centrale, occupent l'espace. La tribune réservée aux discours évoque le mausolée de Lénine : c'est une pyramide à trois degrés dont le premier accueille une estrade pour l'orateur. Juste derrière, au milieu, se trouve une ouverture dont pourrait surgir à tout moment un grand dirigeant soviétique. Au-dessus de cette ouverture, le sommet de la pyramide sert de piédestal à un groupe sculpté. C'est à peu près le même genre de statues que dehors : cinq citoyens soviétiques avançant avec résolution. Ils ont en main des faucilles, des marteaux, des gerbes de blé, des drapeaux si bien imités qu'ils en claquent presque au vent. Au centre du dôme, émaillé d'étoiles blanches ou dorées, une percée circulaire laisse entrer le jour. L'endroit me fait penser au Panthéon de Rome, mais en plus grandiose, en plus spectaculaire. Le flot de lumière se déverse exactement sur l'estrade. Je m'avance dans l'auditorium, à travers les rangées de fauteuils.

« Alors, qu'en penses-tu ? C'est impressionnant, n'est-ce pas ? »

Dans la nuit qui suit la visite des deux « brigadiers », des collines lumineuses s'élèvent en tout point de l'horizon. Elles jaillissent et retombent au-delà des champs obscurs, s'embrasent un moment avant de perdre en intensité. À genoux sur son lit, ma grand-mère contemple le paysage par la fenêtre de sa chambre. Au bout d'un temps, une odeur de brûlé commence à lui picoter les narines. Cette odeur lui rappelle son dernier anniversaire, à la fin de l'été. Ça sent la viande grillée à la broche, les braises qui fument dans la cheminée. Elle ferme les yeux pour contenir ses larmes. Une porte s'ouvre dans la maison.

« Il y a le feu ?

– Où ça ? Au village ?

– Je n'entends personne. On dirait que c'est loin. »

Avec précaution, Aleksandra descend de son lit et se rend à pas de loup dans la grande salle. Son père, vêtu d'une liquette de lin, se tient au centre de la pièce, encore à moitié endormi. Baba Mari, en manteau et pantoufles de feutre noir, est adossée contre le chambranle de la porte d'entrée, l'air maussade. Anna, visiblement fatiguée, a pris place sur une chaise devant la grande table. Nastia est dans la cour, elle porte son long manteau d'hiver et ses bottes fourrées, on voit juste dépasser l'ourlet de sa chemise de nuit. Il y a beaucoup de vent. Des flocons de neige s'envolent. Aleksandra décroche son manteau de la patère basse et, se frayant un passage devant Baba, sort rejoindre sa sœur.

Sur la route, une famille passe, à pied, derrière une charrette tirée par un cheval. Chacun est emmitouflé dans ses habits les plus chauds. Ils ont tous une lanterne, même le plus jeune des enfants. La charrette est surchargée de bahuts, de tables, de chaises et de tentures. Des bocaux s'entrechoquent dans des caisses en bois. À côté du véhicule avancent deux vaches. Une petite fille, assise à l'avant du chariot, tient une chèvre sur ses genoux. Deux autres enfants sont pendus au cou de leurs parents. Les adultes marchent lentement, ils semblent épuisés à la lueur de leur fanal. Ils baissent la tête contre le vent glacé. À l'arrière est coincée une vieille femme, comme un meuble pour lequel on manque de place, mais qu'on ne peut pas non plus abandonner. La famille laisse sur son chemin une odeur de bois brûlé. Au matin, cette odeur flotte sur toute la campagne environnante.

LOUGANSK
27 avril 2014

Ce n'est pas la première fois que nous assistons à ce phénomène : le sol reste lui-même, mais son nom change. Ailleurs dans le pays, si les grondements sont moins sonores qu'ici, à Lougansk, les habitants remettent eux aussi en cause l'appellation de leur terre. À Kharkov, Odessa ou Dniepropetrovsk se forment des bataillons tels que le Dnipro-1. Des unités intégrées aux forces spéciales de police. Un régiment. Nous voyons passer un char d'assaut et un véhicule blindé. Ce dernier est complètement recouvert de peinture jaune et bleue. L'insigne gris foncé du bataillon Dnipro porte en son centre un trident, l'arme de l'Ukraine, qui figure sur l'emblème national depuis 1992. Nous exprimons notre désaccord :

« Quelle horreur, ce symbole ! Pourquoi pas l'ancienne arbalète, ou tout simplement l'arc, voire le Cosaque et son mousquet ? »

L'un de nous tape du sabot et quitte la conversation après nous avoir rappelé que même les Cosaques pouvaient se retrouver dans le pétrin. Nous menons un débat sans issue, nous surprenant parfois à nous comporter comme les gens autour de Kolya.

« Mais oui, bien sûr, c'est cela même... Allons, trêve d'arguties : l'expérience nous a appris que nous ne pouvons pas nous occuper de tout le monde, et encore moins sauver la situation. »

Nous coupons court à la discussion et jetons un coup d'œil dans la chambre de Kolya et de Larissa. Celle-ci, télécommande à la main, est en train de tapoter sur l'épaule de son mari, dont seul le sommet du crâne dépasse de la couette. Larissa insiste. Elle semble inquiète.

« Kolya...

– Hmm ?

– Lève-toi. »

Notre cousin pousse un geignement et change de côté, tournant le dos à sa femme. Mais Larissa continue. Face à l'inertie de Kolya, elle augmente le volume de la télévision.

« Bon sang, Larissa, c'est quoi ce boucan ? Et quelle heure il est ?

– Arrête de râler. Regarde.

– Mais pourquoi tu as mis la télé ? »

Sur l'écran s'affiche, en lettres d'or, *Bienvenue en République populaire de Lougansk !* Puis apparaît un drapeau en animation de synthèse. L'aigle à deux têtes représentée en son centre ondule en même temps que les bandes horizontales bleu ciel, azur et rouge en arrière-plan. L'une de ses pattes enserre un sceptre impérial, l'autre porte un globe surmonté d'une croix. Sur l'écu posé contre son ventre, deux maillets encadrent un four dont s'échappent des flammes.

On entend de la musique d'orchestre, puis un chœur d'hommes :

Ô mon humble pays, cœur du Donbass ! Chère demeure de mes parents ! Le Donbass a tout ce qu'il me faut : des rivières, des steppes et un peuple industrieux. Les oiseaux chantent pour moi dans le ciel radieux et le soleil couchant rougit en mon honneur.

Le drapeau s'estompe lentement pour laisser place à des images de steppes, d'usines et de champs. Ce sont les alentours de Lougansk. Notre terre. Elle est telle que nous l'aimons : belle, tranquille, sereine. De l'or à l'infini sous un ciel d'azur. Larissa, au bord du lit, enfouit son visage dans ses mains sans dire un mot. Kolya pose le bras sur l'épaule de sa femme et l'y laisse jusqu'à ce que Larissa secoue la tête et se mette à pleurer. Notre cousin se lève, va dans la salle de bains. Lorsqu'il ouvre le robinet, pas une goutte d'eau ne sort de la pomme de douche.

DANS LE PALAIS DES COSAQUES PERDUS

Nikolaï, à la tribune, passe la main sur le parapet en marbre. Il se racle la gorge et tape du doigt contre le microphone, produisant un claquement mat qui se réverbère dans tout l'auditorium. Assise au milieu du parterre, je le vois redresser les épaules, puis se lisser la moustache et les rouflaquettes. Sa voix chuchote dans le micro :

« Il avait un bouton spécial à sa disposition. Lui, le grand dirigeant, l'homme que je croyais alors occupé à imaginer toutes ces affiches anti-koulaks – pauvre petit paysan naïf que j'étais... Il disposait d'un bouton spécial pour les discours officiels, les congrès. Lorsqu'il appuyait sur ce bouton, la salle pouvait enfin cesser d'applaudir. »

Nikolaï disparaît derrière le parapet.

« Voyons voir... »

Le sommet de son crâne va et vient le long du muret.

« Ah ! »

Il se relève d'un coup et tend vers le ciel un index solennel, atteignant le flot de lumière qui se déverse sur scène par l'orifice dans la coupole. Puis, avec cérémonie, il se penche et presse le bouton.

Un puissant « BZZZZ » résonne à travers la salle. On dirait un gros fusible qui saute. Je me lève, sors à pas chassés du rang de fauteuils et me dirige vers la scène. Sur la tribune, je pousse gentiment de côté mon arrière-grand-père pour voir le fameux bouton. Au pied du microphone, incrustée dans une plaque de granit, se trouve une pastille rouge, pas plus grande qu'une sonnette de porte. J'approche lentement mon doigt et j'appuie. On entend à nouveau le gros bourdonnement. La salle ne bronche pas.

« C'était une étrange liberté que nous avions, à l'époque. Juste avant notre départ, avant que Sergueï s'effondre dans la fosse qu'il avait lui-même creusée, on aurait dit que tout l'oxygène avait été pompé de notre ciel bleu. C'était quasiment comme si nous n'avions pas le droit de respirer. Le village se pliait chaque jour un peu plus à quelque chose qui ressemblait à ce bouton rouge. Nous devions applaudir, applaudir de plus en plus souvent, jusqu'à ce qu'on nous dise de nous arrêter. Ta grand-mère l'avait bien compris. Elle n'était pas idiote. »

« J'étais encore si petite... »

Aleksandra fixe la toile de lin étalée entre nous.

« Mes parents se parlaient à voix basse dans leur chambre. Quand Baba Mari voulait parler à mon père, elle partait se promener avec lui de bon matin. Ils marchaient jusqu'à la rivière, loin du village. Lorsqu'ils croisaient un autre paysan, ou l'un des deux “brigadiers”, ils se taisaient. Alors je les voyais, l'air de rien, pointer le doigt vers un oiseau, un insecte. Ils devenaient esclaves sur leurs propres terres, mais ça, je ne l'ai compris que des dizaines d'années après, quand je suis retournée au pays et que mon père ne vivait plus. C'était contraire à tout ce qu'on lui avait enseigné : un Cosaque du Don doit mourir libre, pas dans la servitude. »

Le vent glacial court sur la plaine, s'engouffre entre les bardages. Il fait froid dans l'écurie et l'air semble sec. Nikolaï verse un peu de sucre au creux de la main d'Aleksandra.

« Va faire un dernier tour, ma mignonne, et tâche de garder en mémoire tout ce que tu peux. Pour un jour encore, ces lieux sont à nous, à toi. »

Aleksandra ferme les yeux et inspire profondément : il y a l'odeur un peu fétide et aigrelette du foin, les vieilles planches, le crottin... Elle va voir les deux chevaux à la porte de leur stalle, tend la main sous le museau de Dima, puis de Rébus.

« Allez-y, mangez. »

Elle se demande si Oskar leur manque, depuis sa disparition.

Les grosses lèvres des chevaux lui chatouillent la paume et y laissent un filet de bave. Nikolaï retourne dans le petit bureau de la ferme, en revient avec les derniers papiers, coincés sous son bras. Une fois devant les stalles, il ouvre les deux portes en grand. De petits nuages blancs s'échappent de ses narines, tout comme des naseaux de Dima et de Rébus. Les chevaux sortent, à pas prudents. Ils mangent un peu de foin qui traîne au sol et se serrent l'un contre l'autre pour avoir un peu plus de chaleur.

« Je vais en conduire un cet après-midi à la grande ferme qu'on appelle le kolkhoze, parce que nous ne pouvons en garder qu'un seul. Dans notre nouvelle maison, à Lougansk, il y a un jardin. Nastia a déjà choisi la vache. Pour le cheval, c'est toi qui décides.

– Qu'est-ce qu'il va faire, l'autre cheval, au kolkhoze ?

– Il va travailler, comme ici. »

Aleksandra observe les deux bêtes, qui regardent tranquillement autour d'elles. Toutes les deux ont maigri. Les côtes de Dima se distinguent nettement sous son pelage brillant, de couleur brun foncé.

« Est-ce qu'on leur confisque le blé, là-bas aussi ?

– J'espère que non, ma petite.

– Heureusement que les chevaux ne peuvent pas comprendre les humains, n'est-ce pas ?

– En effet. Ils ne seraient pas du tout d'accord. »

Aleksandra caresse le garrot de Rébus, puis celui de Dima. Les animaux se balancent d'un sabot sur l'autre en soufflant doucement. Nikolaï coince la liasse de papiers sous son aisselle et pose sa main sur le crâne de sa fille.

« Alors ? Lequel des deux ?

– Je ne sais pas. »

Elle repense à Oskar, au silence des adultes quand il a disparu du jour au lendemain – même Baba Mari n'a rien dit.

« Il faut parfois que des choses comme celles-ci se produisent, Choura. Les gens qui travaillent là-bas ont besoin de chevaux, ils ne leur font pas de mal. »

Aleksandra se représente les râteliers du kolkhoze, tellement garnis qu'ils permettront au cheval qu'elle s'apprête à envoyer de mieux tirer la charrue et de devenir ainsi le héros de la ferme. L'animal recevra une grande cocarde rouge et sera fêté sur la plage du village. On lui dressera une statue, il y aura partout des panneaux à son effigie. Dans certaines familles, son portrait ira rejoindre ceux des grands dirigeants. On se souviendra toujours de lui.

« Dima », finit par dire Aleksandra.

Elle vient à peine de prononcer son nom que Dima la regarde de ses grands yeux bruns, et ce choix lui pèse sur l'estomac comme un pavé de pain noir, si lourd, de plus en plus lourd, au point qu'elle ne sent presque plus ses jambes. Elle a envie de crier, de taper du pied, de frapper dans ses mains pour que les deux bêtes s'enfuient ventre à terre. Elle continuera son raffut jusqu'à ce que Dima et Rébus aient dépassé le moulin, qu'ils se soient évanouis à l'horizon.

Nikolaï interrompt ces divagations d'une voix grave et posée :

« Bon. C'est bien, mon enfant. Dis au revoir à Dima, ensuite je l'emmènerai dans son nouveau foyer. »

Aleksandra touche une dernière fois la tache blanche sur le front de Dima. Il le sait, pense la fillette, il sait que je n'ai pas voulu le garder.

Baba Mari attend sa petite-fille dans la cour. Les jambes toujours alourdies de pain noir, Aleksandra s'approche d'elle. Mari la serre un instant dans ses bras et murmure :

« Tu as bien fait, mon lapin. »

Elle fait entrer Aleksandra dans la maison, l'accompagne jusqu'à sa chambre. Anna s'y trouve déjà, assise sur le petit lit, à côté d'une pile de vêtements. Parmi eux se trouvent aussi des habits que ma grand-mère n'a pas le droit de porter en hiver car ils ne tiennent pas assez chaud. Anna tapote la couverture du plat de la main.

« Il n'est pas question de laisser quoi que ce soit ici. Tu dois en mettre le plus possible sur toi. Baba ne peut pas tout emporter chez Oleg où vous allez loger toutes les deux jusqu'à l'été.

– Enlève ton manteau, ajoute Baba Mari. Et le reste. On va commencer par la couche du dessous. »

Tandis qu'Aleksandra se déshabille, ne gardant que sa culotte en tricot, Anna et Baba tiennent un conciliabule :

« Des collants, deux pantalons.
– Corsages, robes, chemises.
– Blouses, chandails, gilets.
– La jaquette, le manteau d'hiver. »

Elles posent les vêtements sur le lit dans l'ordre convenu.

« Lève les bras. »

Une fois couverte de toutes ces couches de textile, Aleksandra se sent comme un épouvantail. Ses bras sont écartés, elle a du mal à les rabattre le long du corps.

« Marche un peu », lui dit Anna.

Aleksandra essaie de ne pas perdre l'équilibre, mais le haut de son corps est beaucoup plus lourd que d'habitude. Elle penche en avant et manque de tomber, mais Baba Mari, d'une poussée, la remet d'aplomb. Elle a l'impression d'être une de ces poupées en bois sans jambes, mais à base arrondie, avec une clochette dans le ventre, qu'on fait basculer d'une pichenette et qui continuent d'osciller pendant de longues minutes.

« Et les autres alors ? »

Elle désigne les quelques vêtements restés sur le lit.

« On doit les prendre aussi, ronchonne Baba Mari. Oh, quel casse-tête ! Tu ne peux pas tenir tout l'hiver avec deux paires de collants, il t'en faut plus.

– Dis, Aleksandra, quelle robe veux-tu mettre le jour où on se reverra ? »

*

« C'était comme si je me trouvais encore dans l'écurie, à devoir choisir entre nos deux chevaux. Plus rien n'allait de soi : ni les bêtes, ni les terres, ni mes parents. Même les mains parcheminées de Baba Mari ne semblaient plus évidentes. Et s'ils venaient aussi la chercher, comme ils avaient confisqué nos champs, nos animaux, notre ferme ? Et s'ils me laissaient seule ici, avec ma robe ? Et si je devais passer le reste de ma vie à tenter de retrouver ma famille ? J'ai regardé la robe rouge que j'avais portée pour la dernière fois le jour de mon anniversaire, tout avait fini par sentir le bois brûlé. Quelques mois plus tard, la même odeur s'était insinuée dans les rues du village, comme un intrus lors d'une fête, comme cet homme des services secrets qui nous a suivis partout – ton grand-père, ta tante et moi – pendant notre visite à Vorochilovgrad, en 1978. Ce type me collait aux basques, jusqu'à une fête de mariage où nous étions invités et où il a même eu le culot de m'inviter à danser. J'ai refusé poliment. L'odeur des incendies, c'était pareil : à un certain moment, elle avait réussi à imprégner les murs, les vêtements, les cheveux, la peau. Finalement, j'ai choisi la robe blanche à fleurs bleues, je pourrais la mettre avec mes chaussures rouges. Ma mère et ma grand-mère ont dit que c'était une bonne idée.

Chaussée de mes bottes d'hiver et empaquetée dans mes couches de vêtements, j'ai avalé sans grand appétit un morceau de la saucisse que Baba Mari avait achetée pour l'occasion. La "saucisse d'adieu", c'est comme ça qu'elle l'appelait. Depuis, chaque fois que mes sœurs viennent me rendre visite, je repense à ce mot. J'aime bien les recevoir, ici aux Pays-Bas, mais le dernier soir, je préfère ne pas dîner avec elles. Les repas d'adieu me font penser à Baba Mari, qui s'appliquait à couper la saucisse en rondelles aussi égales que possible. Je revois, dans la cour, la vache de Nastia blottie contre Rébus, sous une grande couverture destinée à les protéger du froid nocturne. De temps à autre, les deux animaux nous regardaient par la fenêtre, ils paraissent aussi nerveux que mes parents et ma sœur. Dans la maison à moitié vide, nous mangions en silence nos tranches de saucisse d'adieu. Moi qui d'ordinaire adorais la charcuterie, je ne lui trouvais aucun goût. Nos cuillères raclaient à grand bruit les assiettes en étain. Ce bruit, je l'entends encore et il provoque chez moi une sensation physique, comme si c'était ma peau qu'on raclait. »

Après le dîner, pendant que Baba Mari lave les assiettes à l'office, Nastia décroche les tapisseries du mur et les enroule, aidée par Anna. Elle qui d'habitude n'arrête pas de parler, de plaisanter, transporte sans rien dire les tentures à l'extérieur, une à une, avant de les charger sur la carriole. Puis, comme Aleksandra, elle va dans sa chambre et enfile tous ses vêtements les uns après les autres. Ce qui ne tient pas dans la charrette doit rester là, prêt à être réquisitionné. Au bout d'une demi-heure, transformée en grosse boule, elle réapparaît dans la salle à manger. Ses yeux sont rouges, elle a pleuré.

« L'âme de cette maison est partie. »

Anna et Nikolaï ressemblent aussi à une version amplifiée d'eux-mêmes. Une fois que les derniers oreillers, les dernières couvertures ont rejoint les autres affaires entassées sur la charrette, Aleksandra prend conscience que les villageois ne viendront plus jamais se rassembler à la ferme. Ni pour une fête, ni pour un mariage, ni pour les moissons.

« Au revoir, sœurette, dit Nastia. On se retrouve au début de l'été. Oleg et Baba vont bien s'occuper de toi. »

Elle pose un long regard bleu ciel sur Aleksandra et l'étreint. À travers les épaisses couches de tissu, la cadette ne peut pas sentir le corps de sa grande sœur. Elle étire les bras le plus fort possible pour essayer de les nouer dans le dos de Nastia.

« Je te promets que nous serons très bien en ville, chuchote l'aînée. J'ai visité notre nouvelle maison à la sortie de

Lougansk. On peut voir les champs par la fenêtre, exactement comme ici. Et il y a beaucoup d'enfants dans le quartier, donc, quand tu viendras, tu auras plein d'amis pour jouer. On peut aussi aller au parc, c'est très beau là-bas. »

Il commence à neiger. Les flocons qui volettent effleurent les joues rouges de Nastia. Elle relâche son étreinte et sourit. Une dernière fois, Aleksandra va se blottir contre ses parents. Nikolaï l'enveloppe sous un pan de son manteau, Anna fait de même. Ma grand-mère entoure leurs jambes de ses bras et les serre fort.

« Nous sommes une forêt ! déclame Nikolaï dans l'obscurité. Nous sommes une forêt, et au fond de nous chemine une petite fille cosaque.

– N'est-elle pas en danger, si seulette ? »

Anna joue le jeu avec conviction.

« Mais non, répond son mari, cette petite fille est armée d'une hachette et son agilité n'a pas d'égal. Rien de grave ne peut lui arriver, dans cette immense forêt. Elle saura venir à bout de n'importe qui ! »

Des profondeurs du manteau s'élève la voix d'Aleksandra :

« Tchac, tchac, tchac ! Que le loup y passe !

– Coupons-lui la tête ! s'écrie Nikolaï.

– Coupons-lui la tête ! » répète Anna d'un ton espiègle.

Sur ce, ils ouvrent leurs manteaux.

« À bientôt, ma fille », dit Nikolaï.

Anna et lui attellent Rébus et prennent place à l'avant de la carriole. Le cheval s'ébranle. Un bref instant, les roues du véhicule patinent sur le sol enneigé, mais finissent par trouver prise et se remettent en mouvement. D'abord avec lenteur, par à-coups, puis à vitesse régulière. Le charriot trace une ligne gracieuse dans la neige. Derrière, la vache avance à petits pas, elle semble ne pas avoir envie de partir. Peu à peu, le véhicule rapetisse, jusqu'à n'être qu'un point noir dans le paysage blanc, une tache sombre à peine éclairée par la lanterne que tient Anna et qui finit par disparaître derrière un rideau de neige. Les flocons grossissent et tombent de plus en plus vite.

« Nous aurons juste à passer l'hiver et le printemps sans les voir, rappelle Baba. Après, tu ne seras plus jamais obligée de leur dire adieu. »

RÉPUBLIQUE POPULAIRE DE LOUGANSK

9 mai 2014

En ce jour de la Victoire contre le nazisme, il n'y a pas autant de monde que d'ordinaire sur la place Taras Chevtchenko. Beaucoup d'habitants ont déjà quitté la région. Nous les avons vus s'en aller dans leurs voitures chargées à bloc. Nous nous étonnons que Kolya soit resté, qu'il n'ait pas senti le danger aussi fort que nous le sentons. Nous baissons la tête et récitons quelques vers de Chevtchenko, de peur que nul autre ne veuille lui rendre un tel hommage, ou tout simplement qu'on ne l'oublie.

*Mais l'herbe jaunie refuse / De dire la vérité, / Et personne en dehors d'elle / Que l'on puisse interroger**, scandons-nous en chœur.

Sur la place se tiennent surtout des vieillards – beaucoup de jeunes sont partis – qui portent des fleurs, certains ont passé leur plus bel uniforme militaire, constellé de médailles et d'insignes. Ils ont tout comme nous vécu de près, durant leur enfance ou leur jeunesse, la riposte de l'Armée rouge après tant de terribles défaites. C'était en février 1943, il faisait un froid

* Taras Chevtchenko, *Notre âme ne peut pas mourir*, trad. Eugène Guillevic, Seghers, 2022.

de loup, une couche neigeuse de plus d'un mètre d'épaisseur recouvrait les champs. Entièrement vêtus de blanc, les soldats progressaient à travers la neige et les tranchées en direction des villes, des villages. Ils y découvraient des usines ravagées, des maisons en cendres, des terres dévastées, des gens hagards sortis d'un bosquet ou d'un vallon marécageux. Nous retrouvions enfin la liberté, mais nous n'étions plus personne, nous n'avions presque plus personne. Des vagues d'Italiens et d'Allemands épuisés passaient dans les rues, nous leur crachions dessus, les frappions avec des bâtons et des balais, les insultions pour avoir incendié nos logis, enlevé nos enfants, assassiné nos pères, violé nos mères et nos filles.

Avec Kolya, nous assistons à la cérémonie et répétons les phrases qui évoquent les steppes, le pays, le chagrin enseveli dans cette terre. Les participants ont pour la plupart des œillets blancs et rouges à la main. Ils se taisent poliment lorsque commence le défilé de la Victoire. Des chars passent. De jeunes militaires paradent en rangs impeccables. Les décorations des anciens combattants scintillent au soleil. Kolya scrute les troupes à la recherche de Vitya, qui s'est enrôlé dans l'armée de la République populaire – peut-être défile-t-il sur un char ou marche-t-il parmi les porte-drapeaux. Ce n'est pas chose aisée que de le repérer. Ces derniers temps, les deux cousins se parlent rarement. Vitya téléphone parfois, pour affaires, il veut savoir si Kolya peut commander des articles en Russie : pièces automobiles, liquides spécifiques... Ce sont des produits qu'il ne vend pas en principe : chez lui, on trouve de l'électroménager, rien d'autre. Il l'a déjà indiqué à Vitya.

« Je ne suis pas une plateforme de distribution.

– Attends un peu, rétorque son cousin, pour l'instant c'est encore moi que t'as au téléphone, mais quand les autres se pointeront devant ta boutique, faudra pas chercher à me joindre. Je suis le plus sympa de la bande, tu vois ? »

Il se pourrait que la République populaire soit un jour reconnue par la communauté internationale, que nous connaissions le sort de la Crimée en passant sous administration russe, ou que, par miracle, l'Ukraine vienne nous récupérer, comme une brebis égarée qui serait un temps allée paître sur la colline d'à côté. Qui veut partir fait ses bagages – pour le reste, il y a peu de changements à prévoir. Mais en attendant, les tirs d'artillerie se sont intensifiés, de plus en plus de bâtiments ont été investis, confisqués.

Pendant le défilé, Kolya aperçoit un homme distribuant des tracts sur lesquels on peut lire : *11 mai, référendum d'autodétermination de la République de Lougansk*. Il n'en prend pas, mais voit soudain ces affichettes partout dans la ville : sur les réverbères, les abris de bus, les portes vitrées des boutiques et des supermarchés... En rentrant chez lui, il passe devant un grand panneau publicitaire : *FAITES VOTRE CHOIX, LE 11 MAI, DE 9 H À 22 H*. Kolya sent son estomac se retourner, il manque de percuter la voiture devant lui en essayant de mieux distinguer les visuels illustrant ce message. Ça va se passer comme en Crimée, pense-t-il, les rebelles vont d'abord occuper les lieux et, petit à petit, toute la zone finira par être russe. Il se demande s'il doit faire demi-tour, mais décide quand même de continuer, jusqu'à la maison, où il trouvera encore deux de ces tracts dans sa boîte aux lettres. Nous faisons halte devant le panneau que vient d'entrevoir Kolya. L'image est coupée en deux : à gauche, un homme en cagoule tient une hache sanglante et un cocktail Molotov, sous une case marquée d'une croix rouge et près d'une carte représentant l'ouest de l'Ukraine ; à droite, un mineur portant un bouquet de fleurs rouges fait un salut militaire. La case au-dessus de lui est cochée en vert. En dessous, on reconnaît la province de Lougansk. Nous songeons aux « brigadiers » venus dans nos villages nous expliquer comment nous devions nous diviser, à quel groupe nous appartenions : « Vous, là, vous éliminez les autres et vous, vous vous battez contre eux. Vous êtes les bons, vous êtes les dangereux méchants. Vous êtes les terroristes, vous êtes les héros. »

Kolya s'assied à la table de la cuisine et regarde au-dehors. De l'autre côté de la rue, il découvre le même panneau d'affichage. Il saisit son téléphone et appelle Vitya.

« J'ai changé d'avis, dit-il avant même que son cousin ait le temps de répondre. Qu'est-ce qu'il vous faut exactement ?

– Ah, ah ! Même aux heures les plus sombres, le petit Kolya n'a pas perdu son sens des affaires ! »

Vitya s'esclaffe. Sa voix résonne dans l'oreille de Kolya, contraint d'éloigner l'appareil de son visage.

« Je n'ai pas le choix : je dois m'occuper de Larissa, de mes filles, de Nina et de Ioulya.

– Bien, très bien, se réjouit Vitya. Pas de politique pour notre cousin. Juste l'argent et la sécurité. »

DANS LE PALAIS DES COSAQUES PERDUS

Je regarde au-dessus de moi les pointes de l'étoile rouge qui rayonne autour de l'orifice percé dans la coupole. L'ouverture est si large que je me sens rétrécir à chaque seconde.

« Notre vie à Lougansk ne se déroulait pas au même rythme, raconte Nikolaï. C'était plus rapide, plus mécanique. Anna et moi comprenions de mieux en mieux dans quelle direction devait aller le pays. Les murs de la ville étaient couverts d'affiches représentant des usines et des tracteurs. Sur la place principale, dans les ateliers, des haut-parleurs nous faisaient entendre les voix de nos dirigeants, qui nous disaient combien l'Union était prospère. À Moscou, les immeubles poussaient par dizaines à la fois, selon la *Pravda*, dont les pages s'étalaient sur des panneaux d'information dans toute la ville. Jusqu'alors, à la campagne, les nouvelles de ces grands changements nous parvenaient quelquefois, mais là, on nous en donnait tous les jours. Il était systématiquement question de lieux magnifiques. Moi-même, je rêvais de plus en plus souvent d'ors et de lustre. Après mes longues journées d'ouvrier fourreur à la manufacture, je rentrais couvert de poussières diverses à cause du travail des peaux. C'était nouveau pour moi, et difficile.

Avec tous les poils que je respirais, j'ai passé les premiers mois à tousser. Anna, qui était employée comme grutière à la mine, n'avait presque pas de pause et revenait toujours plus exténuée le soir. Nous avions parfois l'impression d'œuvrer à bâtir quelque chose que nous ne voyions jamais prendre forme. Le rêve annoncé à longueur de temps dans les haut-parleurs, dans le journal, paraissait plus grand que la réalité autour de nous, comme s'il nous fallait attraper un objet hors d'atteinte. Un soir, dans notre lit, au début du printemps, nous avons parlé de ce nouveau monde, de ce à quoi il ressemblerait. De ce qui se passerait en fin de compte quand tout serait achevé, quand le rêve accompli à Moscou aurait gagné Lougansk. Pour la première fois, nous avions vu un film au cinéma. C'était un bel établissement, avec des fauteuils rouges comme ceux-ci, des corniches dorées à la feuille et des étoiles soviétiques partout, sur les battants et les poignées de porte, au plafond... Dans le couloir, il y avait les mêmes mosaïques qu'ici, les mêmes hommes aux épaules carrées, au sourire éclatant de santé, les mêmes femmes plantureuses aux hanches larges, tenant par la main leurs enfants radieux. Nastia, Anna et moi nous sommes arrêtés pour les admirer avant d'entrer dans la salle. Je me souviens que notre fille a posé les mains sur ses hanches, comme pour mesurer les centimètres qui la différenciaient des créatures en face d'elle. Nous n'étions pas ces gens-là. En vérité, à Lougansk, nous n'étions pas ce qu'on nous avait promis d'être, ce qu'on nous avait fait miroiter. Les fauteuils rouges, par exemple, ou les vêtements des personnages de mosaïque, tout était si neuf, si propre, si beau... Nous, nous portions encore nos vieux habits de paysans. Le peu d'argent que nous avions, nous le dépensions en denrées alimentaires, qui se faisaient d'ailleurs très rares dans la ville. Enfin, bref, ce soir-là, Anna et moi étions au lit, discutant à voix basse du court-métrage publicitaire qui avait précédé le film. Peut-être ne devrais-je pas parler de publicité, mais de propagande. On y voyait une jeune fille enjouée, à peu près de l'âge de Nastia, qui s'exprimait à un pupitre devant l'écran d'une salle de projection. Avec énergie, elle annonçait la venue d'une nouvelle ère, déjà visible à Moscou : "En réalisant le plan stalinien de reconstruction de la ville, les bolcheviks moscovites se livrent à un travail colossal !" Vêtue d'une robe élégante, elle prenait appui sur la tablette tandis que l'opérateur lui souriait en actionnant la manivelle de sa caméra. Et puis, soudain, la salle a disparu – la salle du court-métrage publicitaire, hein, tu comprends... À l'écran, un gros nuage de poussière se levait devant des bâtiments vétustes. Quand il s'est dissipé, nous avons découvert des boulevards impeccables, entièrement dallés, avec, de part et d'autre, de hauts immeubles symétriques. Des pâtés de vieilles maisons, démolies à la dynamite, laissaient place à de vastes perspectives. Une friche boueuse se transformait petit à petit en un forum resplendissant. Je n'en croyais pas mes yeux. Je ne connaissais que les routes pleines de nids-de-poule, les chemins de terre, les sentiers tortueux. "Et voici Moscou, un gigantesque chantier, poursuivait la présentatrice. Par un coup de baguette magique, comme dans un conte, surgissent en quelques heures de nouvelles constructions dans les rues Gorki, Kirov, Pouchkine, Dzerjinski, Mikhaïlov..." Les spectateurs du film de propagande étaient comme nous cramponnés à leur siège, le cou tendu vers l'écran, où s'enchaînaient des vues panoramiques d'une très grande ville. Toute la salle se penchait en avant et moi, je voulais arrêter l'image pour entrer dans Moscou. Ce que je voyais me paraissait invraisemblable. Anna me comprimait les doigts. Dès qu'une nouvelle rue, un nouvel immeuble se matérialisait, elle serrait encore plus fort. “Cette année seulement, il y a eu cinq nouveaux ponts construits sur la Moskova”, a précisé la jeune fille. Devant nous s’élançait un grand ouvrage aux balustrades et aux pylônes soigneusement peints en blanc, tout était propre comme un sou neuf. “Et là, au bord de la rivière Khimka, à l’emplacement de la vieille briqueterie, se dresse aujourd’hui la tour Khimkiski !” a claironné la présentatrice, exaltée. Le public s’est mis à applaudir, un orchestre a commencé à jouer – un morceau effréné, plein d’entrain. La musique était si forte qu’elle nous renversait sur nos fauteuils, j’en avais le cœur qui battait à tout rompre. Moscou vibrait d’une sonorité monstrueuse. Ensuite, depuis un bateau qui naviguait sur la rivière, nous avons regardé les berges de la cité nouvelle défiler devant nous. Une gigantesque statue de Staline se dressait au bord de l’eau. Il avait l’air magistral, bienveillant aussi. Fier et de belle humeur. On aurait dit qu’il se réjouissait de l’avenir qui attendait le pays. “Voyez, camarades, ce que les bolcheviks font de l’ancienne ville !” Moi-même j’ai ressenti de la fierté, je me suis redressé sur mon siège, le menton légèrement relevé, et j’ai regardé autour de moi. Dans la pénombre, il n’y avait que des visages fiers, c’était un étrange phénomène – l’enthousiasme communicatif de cette jeune fille, ma volonté d’y croire. Tu sais pourquoi, Lisa ?

– Non.

– Dans ce film, il y avait un homme et une femme, plus ou moins du même âge qu’Anna et moi, qui prenaient leur café sur un grand balcon. La femme admirait la vue sur la ville, l’homme lisait son journal. Autour d’eux, on ne voyait que de beaux bâtiments. C’était une idée réjouissante : ces rues larges, ces grands boulevards, ces gens bien habillés, ces voitures de luxe… Je me disais que peut-être nous y aurions droit, nous aussi, maintenant que nous avions abandonné notre ancienne existence. Anna m'a lancé un regard furtif. Je la voyais penser que ces choses pouvaient vraiment se produire. Elle souriait, les yeux émerveillés. "Tout ça est aussi pour nous, a-t-elle murmuré. Pour nous aussi, mon chéri." Elle m'a embrassé. Nous avons été interrompus par la voix stridente de la présentatrice, annonçant une chose si incroyable que notre rêve allait en être brisé d'un coup : "Les rives de la Moskova accueilleront bientôt les plus beaux fleurons architecturaux de la capitale." Et là, nous avons vu de vieilles bâtisses qui ressemblaient à notre ferme disparaître lentement pour être remplacées par de grands blocs d'appartements. J'ai pensé à Baba Mari, à Aleksandra, à notre maison vidée de ses meubles et maintenant habitée par les travailleurs du kolkhoze, à nos champs, au moulin, aux tomates, au pauvre Dima que nous avions dû laisser derrière nous, à Oskar. L'écran montrait des berges entièrement couvertes d'immeubles. Tous identiques, alignés à l'infini. "De nouveaux boulevards, des places et des allées magnifiques, des bâtiments prodigieux confèrent une beauté féerique à notre éminente cité. Regardez : l'avenue Lénine ! Et, à son extrémité, le palais des Soviets. Il symbolise l'unité, la puissance et la grandeur de notre patrie."

Sur une immense artère, une foule avançait en cortège, un peu comme à la parade militaire. Tous ces gens se dirigeaient vers un édifice d'une taille inimaginable, formé de six parties cylindriques. Une sorte de longue-vue télescopique à l'envers. Tout en haut, il y avait une statue de Lénine. Des personnages montaient une large volée de marches et, passant sous un vaste portique, entraient dans le bâtiment. Nous avons quitté le sol pour une ascension qui s'est arrêtée au sommet, devant l'index de Lénine. Vladimir Ilitch pointait le doigt vers nous, les spectateurs, vers Nastia, vers Anna, vers moi. Son manteau flottait au vent. Il tendait le bras au-dessus de Moscou, désignant un point à l'horizon. Autour de lui, traversant l'image, volaient des dizaines de petits avions. Ils étaient minuscules en comparaison de son corps. L'orchestre ne faisait plus entendre que des accords insensés, des coups de cymbales suraigus, et les applaudissements du public à l'écran étaient assourdissants. Puis le silence et l'obscurité sont retombés dans la salle. Aucun d'entre nous n'applaudissait. Enfin, si, une femme : l'ouvreuse qui avait pris nos billets à l'entrée – mais peut-être en avait-elle l'obligation à cause de son emploi. »

Je me représente les vingt et un mille fauteuils de cette salle occupés par des spectateurs écoutant le discours de Nikolaï. À la fin de son intervention, il lèvera les bras et prononcera avec grandiloquence une phrase dont « patrie ! » sera le dernier mot. Le public bondira de son siège pour lui faire une ovation. Un tonnerre d'applaudissements. Nous allons devoir utiliser le bouton rouge pour imposer le silence à cette masse humaine.

« Ça n'était qu'un mensonge, hein ?

– Un mensonge qu'il nous fallait avaler tous les jours. À l'usine, ils passaient parfois de la musique, en particulier une chanson que tout le personnel connaissait par cœur et reprenait à l'unisson : *Vse Vyshe*. “Plus haut, toujours plus haut.” Après la séance de cinéma, dans le noir de la salle, j'ai pensé à cette chanson et au doigt tendu de Lénine. Au grand boulevard en contrebas, où défilait une marée humaine. Nous n'étions que des petites gens, ma fille, comment pouvions-nous réaliser de tels prodiges ? De toute façon, personne n'y est parvenu. La Deuxième Guerre mondiale a éclaté, ils n'ont jamais terminé leur palais, à Moscou. Pendant des années, c'est resté un grand terrain vague, rien de plus. Je me souviens en avoir entendu parler et m'être dit : encore heureux, c'eût été tout de même très exagéré, une construction aussi monstrueuse.

– Attendez, ne me dites pas que... Ici ? »

Je m'éloigne de Nikolaï, redescends de la scène et m'engage sur l'allée qui mène à l'une des entrées latérales.

« Où vas-tu ?

– Jeter un petit coup d'œil, c'est tout. »

Lorsque je l'entends marcher dans mon dos, j'accélère :

« Vous pouvez m'attendre ici, ça ne sera pas long. »

Je tire à moi l'imposante porte en bois et quitte la salle pour arriver dans une galerie voûtée. Sur les murs éclairés par une verrière se trouvent d'autres mosaïques représentant des travailleurs. Ils coulent du fer en fusion dans de grands moules, portent des brassées de céréales, construisent un énorme barrage, naviguent sur des bateaux de guerre. On ne sait plus où regarder. En attendant, j'ai du mal à trouver la prochaine issue. Par la verrière, je ne vois qu'une infinité de ciel bleu. Et les hautes fenêtres ne donnent sur rien, leurs vitres semblent plutôt me renvoyer mon reflet. Où sont les belles avenues ? Où sont les parades ? En vitesse, je fouille des yeux le couloir, à la recherche d'une sortie, et finis par prendre à gauche. Parmi les mosaïques explosant de couleur, il y a une porte étroite. J'essaie de me dépêcher, mais les grains qui recouvrent le sol entravent mes pas. Je pose la main sur le bouton de porte, aussi gros qu'un pamplemousse, et le tourne de toutes mes forces vers la droite. La porte s'ouvre, un petit peu à cause du blé ; je ne réussis qu'à glisser un œil par l'espacement.

« Mais qu'est-ce que tu trafiques, Lisinka ? » siffle mon arrière-grand-père derrière moi.

Je comprime mon visage dans l'interstice. Sous la pression, la peau de mes joues remonte lentement, je ne vois presque rien.

« Ce que vous appelez le palais des Cosaques perdus, ici, c'est bien le bâtiment qui était dans le film ? »

Difficile de parler avec la figure prise en étau.

« Est-ce que ça veut dire que la guerre n'a pas encore commencé ? Qu'ils ont continué le chantier ? Dans ce cas, on n'a qu'à sortir et prendre le train de Moscou à Vorochilovgrad, on la retrouvera là-bas. »

Le vent s'introduit dans l'embrasure, soufflant des grains de blé contre le visage de mon arrière-grand-père. Nikolaï met une main devant ses yeux. Pendant ce temps, je m'efforce de passer une fesse et une épaule dans l'interstice et tente de regarder dehors. Il n'y a rien à voir, seulement de grands rubans rouge et noir qui encerclent le palais du Peuple. Pas de Moskova dans le lointain, pas d'immeubles au bord de l'eau, pas d'avenue immense, pas de troupes civiles en marche.

« Penses-tu que je serais encore ici dans ce cas ? »

Nikolaï m'écarte de la porte, me repousse brutalement dans les grains et donne un violent coup d'épaule contre le battant. Au bout de quatre essais, le palais est refermé.

« Ce lieu n'est qu'une déchirure dans le temps pour des rêves qui ne se sont jamais réalisés. »

Il se penche vivement vers moi et, main tendue, m'aide à me relever. Sur sa joue, à l'endroit où coule une larme, la peau se transforme en un pelage blanc. À la deuxième larme, des bois d'or lui poussent sur le crâne. Soudain, c'est un cerf qui se trouve devant moi. Mon arrière-grand-père a le poil aussi brillant que la neige au clair de lune. Il verse encore une larme et reprend sa forme humaine.

« Allez, viens, me dit-il en apercevant la frayeur dans mon regard. Tu as peut-être simplement besoin de manger quelque chose. Je ne t'ai encore rien offert et il est vrai que cette situation est assez déroutante. Le palais, le temps, tout le reste… Moi-même, je n'y prête plus attention. Viens, nous allons manger du gâteau au chocolat. Ensuite, je te raconterai mes premières années ici.

– Et Kolya ?

– Il attendra. »

*

Le premier jour sans Nikolaï, sans Anna et sans Nastia débute parmi des nuées de cendres au-dessus des champs enneigés. Les flocons noirs et gris, portés par le vent, retombent doucement devant les fenêtres d'Oleg.

« Voilà ce qui reste de la colère, résume Baba Mari en saupoudrant un peu de sucre sur le gruau fumant d'Aleksandra. Une femme du village a lancé un morceau de journal en feu sur le toit de sa maison, qui s'est embrasé à une allure infernale. »

Baba poursuit d'une voix lugubre :

« Puisqu'on lui prenait sa maison, personne d'autre ne pourrait l'avoir. Oleg est allé aux nouvelles, il paraît que tout a noirci dans les parages. Tout. Les maisons sont parties en fumée. Il n'y a plus de jardins, plus de murs, plus de bêtes. Les "brigadiers" venus vider la maison n'ont trouvé qu'une parcelle calcinée, avec juste un bout de cloison intérieure. »

Ma grand-mère se tait et remue sa cuillère dans la bouillie d'orge encore trop chaude. Elle est fatiguée. Cette nuit, elle n'a fait que penser à Dima, qui maintenant, tout comme elle, doit s'habituer à un nouvel endroit pour dormir, aux murs qui craquent, aux arbres qui s'inclinent autrement sous les bourrasques, à un chien qui aboie, au vent qui souffle différemment autour de la maison.

« Écoute-moi bien. »

Baba Mari pose sa main ridée sur le jeune bras d'Aleksandra.

« Une poignée de terre n'est agréable à tenir que si cette terre est à toi. »

Au retour de l'école, ce jour-là, Aleksandra s'arrête en chemin devant la maison où elle a grandi. Ici aussi, la cour est recouverte de cendres. Leurs minces flocons émaillent le toit blanc, ils y font de petites taches grises. Le garçon qui, l'avant-veille, était assis sur la clôture revient à présent au volant d'un pick-up. Il en descend et s'avance dans la cour. À l'aide d'un pied-de-biche, il force la porte que Baba Mari, après de longues hésitations, a fini par verrouiller le soir précédent. Il déambule dans la maison, les mains sur les hanches, comme s'il ne savait pas très bien par où commencer. Puis il ressort, chargé d'un premier tabouret. Suivent les chaises, les tables, le vieux samovar en cuivre de Baba Mari, des morceaux du lit métallique d'Aleksandra, son ours en feutrine, qui n'entrait pas dans son cartable, les vêtements laissés par Nastia, les cannes de grand-papa Stepan. Chaque meuble transbahuté dehors atterrit sur un tas de plus en plus informe. Le « brigadier » doit faire de la place aux derniers objets en les tassant de tout son poids. Lorsqu'il retourne à l'intérieur pour une ultime inspection, ma grand-mère entend le bruit de ses pas qui sonne creux dans les pièces vides. Et dire qu'elle s'y trouvait encore la veille au soir, à manger de la saucisse d'adieu... Le jeune militant jette pour la dernière fois un regard autour de lui et referme la porte d'entrée. Il envoie son pied-de-biche rejoindre les autres affaires, puis, sur le portail peint en bleu ciel, cloue deux écriteaux : *Notre kolkhoze est interdit aux koulaks et aux prêtres* et *Demain, vente aux enchères sur la place du village.*

C'est alors seulement qu'il aperçoit Aleksandra. Il rempoche son marteau et la salue de la main. Machinalement, elle lui rend son salut, mais se ravise avec effroi et baisse le bras. Baba Mari n'approuverait sûrement pas ce geste révolutionnaire. Le *komsomolets* rit de sa confusion et lui fait un clin d'œil.

*

« Je restais là, les yeux fixés sur ces objets qui ne nous appartenaient plus, m'a raconté ma grand-mère. Je sentais encore l'assise des chaises sous mes fesses, leur dossier contre mes omoplates, le bois lisse de la table sous mes doigts. Toute notre vie, ou presque, tenait dans ce chargement. C'était bizarre de voir ça... Le garçon est monté à l'arrière du pick-up, il a farfouillé entre les pieds de la table et en a sorti mon ours en feutrine. Un cadeau de Nastia, reçu pour mon anniversaire à la fin de cet été 1931 – c'était mon père qui l'avait fabriqué. L'ours baissait la tête, comme s'il avait un gros chagrin. Le "brigadier" l'a épousseté en soufflant plusieurs fois sur son museau et en lui tapotant les pattes et le ventre. »

« Il est à toi, celui-ci ? » demande le garçon à Aleksandra.

La tête de l'ours penche encore plus vers le sol. Ses yeux noirs en boutons de bottine scintillent au soleil. Ils semblent dire qu'il n'y a pas de problème, qu'elle peut parler au jeune militant.

« Oui, c'est ma sœur qui me l'a offert.

– Tiens, tu peux le récupérer. »

Il saute du camion et lui tend le jouet.

« De toute façon, on n'arrivera pas à le vendre. Et puis, ça lui ferait sûrement pas plaisir d'habiter chez quelqu'un d'autre.

– Non. Notre cheval aussi est parti vivre ailleurs. Et mes parents, et ma sœur.

– C'est un grand changement pour tout le monde. »

Tel un tsarévitch de livre d'images, il exécute une profonde révérence devant Aleksandra. Puis il lui remet l'ours. Une fois qu'elle a repris son jouet, il lui fait une autre courbette, rejoint son pick-up à reculons et s'en va, chargé de tout le bazar, en direction du village. Aleksandra le regarde s'éloigner jusqu'à ce qu'il ait passé le virage. Elle relit les deux écriteaux et se tourne vers son ancienne maison. Un ruban rouge, fixé sur la porte par un épais cachet de cire, en interdit l'accès. Elle s'approche du seuil qu'elle a eu l'habitude de franchir pendant sept ans. Sur le marchepied, un doute la prend. Elle pose l'une des pattes de son ours contre le sceau et appuie légèrement pour voir s'il est bien collé. Même quand elle augmente la pression, rien ne bouge, il n'y a aucune empreinte dans la cire. Alors elle lâche le jouet, retire son gant et touche le relief du bout des doigts : la surface semble lisse. Elle tente d'en soulever le bord avec ses ongles, mais peine perdue, le cachet adhère totalement au bois. Au moment où elle essaie de s'y prendre à deux mains, elle entend quelqu'un arriver dans la cour. Pourvu que ça ne soit pas le « brigadier » ! Elle ferme les yeux et baisse lentement les bras.

« Tu rentres avec moi ? »

C'est la voix d'Oleg. Son traîneau chargé de bûches est garé sur le chemin. Il ramasse l'ours et le tend à Aleksandra. Il feint de ne pas avoir remarqué son manège, tout comme, pendant les fêtes du village, il ferme les yeux lorsqu'elle reprend du gâteau.

« J'y allais, ment-elle, mais je voulais juste revoir un peu la maison. »

Cette nuit-là, Baba Mari est si bouillante qu'Aleksandra n'a pas besoin des braises du poêle maçonné, sous le matelas, pour avoir chaud. Après avoir écouté un temps les lourdes respirations de sa grand-mère et d'Oleg, après avoir essayé de distinguer les bruits de la petite maison mieux que la nuit dernière, elle roule sous la couverture et se laisse glisser du lit. Par la fenêtre, elle cherche dans le ciel d'autres collines lumineuses, mais en vain. Peut-être que tout a déjà brûlé dans le voisinage. Elle reste encore un moment debout devant la vitre, puis repart se faufiler dans le lit à côté de Baba. Le visage tourné vers le mur, elle s'imagine avec elle dans la cour de la ferme, regardant les flammes s'élever du cœur de la maison. Cet incendie, elles l'ont allumé elles-mêmes, préparé dans les moindres détails : le feu démarre sous un amoncellement de chaises et de tabourets, parmi lesquels Aleksandra a fourré ses livres d'école et ses cahiers. Tout contre, elles ont couché la table, sur le flanc, comme un cheval mort au milieu du pré. Leurs vêtements sont coincés entre les pieds de la table, avec les tentures. Seule une tapisserie a été déroulée d'un côté, recouvrant partiellement le tas de meubles. Aleksandra et sa grand-mère, main dans la main, voient la maison prendre feu : les flammes, de plus en plus hautes, lèchent l'amas d'objets, les murs, le toit. Bientôt, il ne reste plus que des cendres, quelques poutres carbonisées, des blocs de pierre noircis. Ces vestiges calcinés dessinent le périmètre de la maison. Un spectacle qui rappelle à Aleksandra l'espace vide sur le parquet de la chambre parentale, dans lequel on pouvait vaguement deviner la silhouette de la machine à coudre.

RÉPUBLIQUE POPULAIRE DE LOUGANSK

11 mai 2014

Il y a une longue file d'attente devant l'école numéro onze. Kolya va se placer au bout, derrière des dames équipées de chariots à provisions, des garçons en survêtement et des filles qui mâchonnent un chewing-gum dans leur tee-shirt moulant à paillettes. Il fait chaud, des auréoles de sueur tachent la chemise de notre cousin. Nous nous interrogeons :

« Ah bon ? Il a fini par y aller ? Et que va-t-il se passer, d'après lui, une fois qu'il aura voté en faveur de cette mascarade ? »

Certains d'entre nous discutent calmement de l'intérêt d'une telle démarche, se demandent si Kolya fait le bon choix.

« Il croit peut-être que c'est le seul moyen de se protéger, pour le moment.

– Le seul moyen ? Êtes-vous donc toujours aussi aveugles, aussi naïfs ? Avez-vous oublié les procès d'opérette à l'usine, et ce contremaître qui, après avoir dénoncé la moitié des ouvriers, s'est lui-même fait déporter ? Avez-vous donc perdu la mémoire ? »

La file avance lentement. Au bout de vingt minutes, Kolya peut enfin se présenter au bureau de vote. Trois femmes sont assises derrière une longue table à côté de laquelle se trouve une grande borne en plastique transparent. Les bulletins qui se trouvent à l'intérieur ne sont pas pliés. Nous les regardons de plus près tandis que Kolya tend son passeport à l'une des assesseures. Sur tous les bulletins visibles, la case *da/tak* a été cochée. Aucun ne porte de croix dans la case *niet/ni.*

« Vous voyez ! Nous y voilà, c'est reparti comme d'habitude !

– Peut-être faut-il voir dans tout cela le reflet du sentiment général ? Et si les gens étaient d'accord, tout simplement ? Ne serait-ce pas une possibilité ?

– Pardon ? Créer de toutes pièces un pays qui n'est souhaité par personne ? Allons donc, quelle idée... »

Nous nous dispersons, galopons à travers champs, en quête de réponses. Nous ne trouvons que des tranchées, de date récente. Les signaux émis par le sol deviennent de plus en plus confus, de moins en moins logiques.

Kolya récupère son passeport, accompagné d'un bulletin, et entre dans l'isoloir. Il tire derrière lui le rideau mauve, regarde son papier. La transpiration lui dégouline sur la nuque. Il hésite un long moment, stylo à la main. La pointe va et vient en l'air, au-dessus des deux cases.

« Bah ! Quelle différence cela peut-il bien faire ?

– Mais s'il vote non et que quelqu'un s'en aperçoit ?

– Devrait-il voter oui ? Par précaution ? »

« Et merde », soupire Kolya.

Il repose le stylo sur la tablette. Plie en quatre le bulletin blanc. Puis, sans regarder les assesseures, il l'introduit dans l'urne.

En finissant lentement mon gâteau au chocolat, je parcours du regard la grande salle de restaurant, encore plus clinquante que le hall d'entrée. Nikolaï me sourit avec tendresse. Puis il se frotte la moustache.

« As-tu assez mangé ?

– Ça me suffit pour l'instant.

– Bien. Alors maintenant, je vais te raconter comment j'ai échoué ici. La dernière fois que je me suis regardé dans la glace, c'est-à-dire la veille de ma mort, il ne me restait plus un poil noir : ma moustache, mes cheveux, tout était gris et sec, je ressemblais à un vieux fétu de paille. J'avais même une barbe, blanche comme la neige. On aurait pu me prendre pour le magicien errant dont parlait autrefois mon oncle Matveï quand il me racontait ses histoires de Cosaques du Don. Il s'agissait d'un homme, d'un sage, que des loups perfides et d'horribles enfants de tsars empêchaient de progresser dans sa quête de repos et de vérité. Lorsque j'ai vu mon reflet dans le miroir, mon front creusé de rides, ma barbe, ma moustache grise, j'ai su à quel moment précis j'avais commencé à blanchir, à me friper : onze années plus tôt, au départ du train.

Mais en ce matin de 1953, j'avais vieilli de trente ans, épuisé, condamné par la maladie. J'ai rendu mon dernier souffle sans savoir si Aleksandra reviendrait à la maison. Avant de mourir, je me demandais encore : rentrera-t-elle un jour ? Et je me suis réveillé ici. Sur la banquette du hall d'accueil. »

Je lorgne mon assiette vide. Nikolaï comprend le message :

« Oh, ne sois pas aussi timide, mon enfant ! »

Il se lève. Passant par une allée de granit noir qui serpente entre les nappes rouges, il avance jusqu'à un comptoir, attrape une assiette et promène un regard exigeant sur les mets présentés : gâteaux, poissons, verrines remplies de caviar, petits pains amassés dans des corbeilles en osier, cornichons, fromage râpé avec de l'ail et de la mayonnaise, fûts de vin, bière à la pression, jus de fruits, lait frais... Il tire un verre de bière, prend quelques tranches de pain, quatre cornichons, de la moutarde et un gros morceau de lard fumé – je reconnais ce bloc de *salo* : ma grand-tante Klava, à Odessa, en coupait tous les soirs de fines lamelles et me les faisait manger d'autorité.

« Au début, pendant plusieurs mois, je me suis pris pour un tsar au palais d'Hiver. Je n'en croyais pas mes yeux, certains plats sur ce comptoir m'étaient totalement inconnus. Des pâtisseries fabuleuses, des bananes, des oranges, divers poissons d'eau douce, des homards vivants, des vins provenant de toute l'Union soviétique, des caissons entiers de viande... Les premières semaines, je me suis empiffré jusqu'à l'écœurement. Il faut dire qu'après la guerre nous n'avions rien, Lisa. Ah, si : nous avions faim. Une fois de plus. Nous en étions réduits à envoyer nos enfants Klava, Nina et Kolia quémander un peu de pain ou des restes de nourriture chez les gens. Ils ne portaient pas de souliers, seulement des guenilles. Beaucoup d'hommes n'étaient pas revenus du front, les femmes qui avaient travaillé dans les infirmeries ressemblaient à des spectres, elles ne parlaient pratiquement plus. Nos usines étaient en ruine, les villages des alentours avaient brûlé, les paysans devaient repartir de rien. Il ne restait plus une trace de ce que nous avions construit durant le plan quinquennal de Staline. Alors, quand je suis arrivé ici et que j'ai vu toute cette nourriture, je me suis mis à manger, à manger toujours plus, comme un ogre. Je mangeais, je dormais, je continuais mon exploration des étages supérieurs et, ensuite, je redescendais dans ce restaurant. À chaque bouchée, mon visage perdait de ses rides, ma peau redevenait lisse, ma barbe s'effaçait. J'ai trouvé des ciseaux quelque part et je me suis coupé les cheveux, qui n'étaient plus gris, mais avaient retrouvé leur couleur d'avant – tu vois ? Au bout de deux années à manger, à errer dans ce palais, et après plusieurs tentatives infructueuses pour sortir d'ici, pour retourner auprès d'Anna et des enfants, j'ai levé la tête vers l'ouverture au centre de la coupole et je me suis rappelé le film que nous avions vu lors de notre premier hiver à Lougansk. La silhouette imposante de l'édifice a ressurgi devant moi, accompagnée par les accents dramatiques de l'orchestre, et j'ai fermé les yeux en pensant aux applaudissements de tous les spectateurs dans le court-métrage de propagande. Quand j'ai réentendu cette musique, mon estomac s'est retourné, au point que tout ce que je venais d'avaler – et c'était vraiment beaucoup trop : une grande pièce de viande, d'excellentes pommes de terre, des betteraves garnies d'oignons verts finement hachés, de la glace et un très bon café, pas du soluble – a fini dans les cabinets. Derrière cette porte, là-bas. J'ai couru, juste à temps pour me délester au-dessus de la cuvette. C'était d'ailleurs nouveau pour moi, ce type de sanitaires en faïence, car chez nous, il n'y avait qu'un trou dans le sol, abrité par un cabanon en bois, au fond du jardin. Tu vois de quelle porte je parle ? »

Il glisse vers moi l'assiette remplie à ras bord et, du doigt, indique une porte laquée de noir. Ensuite, appuyant d'une main sur le bloc de *salo*, il le tranche à l'aide d'un couteau affûté. L'odeur de l'ail se diffuse dans le restaurant. Il dépose un fin morceau de lard sur ma paume, la graisse fait briller mes doigts. Puis il tartine du pain noir avec une cuillerée de mayonnaise et une autre de moutarde, qu'il mélange avant d'y ajouter deux rondelles d'ail et, pour terminer, la tranche de *salo*.

« Vas-y, mange. »

C'est exactement ce que me disent mes grand-tantes et mon oncle Andriy, à Odessa : « Vas-y, mange, avec un coup de vodka par-dessus. Ou plutôt après, sinon tu ne vas pas t'en remettre. »

Ils me donnent une assiette de poivrons grillés, farcis d'orge et de fromage frais. En même temps, j'ai droit à des cubes de saumon bardés de lanières de hareng maintenues en place par des piques à cocktail et généreusement parsemées d'aneth. Je fais part de mon étonnement :

« Dans votre pays, tout sent l'aneth. Vraiment tout. »

J'écarte les bras, manque de renverser une bouteille de kvas.

« Les gares, les marchés, les restaurants, les bars, les musées, les appartements... Ça rentre jusque dans les murs, même ceux des bâtiments publics.

– Tu n'aimes pas l'aneth ? demande avec inquiétude ma tante Natacha.

– C'est juste qu'on n'en mange jamais à la maison. Aleksandra non plus.

– Jamais ?

– Presque jamais. »

Je regarde la table dressée par Klava dans son petit appartement soviétique. Bols de chou rouge à l'aneth. Pommes de terre sautées avec sel, poivre et aneth finement ciselé. Morceaux de hareng recouverts d'une épaisse couche d'oignons hachés et d'aneth.

« Tu as vu ? me demande Klava, surexcitée. Les oignons, pour manger le hareng ? Exactement comme ton grand-père hollandais nous l'a appris !

– Avec des oignons, s'il vous plaît », commande Nina au poissonnier imaginaire de Scheveningen.

D'un geste théâtral, elle tend le bras vers le plafond en feignant de tenir par la queue un hareng mariné, puis, le cou tendu, ouvre grand la bouche. Andriy hurle de rire jusqu'à ce que Klava lui impose le silence d'un regard sévère. Elle me caresse la joue et soupire.

« Ah, ton grand-papa hollandais… Que Dieu ait son âme. »

Elle se signe et me passe un bol de champignons farcis au fromage et à la crème fraîche. Une fois que j'en ai pris quelques-uns, elle m'offre des carottes mayonnaise à l'ail – mon plat préféré quand j'étais petite. Arrive enfin sur la table un poisson entier, cuit au four.

« La partie noble du poisson, c'est sa tête, je t'assure ! Tiens : pour toi et ta mère, parce qu'on ne vous voit pas souvent. »

Andriy détache la tête du poisson – « On faisait toujours comme ça, avec Igor et Vitya, tu te rappelles, Marie, la première fois que tu es venue à Lougansk ? » – et il me la sert. Je regarde ma mère et songe aux histoires qu'elle nous a racontées à son retour du pays d'Aleksandra. C'était l'été, il faisait horriblement chaud. Chaque soir, une longue table les attendait dans le jardin d'un oncle, d'une tante, d'un parent éloigné ou d'une connaissance. Ma mère, encore ado, ne parlait pratiquement pas un mot de russe. Là-bas, elle s'est mise à boire de la vodka sans aucune modération et à dévorer quotidiennement un quart de pastèque. Le jour même où on lui a présenté sa première tête de poisson, elle avait assisté à un autre événement : tante Nadia était allée faire un tour dans le jardin pour chercher une poule, l'avait attrapée par le cou et les plumes de la queue, l'avait bercée quelques instants dans ses bras en fredonnant une chanson à propos d'un lièvre et d'un renard, puis, hop, elle lui avait posé la tête sur le billot. Le reste du corps avait couru dans l'herbe pendant un bon moment.

« Une fois que tu as gobé les yeux, tu dois faire pareil avec la cervelle ! s'écrie Klava. Ça porte chance, beaucoup de chance ! Regarde, je te montre. »

Elle fait mine de tenir les joues du poisson entre son pouce et son index, puis l'approche de ses lèvres. Je sens la tête visqueuse qui manque de me glisser des mains et j'hésite.

« Lisa, règle numéro un des repas dans cette famille : ne jamais refuser, me dit fermement ma mère en néerlandais. Si tu refuses, ils vont paniquer et te proposer autre chose à manger, après avoir fouillé tous leurs placards pour en ressortir la dernière boîte de caviar, les belles tomates de la voisine, le champagne de Crimée qu'ils gardaient en fait pour le Nouvel An, mais bon, hein, on ne va pas lésiner ! »

Lentement, je porte la tête du poisson à ma bouche. Tout le monde à table saute de joie. Je pose mes lèvres sur l'œil vitreux, les écailles autour ont un goût de fumé, de salé, et j'aspire. Les convives se lèvent, viennent me taper sur l'épaule. Au dernier encouragement, j'avale. Ça me fait comme une bille visqueuse qui descend dans l'œsophage pour atterrir au fond de l'estomac, sur un bout de pain noir.

*

« Voilà donc où j'étais, Lisa : dans le palais du Peuple, me raconte Nikolaï, la bouche pleine de lard fumé. Ce même palais que j'avais vu au cinéma, ou du moins quelque chose qui lui ressemblait bigrement. Je savais qui en était à l'origine, alors je suis allé voir si je pouvais le trouver, notre grand dirigeant. J'avais l'impression qu'il pouvait également être ici, il était mort peu de temps avant moi. Selon le journal, des milliers de gens l'avaient pleuré pendant des jours sur la place Rouge. Moi, je n'y croyais pas trop. Après tout, il avait peut-être des choses à se faire pardonner, peut-être était-il pris en étau lui aussi. Mais je ne le voyais nulle part, ni sur la scène du grand auditorium, ni dans le hall d'accueil, ni là-haut dans les salles d'interrogatoire, ni au magasin des accessoiristes. Tout ce que j'ai trouvé, en montant treize escaliers mécaniques dans ce bâtiment qui semblait ne jamais se terminer, c'est une vaste pièce, initialement destinée à lui servir de bureau. Au centre de cet espace impressionnant, au sol couvert d'une luxueuse moquette, il y avait un grand bureau qui brillait de mille feux à force d'avoir été astiqué. Le presse-papiers, à l'effigie de Lénine, était posé sur une feuille un peu jaunie, mais du reste tout à fait convenable, sans aucune déchirure, sans pli, sans écornure. Elle portait une liste de personnes, immatriculées de un à vingt-quatre et classées par ordre d'exécution. Au-dessus, une remarque gribouillée, quelque chose comme *Bon, allez-y.* Je suis allé m'asseoir dans le fauteuil pivotant et j'ai fait un tour sur moi-même. Ensuite, j'ai fouillé les tiroirs, qui contenaient un revolver, des stylos-plume, des médailles et tout un tas d'instructions pour les architectes chargés de construire cette bâtisse. Par exemple : *Obliger untel et untel à rehausser telle et telle partie, ne pas oublier qu'il faut rajouter des étages et que le palais doit être couronné d'une grande étoile rouge lumineuse.* J'ai pris le combiné du téléphone en bakélite noire, espérant pouvoir appeler Anna et lui demander si tout allait bien, lui dire que j'essaierais de rentrer à la maison, mais je n'entendais dans l'écouteur que l'hymne soviétique, en boucle. La phrase qui m'était devenue insupportable durant la guerre, "Vive l'Union, fruit de la volonté des peuples", se répétait sans fin. J'ai raccroché brutalement, cet air ne me sortait plus de la tête, je me suis mis à explorer la pièce, j'ai ouvert une penderie pleine de complets sur mesure et j'en ai enfilé un, beaucoup trop grand pour moi. Ensuite, j'ai arpenté le bureau comme un militaire à la parade, bras droit le long du corps et coude gauche légèrement plié, en levant haut la jambe à chaque pas. Je tentais d'avoir le même visage que lui sur l'affiche qui le représentait, tel un géant, sur la place Rouge, vêtu de son long manteau. À ses pieds défilaient des chars minuscules et des soldats encore plus petits, descendant tous vers la Moskova. Des avions de chasse gravitaient autour de sa tête. J'ai plongé la main dans ma poche et j'ai tourné mon regard vers l'horizon, en direction du sud. Là, un tableau montrait le guide suprême en personne, assis près de sa pieuse mère. Habillée de noir, l'air digne, elle portait de petites lunettes rondes. Lui-même était en veste de travail et pantalon blancs. Tous deux contemplaient son empire depuis les hauteurs de Gori, la ville où il était né. Au loin, on apercevait les pentes verdoyantes et le sommet enneigé des montagnes de Géorgie. Le soleil éclairait les deux visages souriants qui n'étaient pas vraiment tournés l'un vers l'autre, mais plutôt chacun vers un point distant. J'ai ouvert la porte-fenêtre du balcon. Il n'y avait pas de ruban rouge et noir pour barrer le panorama sur Moscou. La ville ressemblait à la version cinématographique que nous avions vue, Anna et moi. Elle ne me plaisait pas du tout. Trop étendue, trop grandiloquente. J'ai refermé la fenêtre et j'ai poursuivi mon exploration. Dans un coin de la pièce, je me suis arrêté brusquement et j'ai pissé sur la belle moquette rouge. Je n'ai plus jamais remis les pieds à cet étage. Aujourd'hui, c'est Kolya qui occupe les lieux, depuis trois ans déjà. Je me demande parfois comment ça sent là-haut. »

*

Nina pose sa main sur mon genou, pour me calmer après cette nouvelle expérience gustative.

« Larissa le cherche partout, elle est même allée à Rostov, en Russie, voir s'ils avaient des nouvelles de lui. Kolya travaillait parfois avec ses anciens partenaires commerciaux du temps où ils importaient ensemble des jeans de Turquie. »

Sa main repose sur mon genou exactement comme l'été dernier. Nous étions assises dans le salon, chez ma mère. Devant nous, sur le vieux coffre de marine de pépé Jilles, il y avait un dossier fourni par la police de la toute jeune République populaire de Lougansk. Nina l'avait apporté aux Pays-Bas, glissé sous une chemise en plastique. Ma mère, dans son fauteuil de lecture, regardait les trois feuilles de papier machine disposées devant nous.

« Est-ce que tu peux faire quelque chose ? » lui a demandé Nina.

Ma mère a pris les feuilles une par une et les a lues à haute voix, dans un russe hésitant – le nom d'Igor, son adresse, sa date de naissance.

« Décédé. Présence d'une ceinture nouée à la poignée de porte de la salle de bains. »

Nina a repris la parole :

« Ils n'avaient pas le temps d'examiner le corps de notre neveu, à la morgue. Deux jours après, il était six pieds sous terre. Porté jusqu'à la tombe dans un cercueil fermé. On ne peut pas l'exhumer – son ex-femme, Anastasiya, s'est arrangée pour obtenir une interdiction légale. Nous avons insisté, mais elle a refusé. Les policiers ne voulaient rien faire. Ils n'avaient aucune réponse à nos questions. Vous savez, Igor m'a appelée, la nuit avant qu'on le retrouve. Il m'a dit : "*Tiotia*, ils sont devant chez moi, qu'est-ce que je dois faire?" Je n'entendais pas très bien. J'ai collé mon téléphone portable à l'oreille et je lui ai dit de parler plus fort, il chuchotait, je ne comprenais rien. Il a répété : "Ils sont devant ma porte." J'ai demandé qui c'était, si je devais aller chez lui, envoyer Kolya, ou Vitya. Il m'a répondu non chaque fois, il voulait savoir où il devait se réfugier. Il disait qu'il n'avait nulle part où aller, que ces "ils" réclamaient encore plus d'argent. Je lui ai dit de verrouiller la porte d'entrée et de s'enfermer dans les toilettes. »

J'ai regardé les trois feuilles de papier, où presque rien n'était écrit.

« Il m'avait appelée la veille au soir, a continué Nina en étalant avec précaution les documents sur le coffre en bois. Son ex-femme était venue chez lui avec un homme qu'il ne connaissait pas. Ces deux-là voulaient des roubles, mais Igor n'en avait pas. Les combats dans la ville venaient de commencer, il avait juste des grivnas, comme tout le monde au début. Après le divorce, il donnait parfois un peu d'argent à Anastasiya, vous comprenez, il avait même commencé un travail à côté pour pouvoir tout payer – son nouveau logement, celui de son ex-femme.

C'était difficile pour lui de couper les ponts avec elle. Il a toujours été trop gentil. Elle n'arrêtait pas de revenir pour exiger plus. Igor ne comprenait pas pourquoi elle voulait des roubles. »

« Les caissières au supermarché, le type qui vend des pommes de terre dans son coffre de voiture, ils veulent tous des roubles, s'acharnait Anastasiya. Ça vaudra bientôt plus rien chez nous, ce fric ukrainien de merde ! Même pas pour jouer au Monopoly !

Elle a sorti un portefeuille rose de son sac à imprimé panthère et en a vidé le contenu sur le paillasson d'Igor : deux ou trois billets, quelques tickets de caisse. Avec le mouvement, ses seins tressautaient dans son petit haut légèrement trop serré. Après avoir ramassé les billets, elle les a flanqués dans la main de son ex-mari.

"Faut que tu les changes.

– Ah oui ? Où ça ? Tu ne peux pas le faire toi-même ?

– T'as entendu ce qu'elle t'a dit, est intervenu l'autre homme. C'est toi qui vas les changer.

– Mais où ?

– Comme si on le savait, nous ! a lancé Anastasiya. T'as qu'à te débrouiller."

Elle parlait de façon indistincte, sa bouche ne produisait que des sons flous.

"Bon. Je vais voir si je peux régler ça pour demain, s'est résigné Igor.

– OK. On revient demain, alors. Arrange-toi pour les trouver, ces roubles, parce qu'on en a vraiment besoin.

– Tu pourrais aussi chercher du travail, a marmonné Igor sans la regarder en face.

– Du travail ? Non mais, qu'est-ce que tu crois ? C'est la guerre ! Y a pas de travail ici ! a hurlé Anastasiya. Je veux bien bosser, moi, mais partout où je demande, ils ont déjà quelqu'un, personne veut d'une femme de quarante ans pas qualifiée. Regarde-moi, qu'est-ce que je peux faire ? J'étais encore au lycée quand l'Union soviétique s'est cassé la gueule, quand les mines ont fermé, que tout le monde essayait de s'en sortir en magouillant. Comment je fais pour vivre, hein, maintenant que tu m'as quittée ?

– On s'est séparés. Tu buvais tout mon salaire.

– Ho ! Tu vas finir par la boucler, ta grande gueule de mariolle ? a éructé l'homme. Je suis pas venu pour écouter vos pleurnicheries ! Si tu me changes pas cet argent, je connais quelqu'un qui se fera un plaisir de te rendre une petite visite, et alors là, mon bonhomme, t'es pas tiré d'affaire."

Il a cogné du poing sur le montant de la porte. Dans le bois, qu'Igor avait laqué en blanc deux semaines plus tôt, une fissure s'est formée.

"Bien. Demain, alors.

– J'aime mieux ça, a triomphé l'homme avant de donner à Igor une bourrade sur l'épaule.

– Des roubles, hein, t'oublies pas ? lui a rappelé Anastasiya d'une voix pâteuse. Ou même des dollars, si tu trouves !"

Après avoir tourné les talons, elle s'est éloignée en titubant, tandis que l'homme lui prenait la main et la plongeait dans sa poche de pantalon avant de l'embrasser derrière l'oreille. Igor, tête baissée, a refermé la porte. »

« Un moment, tante Nina. Il y a une chose que je ne comprends pas là-dedans. »

Ma mère lui tendait l'une des feuilles de papier, l'index pointé sous un mot. Nina s'est penchée pour voir, puis elle a feint de tirer sur une corde imaginaire. Nous avons hoché la tête. Ensuite, elle a fait comme si elle nouait cette corde autour de son cou.

« Suicide ? avons-nous demandé en même temps.

– Non. »

Elle a passé une main à l'horizontale devant sa gorge, à la façon d'une lame tranchant la jugulaire. Ma mère est partie dans son bureau chercher un dictionnaire russe-néerlandais. À son retour, je lui ai épelé les cinq premières lettres du mot : *s. a. m. o. u.*

« Voilà. »

L'index appuyé contre la page du dictionnaire, ma mère m'a fait lire la traduction.

« Ah ben, si, finalement : suicide. »

Nina fixait le doigt posé sur la page. Elle a secoué la tête, puis haussé les épaules :

« Je ne sais pas comment je dois me représenter ce mensonge. »

Elle regardait le mot avec le même regard que moi, comme s'il cachait dessous une vérité que nous pouvions parfaitement voir.

*

Tout dans ma bouche a un goût amer. Je repense à Igor, aux moments passés avec lui les fois où il est venu rendre visite à Aleksandra aux Pays-Bas. Sa moustache était taillée comme celle de Nikolaï : nette, rectiligne. Mais en blond. Un jour, il a décroché du mur la vieille photo de mon arrière-grand-père et l'a tenue à côté de son visage : « Qu'en penses-tu, tante Sacha, est-ce que je lui ressemble ? »

Je raconte la suite de l'histoire à Nikolaï :

« Nina a demandé à ma mère si Igor avait choisi le mauvais camp, s'il n'aurait pas mieux fait de rejoindre tout de suite les séparatistes, les nouveaux maîtres du Donbass. Comme Vitya.

Elle pensait que, dans ce cas, il aurait peut-être eu quelqu'un pour le protéger. »

Nikolaï m'interroge du regard.

« Crois-tu que son sort en aurait été très différent ? Peut-on avoir la certitude que les choses auraient mieux tourné dans l'autre camp ? Il n'aurait probablement pas été assassiné pour avoir refusé de céder à une extorsion, mais il aurait pu mourir à cause d'une balle perdue, d'une grenade de mortier, d'une mine, que sais-je... »

J'approuve d'un signe de tête. Il a raison.

« Écoute, Lisa : j'avais un cousin, Petr. Son fils Tolia voulait rejoindre les révolutionnaires. Il saluait avec exaltation la fin du tsarisme et le début d'une ère nouvelle. Je dois avouer que je le comprenais, les changements d'époque sont toujours passionnants, mais Petr et moi, nous redoutions d'autres combats. Nous avions vu nos pères revenir de la guerre russo-japonaise, à la fin de 1905. Ils n'étaient plus que des loques. Un soir à la maison, juste avant le départ de Tolia, nous lui avons raconté leur histoire pour qu'elle rentre bien dans sa tête de pioche. Je lui ai parlé des hurlements nocturnes, des regards vides, de la rage contenue dans le corps de nos pères. Mais Tolia était subjugué par les récits palpitants qui circulaient dans la région, par les affiches placardées sur les murs de nos bourgs. *Donnons plus au peuple ! À bas la bourgeoisie !* Il était aussi cabochard qu'un vieux Cosaque du Don, personne ne pouvait le faire changer d'avis. L'avantage de la jeunesse, disait Petr, c'est qu'on a moins peur du danger. L'avantage de la vieillesse, c'est qu'on sait qu'il y a des risques à la témérité. Moi, je ne pouvais rien faire, à part doubler d'un lainage épais la capote militaire de Tolia, avant qu'il s'en aille vers l'ouest avec l'Armée rouge. Sur la poche intérieure, j'ai aussi brodé un cerf blanc, l'emblème des Cosaques du Don, en signe de force. Je me suis servi d'un fil d'or, très rare, pour la flèche plantée dans le dos du cerf, tout près de la queue. Un travail délicat qui m'a bien pris cinq heures. C'était tout ce que je pouvais faire pour mon petit-cousin, j'ai toujours été de faible constitution et je n'ai jamais eu à combattre.

"Pour la bonne cause", m'a dit Tolia en découvrant le cerf au moment d'essayer son manteau. Petr et moi avons hoché la tête. Le garçon a haussé les épaules, plusieurs fois, comme s'il voulait évaluer la capacité du vêtement à le protéger.

"Tu sais que ce manteau n'a pas d'autre protection à t'offrir que contre le froid, lui ai-je rappelé.

– Je le sais, mon oncle, je le sais."

Il regardait par la fenêtre. Nos chiens de garde dormaient dans la cour, la nuit pesait sur les champs obscurs comme un couvre-lit rapiécé. Plus loin, Oleg retournait chez lui par le chemin forestier.

"Je pourrais attendre ici que tout soit fini, mais je veux voir comment ça se passe, oncle Nikolaï, le voir de mes propres yeux."

Baba Mari a fait irruption dans la pièce et s'est arrêtée devant Tolia, qui, toujours vêtu du manteau, a fait un tour sur lui-même, spécialement pour elle.

"Tu pars pour de bon, alors, lui a-t-elle dit d'un ton cassant.

– Oui.

– Je te préviens, mon garçon : va voir toute cette misère de près si tu veux, mais prends garde à toi. Il est difficile de rapatrier un corps tombé loin de chez lui. Pense à Petr, ici présent, qui voit combien tu te réjouis de prendre les armes. Pour chacun des coups reçus par son père au Japon, lui-même en recevait trois. Tu peux t'estimer heureux qu'il n'ait jamais levé la main sur toi."

Tolia s'est ratatiné dans son manteau.

"Si le conflit se généralise, on me rappellera sous les drapeaux, est intervenu Petr. Je ne veux rien tant que le repos et la paix, mais avant que ce soit possible, il faudra que je me batte une dernière fois pour la vieille armée.

– Je vous pardonnerai, père, lui a répondu Tolia d'une voix forte. Nous sommes tous les deux des Cosaques du Don. Cela nous lie à jamais.

– À la guerre, on ne pardonne pas. On se fait face, et celui qui frappe le premier survit, voilà tout. Ce n'est pas un jeu, comme celui auquel nous jouions toi et moi, jadis, au bord de la rivière. Je te repêchais lorsque tu disparaissais sous l'eau. En action, on t'appuie le genou sur la nuque et on te maintient au fond jusqu'à ce que tu ne bouges plus."

J'ai rapproché une chaise. Tolia rétrécissait de plus en plus dans son manteau. Je me suis de nouveau adressé à lui :

"Petr veut faire du pain et moi, je veux coudre des manteaux. Il n'est pas toujours nécessaire de combattre. C'est à toi de choisir."

Tolia s'en est allé à la guerre. Dans son gros manteau, avec un cerf brodé sur la poche intérieure. Il croyait dur comme fer qu'il aiderait le pays à changer, tout comme les "brigadiers" qui arracheraient les lames de notre parquet en 1931. Un mois après son départ avec la toute jeune Armée rouge, ce fut à Petr, son père, de reprendre du service. Comme il l'avait prédit, on l'obligeait à se battre une dernière fois aux côtés des Blancs.

"Et si je tombe sur lui ?" m'a demandé mon cousin avant de partir.

Par leurs choix, les membres de notre famille se sont toujours engagés sur des voies inconnues. Nous n'avons pas eu de nouvelles de Petr ni de Tolia pendant très longtemps. Des années seulement après la fin des combats dans l'est de la Pologne, une lettre nous est arrivée. Nous étions en 1925, au début du printemps, Aleksandra avait sept mois. La lettre provenait d'un village polonais, Zadwórze, et les expéditeurs étaient deux Krasnov : Petr et Tolia.

Cet endroit ne différait pas beaucoup de chez nous, écrivaient-ils. *Le village est un peu plus grand, mais ici aussi on vit de l'élevage et des labours. Nous parlons maintenant polonais et ukrainien, il nous a fallu apprendre beaucoup de choses.* »

*

Il faisait très chaud et humide en cette journée d'août où le capitaine Boudienny, chef du bataillon de Tolia, décida de tenter une dernière offensive afin d'étendre le communisme un peu plus à l'ouest. Ses troupes avaient déjà plusieurs fois marché sur Lwów, que nous appelons Lviv aujourd'hui, mais elles ne parvenaient pas à en conquérir les faubourgs au nord, malgré leur grande supériorité numérique sur les Polonais et les Ukrainiens. Bref, ils n'arrivaient tout simplement pas à pénétrer dans la ville. Ils se contentaient de tourner autour et rien de plus. Notre cousin, un peu moins assoiffé de révolution qu'au début, tombait chaque fois sur des troupes défensives refusant de céder leur pays aux bolcheviks. Semion Boudienny, qui par ailleurs portait une moustache phénoménale, pouvait à tout moment donner l'ordre de repartir vers le sud, en direction d'Odessa et de la Crimée. Tolia se sentait comme un pion sur un plateau d'échecs. Dans le sud, il leur faudrait aussi s'occuper des Blancs, qui n'étaient pas encore tout à fait vaincus. Les Blancs, il les redoutait plus que tout. Tuer des Polonais ne lui plaisait pas, mais il devait s'y résoudre, par discipline. En revanche, depuis le début des combats, il appréhendait d'avoir à lutter contre les Blancs. En chacun d'eux, il croyait reconnaître son père. Mieux valait pour sa part rester dans l'est de la Pologne, où le paysage lui était un peu familier, où il comprenait les routes. Il avait de moins en moins envie d'épauler son fusil ou de dégainer son sabre. Après l'annonce du départ des troupes vers le sud, l'idée lui vint d'aller frapper aux portes des villages polonais pour avertir la population. Mais bien sûr, il n'en fit rien. Sans en parler à ses camarades, il ressassait dans sa tête le vœu secret de rester en Pologne, c'était comme un fil qui s'embobinait à l'infini. Et cette bobine devenait de plus en plus épaisse.

La veille du dernier assaut contre Lwów, alors que Tolia suivait son unité, en route pour une énième bataille dans les environs du village de Zadwórze, il bifurqua vers l'église de la Sainte-Mère-de-Dieu. Un homme sortait de l'édifice par une petite porte en bois, à l'arrière. Tolia voulut aussitôt mettre son fusil en joue, mais vit que l'homme rentrait les épaules exactement comme son père quand la pluie tombait. Il se figea, fusil en l'air. L'homme poursuivit son chemin à grandes enjambées, haussant le col de son manteau, et disparut derrière une grange. Ses pas s'estompaient rapidement sous la pluie. Notre cousin ferma les yeux et tenta de se représenter l'allure de cet homme : la tête enfoncée dans les épaules, la démarche hâtive, la silhouette élancée. Au loin, il entendait la voix d'un de ses camarades, quelque part du côté de la rivière. Tolia ne parvenait pas à la localiser précisément. Pour la première fois depuis des mois, il était seul. Il fit demi-tour, regarda la route qu'il venait de quitter, puis les champs sur sa droite, à la recherche de l'homme, et repartit vers l'église. Les grands arbres du cimetière balançaient calmement leurs branches contre le ciel gris. Seul avec lui-même, Tolia se rendit compte à quel point son corps était brûlant et trempé de sueur, combien ses membres lui pesaient, combien il serrait les mâchoires, combien son cœur battait au moindre bruit. Ce n'est qu'alors qu'il se rappela son ancienne existence, tranquille, auprès de ses parents Petr et Martha. Les recrues avec lesquelles il était parti pour l'est de la Pologne l'assourdissaient de cris de guerre. *Les Polaks à la poêle!* Ses camarades, baïonnette à la main, cognaient aux portes des villageois en réclamant qu'on leur livre de toutes jeunes filles. Ils entraient de force et traînaient leurs victimes, par les vêtements ou par les cheveux, dans la grange à foin. Tolia, qu'ils avaient affublé du sobriquet de « Petit lapin », devait faire le guet au-dehors. Les yeux fermés, il montait la garde dans la cour de ferme tandis que les soldats vociféraient de rage et de plaisir. C'était un bruit étrange qui ressemblait un peu au braiment d'un âne. Dans les intervalles, Tolia entendait aussi les jeunes filles crier *« niè, niè ! »* jusqu'à ce que, finalement, il n'y ait plus que le silence. Alors il pensait aux paroles de son père, au genou d'un ennemi inconnu qui le maintenait sous l'eau, aux mains qui lui appuyaient sur les épaules pour l'empêcher de remonter prendre sa respiration, aux méandres de la rivière Donets où, enfant, il se laissait glisser jusqu'à la racine du nez, comme un crocodile. Il revoyait son père et sa mère bavarder sur la berge en le surveillant du coin de l'œil. Lorsque ses camarades redescendaient du grenier par l'échelle de bois, abandonnant les jeunes filles dans le foin, ils lui demandaient : « Et toi, Petit lapin, quand est-ce que t'y vas ? » Tolia ignorait leurs plaisanteries graveleuses, mais un jour, dans le village où il croirait bientôt reconnaître son père, ils le poussèrent à l'intérieur d'une maison. C'était une grande bâtisse, de plain-pied, avec de nombreuses pièces et dépendances. Dans un coin de la salle à manger, un homme de l'âge de Petr fumait une pipe. Tout comme l'oncle Nikolaï, il cousait à la machine, en appuyant lentement sur la pédale. La machine était beaucoup moins belle que celle de Nikolaï : le bois n'avait pas l'air aussi bien entretenu et le mécanisme paraissait beaucoup plus sommaire. En voyant Tolia débarquer dans la pièce sous les hourras de ses camarades, l'homme se contenta de le saluer et de lui indiquer, par un signe du menton, la chambre d'à côté. Là, une jeune fille était assise au bord de son lit. Elle avait les cheveux bruns, comme ses yeux, et le visage blême. Tolia referma la porte, puis, couvert de son épais manteau, prit place sur un tabouret. La fille le regardait comme s'il était un animal égaré, rendu à la vie sauvage. Ils restèrent ainsi sans rien dire, l'un en face de l'autre. Tolia fut brièvement tenté d'enlever son manteau, mais se ravisa. Il repartit au bout d'une heure.

« Reviens si tu veux, lui dit l'homme dans un russe bancal. Au moins, ça fait un de vous qui se bien comporte. »

Les semaines suivantes, lorsque des combats avaient lieu non loin du village, Tolia s'échappait de temps en temps du camp militaire pour retourner chez l'homme et sa fille. Parfois, il ânonnait quelques mots de polonais à Gizela – c'est ainsi qu'elle se prénommait – et elle lui répondait en russe. À l'automne, elle irait étudier à l'université, pour peu que la guerre soit finie d'ici là. Une quinzaine de jours plus tard, Tolia laissa sur le lit de Gizela son manteau brodé d'un cerf blanc. La nuit d'avant, elle l'en avait débarrassé, le laissant glisser des épaules, avec beaucoup de précautions, comme un linge sacré, une pièce de tissu placée sous une icône, que l'on ne pouvait déranger. Elle s'était détaché les cheveux, avait déshabillé Tolia et lui avait pris les mains – crasseuses – pour les poser sur ses seins. Plus tard, à califourchon sur lui et s'agitant de façon maladroite comme si elle montait pour la première fois un cheval à bascule, elle se contorsionna pour contempler le manteau.

« C'est la seule chose qu'il me reste de chez moi.

– Et où est-ce donc, chez toi ?

– Près du Donets. Un petit village qui compte sept fermes et un moulin. »

Il posa ses mains sur les hanches de Gizela, fit courir ses doigts le long de ses côtes, de sa poitrine, de ses épaules. Il l'attira contre lui.

« Je suis né dans un lieu tellement isolé que rien ne semblait pouvoir s'y passer. Aussi ai-je décidé de partir. C'est mon oncle Nikolaï qui a brodé ce cerf blanc sur la poche de mon manteau, avant que je m'en aille.

– Ton oncle fabrique des vêtements ? Je croyais que le pays du Don n'était habité que par des sauvages à cheval », murmura Gizela.

Il avait le menton pressé contre ses seins. À chacun de ses mouvements, de longues mèches de cheveux bruns lui caressaient les joues.

« Mon oncle ne se sert de ses mains que pour coudre. Mon père est au combat, alors qu'il préférerait faire du pain, mais il n'a pas d'autre choix. »

Tolia se redressa et elle renversa le bassin, ce qui leur permit enfin de trouver leur rythme. Mais il était déjà ailleurs, il pensait aux mains de Nikolaï plaçant délicatement le fil dans l'aiguille de la Singer. Il voyait son oncle actionnant la machine d'un pied sûr, sans heurt. Gizela lui passa les bras autour du cou et accéléra le mouvement de sa chevauchée. Tolia la souleva, puis la retourna sur le dos. Il s'agrippa au chevet et la coinça sous lui, comme une prisonnière. Avec vigueur, il tira sur ses bras, se tendit, la cadence de la machine à coudre résonnait dans sa tête. Il vit des pièces de cuir qui séchaient au soleil, Nikolaï qui tondait les moutons dans la cour, Anna qui désherbait le potager. Il la vit se diriger vers la grange pour donner des instructions aux garçons de ferme. Les blés ondulaient doucement sous le vent. Il vit Petr, sur son cheval, traverser les champs au galop. Les sabots frappaient la terre noire, des nuages de poussière se formaient derrière l'animal. Lorsque Tolia rouvrit les yeux, son père avait disparu. Gizela l'embrassa sous l'oreille, lui dit d'arrêter. Il lui saisit les hanches, les tira vers lui et donna un dernier coup. Le moulin. Le sentier qui descendait à la rivière. Les chevaux. Les baquets remplis de tomates. Les betteraves. Les conserves en bocaux. Le thé chaud du samovar. Le pain. La moustache de Nikolaï qui remontait quand il riait. La main de son père posée sur sa joue au moment du départ. Les bras de sa mère qui le serraient. Gizela se dégagea de lui et se noua un chignon.

« Tu n'es pas vraiment ici, petit soldat. »

Elle essuya son corps en nage à l'aide du drap fleuri.

« Tu es chez toi, dans les bras de ta mère ou de ta babouchka. »

Elle se leva et revêtit le lourd manteau. Enfonçant son nez dans la doublure, elle referma la capote militaire autour d'elle, comme une tente. Seul son chignon dépassait.

« Je peux maintenant te le voler sans que tu me repères », dit-elle d'une voix étouffée par la fourrure.

Le manteau lui resta, comme une promesse.

Quelques heures avant d'apercevoir l'homme sortant de l'église, Tolia avait exhorté Gizela à fuir vers le nord. En effet, la dernière grande bataille aurait lieu le lendemain. L'Armée rouge marcherait une fois encore, une seule, sur Lwów. Ayant déposé son manteau entre les mains de sa belle, il lui avait murmuré :

« Mes ancêtres te protégeront. »

Sous leurs yeux, la flèche d'or plantée dans le dos du cerf donnait presque de la lumière.

« Pars avec ton père. Quand tout sera fini, je viendrai te chercher. Tu me parleras en polonais, même si je ne le comprends pas. Nous ne devons plus jamais parler russe, toi et moi. »

Au village, c'était la panique. Les habitants couraient dans tous les sens, valise à la main, sautaient dans des carrioles et partaient vers l'est, vers une bourgade déjà pillée par les Russes. Les cavaliers rouges, quant à eux, prenaient la direction inverse, du côté de la gare, derrière laquelle se trouvait un grand pré. Ils s'acharnaient à faire le plus de dégâts possible, saccageant l'épicerie, dévastant plusieurs fermes, incendiant des granges. Tolia avait suivi ses camarades et répondu à l'appel avant de marcher vers le pré, fusil en main. Il sentait son estomac se retourner, se révulser, il pensait aux joues empourprées de Gizela, à la chaleur de ses mains sur son ventre, quelques instants plus tôt, au temps qui s'écoulerait avant qu'il puisse la revoir. Il se demandait si d'ailleurs une telle chose serait possible, s'il n'aurait pas mieux fait de reprendre son manteau – il s'emberlificotait dans le fil de ses pensées lorsque le grincement d'une porte qui s'ouvrait interrompit sa marche. Un homme sortait de la petite église en bois. Les soldats qu'il essayait de rattraper disparurent derrière un corps de ferme sur sa gauche, la porte se referma en claquant. L'homme rentra les épaules dans l'espoir que la pluie ne lui coulerait pas le long du cou. Tolia leva son fusil pour le mettre en joue, mais baissa aussitôt les bras en reconnaissant cette attitude familière. Sur ce sentier boueux, il prononça le nom de son père, tout doucement. Il se rappelait le dernier conseil de Nikolaï : « Lorsque le monde t'offre deux chemins, choisis. » Rester ou partir. « Il faut savoir ce que l'on abandonne », avait ajouté Nikolaï, dont la voix résonnait encore à ses oreilles. Tolia traversa la route, puis s'avança jusqu'au cimetière. Il ouvrit le portail métallique et entra. Dans son dos, des Cosaques de l'Armée rouge passèrent au galop. Il se cacha derrière une stèle et attendit que le bruit des sabots se soit tu. Ensuite, le plus précautionneusement possible, il referma le portail. En regardant autour de lui, il vit que le cimetière comptait tout au plus deux cents tombes. Les sépultures proches de l'entrée semblaient plus importantes que les autres. Une statue de femme était allongée sur un cercueil en marbre. Elle pleurait, une main dramatiquement posée sur son front, les yeux au ciel, comme si elle attendait une intervention supérieure. Juste à côté se trouvait un caveau familial, dans une petite chapelle coiffée d'une coupole dorée. Une grille fermée par un verrou en interdisait l'accès. À l'intérieur : des cierges allumés, une Vierge blanche entourée d'un océan de roses. Tolia empoigna les barreaux et appuya son visage contre le métal. Il s'efforçait de déchiffrer le nom du dernier défunt en date, mais l'alphabet latin lui faisait obstacle. Il pensait aux tombes de chez lui, entourées de simples clôtures, aux croix de bois, aux stèles peintes à la main, aux petits bancs dans les allées où son père et lui s'asseyaient chaque année à Pâques pour boire et manger avec les morts. Il pleuvait dru, son corps était de plus en plus mouillé. En cherchant un arbre sous lequel se réfugier, il passa devant une sorte d'abri à bois. Entre les piles de bûches et quelques dalles encore anonymes gisaient des soldats en uniforme polonais. Jeunes, ou d'âge mûr, ils étaient entassés sur la terre sèche comme des tapis roulés, comme du gibier au retour de la chasse. Depuis le début de cette guerre, Tolia en avait vu tellement, de ces corps tombés au combat, qu'ils n'étaient plus pour lui que des mannequins de chair et d'os en tenue militaire. Vais-je oser ? se demanda-t-il. Puis, sans hésiter davantage, il retira ses habits trempés pour se retrouver nu parmi les blocs de bois, les plaques funéraires et les cadavres. Après avoir escamoté son uniforme de bolchevik derrière une dalle encore vierge, il se mit à retourner les corps un à un, en quête du manteau le moins humide, du pantalon le mieux ajusté, des chaussettes les plus épaisses. Ceux qui ne portaient pas les bons vêtements étaient disposés à l'écart, sous la pluie, en éventail comme des épis à lier. Parmi les derniers de la pile, il y avait un très jeune soldat qui semblait presque indemne, comme taillé dans la pierre. Il n'avait pas de saletés sur le visage, pas d'ecchymoses, pas de sang dans les cheveux ni sur les mains. Il paraissait capable de se lever à tout moment et de quitter les lieux. Tolia lui frappa la joue du plat de la main. La bouche du garçon ne s'ouvrit pas. Il le frappa sur l'autre joue, puis lui appuya son poing contre la poitrine. C'est alors seulement qu'il le défit de sa veste, de sa chemise et de ses bottes militaires. Le ventre du jeune homme était aussi blanc que la Vierge Marie de l'oratoire. Tolia retira la ceinture d'un autre pantalon et se la passa autour de la taille, hésitant à la serrer davantage. Finalement, il la mit sur le dernier cran et contempla les corps étendus à ses pieds comme une demi-couronne mortuaire.

« Ça ne peut pas être lui. Pourquoi mon père serait-il venu ici ? » s'interrogea-t-il à voix haute.

*

« Il s'est caché dans l'église, vêtu de son uniforme de bric et de broc, raconte Nikolaï. L'endroit était pratiquement vide : les Rouges avaient pris toutes les statues de la Vierge, détruit les représentations des saints. Il ne restait plus qu'une seule fresque au-dessus du chœur. Hors de portée, trop difficile à saccager. Comme tout était déjà dévasté, il a patienté là jusqu'au soir, dissimulé dans le confessionnal. Pendant la nuit, il est sorti à la recherche de nourriture, a déniché du pain dans une ferme abandonnée, et il est revenu. Au bout de quatre jours, estimant que les bolcheviks avaient levé le camp, il est parti vers le nord, vers Gizela. Ils se sont mariés, ont eu des enfants. Tolia ne parlait plus russe ni ukrainien. Quelques années après, il a retrouvé son père, à Lwów. Petr avait tout comme lui déserté, abandonnant son bataillon. Il s'était réfugié dans les Carpates, au fond d'une tranchée de la Première Guerre mondiale, en attendant que tout soit passé. Au café, quelqu'un avait par hasard reconnu le nom de famille de Tolia et lui avait dit : "Il y a un homme dans le coin qui s'appelle comme ça. Un monsieur un peu âgé."

De notre côté, au village, nous avons annoncé à tout le monde que Petr et Tolia étaient morts, malgré leur lettre, que j'avais cachée dans le double fond de ma boîte à couture. Autrement, on nous aurait regardés de travers pour ce qu'ils avaient fait. C'étaient des déserteurs. Lorsque je pensais à eux, je pensais aussi à nos ancêtres, qui affirmaient que nous devions mourir libres.

– Mais qu'est-ce que ça veut dire, "mourir libre" ?

– Je l'ignore, nos aïeux se sont toujours battus pour de petits palais qu'ils cédaient ensuite à l'ennemi lors d'une guerre ou d'une révolution. Les murailles se fissuraient, nous perdions des parents, mais de quel côté exactement, personne n'en savait rien. Les frontières de notre territoire se déplaçaient sans cesse. Nous-mêmes avions rarement voix au chapitre sur ce point. »

*

« Il y avait aussi de bons Allemands », affirmait ma grand-mère lorsque j'étais petite. Pépé Jilles ne voulait pas en entendre parler, mais elle tenait bon. Une fois, en me montrant son livret de travail, avec à l'intérieur une photo d'elle, triste, et quelques tampons de croix gammées, elle a dit :

« M. Gustav, par exemple, le professeur qui supervisait notre laboratoire. Il venait tous les après-midi faire son inspection. Mais il n'était jamais désagréable. Au contraire, je le trouvais calme, bienveillant. Il avait une mèche grise au sommet du crâne. À la Noël 1942, alors que je venais de commencer à Griesheim, il m'a invitée chez lui, avec Niouchka et Douchka, pour le dîner du réveillon. Exceptionnellement, avant de sortir du camp de travail, j'ai pu découdre le carré bleu et blanc de l'*Ostarbeiter*, que nous devions porter sur la poitrine. Il faisait nuit, la neige tombait comme au pays. J'entendais les eaux du Main tout proche s'écouler doucement. On voyait par les fenêtres des sapins illuminés de bougies. Dans chaque maison, une famille était attablée. Beaucoup de mères et d'enfants. Pas de pères. Nous avions toutes les trois passé nos plus beaux habits. Dans mes chaussures de ville, je marchais comme une dame, en faisant le plus attention possible. Griesheim était paisible ce soir-là. Tout me rappelait Noël chez nous, à Vorochilovgrad. Ça sentait le rôti aux pommes de terre, la soupe, le pain. Derrière un voilage, Niouchka s'est imaginé reconnaître son père, Klim. Il avait l'air en bonne santé, comme bien avant le début de la guerre, quand la nourriture ne manquait pas et que nous faisions parfois des festins. M. Gustav marchait devant nous dans la rue, il nous parlait des gens du quartier, nous montrait où ils habitaient. Comme le Dr Jonas, qui m'a aidée par la suite pendant ma première grossesse, lorsque j'attendais ton oncle Peter. Un peu plus loin, il y avait une vieille boulangerie – durant les derniers mois de la guerre, je leur ai apporté du sel caché au fond du landau. M. Gustav avait une maison avec un grand jardin. L'allée de devant était dégagée, le reste disparaissait sous un mètre de neige. Dans ce jardin, il y avait aussi un arbre de Noël, sans petites lumières, mais avec une étoile au sommet. Elle me faisait penser à une étoile soviétique, mais ça, je ne l'ai pas dit à M. Gustav. Je suis restée un bon moment à contempler cet arbre. La femme du professeur nous a chaleureusement accueillies. Elle avait des cheveux bouclés, d'un brun profond, et portait des escarpins en cuir rouge que je trouvais magnifiques. Sa jupe plissée, bleu nuit, lui arrivait aux mollets. Son chemisier, fermé par un ruban, était de la même couleur. Comme nous ne parlions pas très bien allemand, mes cousines et moi, il a fallu se débrouiller avec des gestes et des mimiques. La table était déjà mise, les assiettes brillaient à la lueur des bougies. En entrée, on nous a servi de la soupe aux pommes de terre. Une cuillère spéciale était posée à droite de l'assiette. Le couteau à côté avait été soigneusement fourbi. Jamais ne n'avais vu des couverts aussi resplendissants ! Même l'icône de Baba Mari et de grand-papa Stepan ne reluisait pas autant quand on l'avait frottée pour la fête des moissons. Niouchka, Douchka et moi, nous avons attendu jusqu'à ce que M. Gustav commence à manger. Il a déplié une serviette blanche sur ses genoux, porté une première cuillerée à sa bouche et courtoisement hoché la tête à notre intention. Dans un coin de la pièce, un sapin de Noël couvert de guirlandes argentées avait été placé sur le parquet à chevrons. La flamme des bougies se reflétait sur le bois verni. Après le potage, M. Gustav s'est levé pour allumer la radio. Je ne comprenais pas grand-chose, mais à un certain moment, j'ai entendu le nom de Stalingrad. Je me suis dit : est-ce que l'armée allemande est déjà arrivée là ? Chaque fois que le nom de la ville revenait et que le présentateur haussait le ton, nous frissonnions, mes cousines et moi. Surtout Douchka. Avec ses cheveux bruns, elle paraissait livide. M. Gustav lui a brièvement touché l'épaule, puis il est allé éteindre l'appareil. "Je vous demande pardon, c'est une habitude, nous l'écoutons tous les soirs." Ensuite, on a mangé du pain, de la viande et des pommes de terre sans pratiquement dire un mot. Notre hôtesse, toujours souriante, n'arrêtait pas de nous resservir. En dessert, nous avons eu droit à un grand gâteau rectangulaire, nappé de chocolat, qui brillait aussi, comme tout dans la maison. Dessus, la femme du pâtissier avait écrit *Frohe Weihnachten* en glaçage blanc. Nous avons eu droit à deux parts. »

*

« Les bonnes âmes peuvent se présenter sous des formes très diverses, commente Nikolaï. Dans les situations critiques, chacun cherche d'abord à sauver sa peau. Par un chemin ou par un autre. Nous croyons tous à une histoire différente. »

Il se lève de table, me fait signe de le suivre, pousse la porte du restaurant et m'emmène jusqu'à une autre salle de réception. Au centre, parmi sept grands palmiers, se tiennent cinq hommes futuristes, sculptés dans le marbre. Les muscles tendus, en alerte, ils regardent droit devant eux, vers l'avenir, comme tout le monde dans ce palais. Leurs cheveux sont tirés en arrière, on dirait qu'il y a eu un ouragan et, tout de suite après, une glaciation. Certains lèvent le poing, d'autres tiennent un marteau ou un autre outil. D'autres encore, chaussés de bottes, ont un fusil en main. Ils avancent à vive allure, faisant de longues enjambées, tels des patineurs en route pour une destination qui ne m'est toujours pas évidente. Leurs corps d'un blanc brillant sont si anguleux que je manque de me cogner au mur en essayant de garder mes distances. Je me sens mal à l'aise, tout comme à Saint-Pétersbourg la première fois que je me suis retrouvée devant un gigantesque Lénine. J'avais pris un taxi à l'aéroport une demi-heure plus tôt et on arrivait dans le centre. Tout était pompeux, imposant. Autour de nous défilaient de longues façades bien entretenues, percées de nombreuses fenêtres. On voyait encore beaucoup d'étoiles rouges sur les murs. Les toits étaient frangés de stalactites, dont certaines faisaient plus d'un mètre. Des femmes en gros manteau avançaient avec prudence sur les trottoirs couverts de glace et de plaques de neige compacte. Pendant un bon moment, nous avons roulé dans la ville, traversant des places désertes, jusqu'à ce que tout d'un coup, au milieu d'une esplanade, j'aperçoive Lénine se tournant sur son piédestal. J'ai collé mon visage à la vitre et j'ai demandé au chauffeur de taxi :

« Je me trompe ou est-ce qu'on est en présence du réalisme socialiste dans toute sa splendeur ?

– Hein ? Qu'est-ce que vous dites ? »

Il ronchonnait. Je lui avais déjà posé dix questions.

« Est-ce que c'est bien vrai, ce que je vois ? »

La vitre s'est aussitôt embuée sous mes paroles. J'avais perdu de vue Vladimir Ilitch. D'un revers de manche, j'ai essuyé la vitre. Ah, le revoilà ! Je l'entendais s'indigner : ce pays est resté aux mains d'un petit nombre profitant du travail et des souffrances du peuple. L'élite passe son temps à prendre des cuites, à se vautrer dans l'opium, à baiser sec dans les maisons de campagne, sur les pistes de danse, entre les allées des parcs, été comme hiver. Les gens ordinaires n'ont rien à bouffer. On les enferme dès qu'ils protestent contre le régime, qu'ils réclament une Douma. Les prisonniers se bousillent les mains à trimer dans le froid glacial de Sakhaline. La paix pour le peuple ! La terre aux paysans ! Le pouvoir aux soviets ! J'ai vu sa jambe droite se détacher du socle sur lequel il se tenait depuis des décennies, le taxi était arrêté au feu rouge, je pouvais surveiller l'esplanade. Lénine est venu vers nous d'un pas lourd, à grandes enjambées.

« Nom de Dieu, qu'est-ce qui se passe ? » s'est écrié le chauffeur.

– Je vous l'avais bien dit, c'est... »

Mais avant que j'aie pu développer ma tirade, Lénine toquait déjà au carreau et me faisait signe de baisser la vitre.

« Bonjour, j'ai dit.

– Bonjour », a dit Lénine.

Le feu est passé au vert. Mon chauffeur de taxi râlait, il n'avait pas toute sa journée à perdre en bavardages, fallait qu'il gagne sa vie.

« Est-ce que vous avez quelque chose d'important à me dire, monsieur Lénine ?

– Eh bien oui, une chose : dès que l'Union soviétique prospère, chacun se met naturellement à vouloir sa part du gâteau et c'est à ce moment-là que les ennuis commencent. Je vous avais pourtant prévenus. Mais tout le monde semble avoir oublié.

– Oh, Vladimir, tu te pointes vraiment trop tard, a soupiré le chauffeur. Ma mère et ma grand-mère, que Dieu ait leur âme, les pauvres vieilles, elles t'auraient peut-être écouté parce que ça pouvait leur être utile, mais là, aujourd'hui, tu ne sers plus à rien. On a un autre Vladimir. Même prénom, autre système. Toujours pas très sympathique. De toute façon, tu t'y prends trop tard. »

En jetant un coup d'œil dans la voiture, Lénine a vu le fanion aux couleurs de la Russie et une icône miniature de la Vierge qui se balançaient au rétroviseur.

« Aïe, oui, c'est vrai, monsieur Lénine. Désolée. »

J'ai tendu la main pour la poser sur l'avant-bras du père de la révolution d'Octobre. Ça lui a tellement fait peur qu'il en est presque tombé à la renverse. Les automobilistes derrière nous se mettaient à klaxonner. Lénine s'est tourné vers eux et a brandi un poing rageur. Ils ont aussitôt retiré leur main du klaxon.

« Qu'est-ce que je fais encore ici ?

– Ça dépend, lui a répondu le chauffeur. À certains endroits, tu es parti, mais ailleurs, on t'a réinstallé au bout de quelque temps. Incroyable, non ? »

J'ai donné un exemple :

« Dans la ville où ma grand-mère a passé sa jeunesse, tout à l'est de l'Ukraine, ils ont noué un câble en acier autour de votre cou et ils vous ont arraché du socle avec une grue. Votre tête s'est cassée. Ça faisait peine à voir, mais depuis, en effet, vous avez retrouvé votre place. Ou est-ce que c'était Staline ? Peut-être bien, après tout...

– Ah bon ? Pourquoi lui et pas moi ? Mais alors, est-ce que ça veut dire que l'Union soviétique a disparu pendant un temps et qu'elle est revenue ?

– Bien sûr que non, a lâché le chauffeur de taxi. C'est plutôt qu'ils vous réutilisent pour tout et son contraire, quand ça les arrange. »

J'ai ajouté mon grain de sel :

« Genre, elles représentent à peu près quelles idées, ces statues ? OK, du coup, on les remet. »

Lénine a blêmi.

« Je suis donc devenu le fantoche de mon propre système ?

– Ne te fais pas de souci, camarade, on n'en a pas encore eu d'autres comme toi », a relativisé le chauffeur.

Lénine, fléchissant les genoux, a maladroitement pris appui sur un bras et s'est assis dans la file à côté du taxi, sur le bitume. Les voitures qui attendaient à l'arrière nous ont doublés. Je voyais les chiffres rouges du compteur défiler et je me demandais si j'avais tiré assez de roubles au distributeur de l'aéroport.

« D'autres ?

– D'autres révolutionnaires. Maintenant, on n'a que des faiseurs de promesses, des dictateurs, des rebelles, des va-t-en-guerre. Mais jamais ceux dont le peuple a besoin. »

La neige s'est mise à tomber plus fort, des flocons se prenaient dans les cheveux de Lénine, dans sa barbichette, dans ses sourcils. J'ai sorti un gant de mon sac à dos et je me suis efforcée, tant bien que mal, d'essuyer son visage, de l'arranger.

« Ma grand-mère Aleksandra ne sort jamais sans un mouchoir dans son sac. Un mouchoir et un peigne.

– Exactement comme ma mère », a dit Lénine.

Il fermait les yeux tandis que je lui séchais les sourcils. Dès que je retirais ma main, d'autres flocons venaient s'y coller.

« Pff, ça n'en finit pas...

– C'est aussi ce que disait ma mère, l'été, quand il faisait chaud et qu'elle n'arrêtait pas de s'éponger avec son mouchoir.

Il y a des fois où ça ne sert à rien d'insister, ça continue quand même, quoi qu'on fasse. »

Passant avec agilité son pouce et son index par la fenêtre, il a arraché l'image pieuse du rétroviseur.

« Eh, oh ! a râlé le chauffeur.

– Je peux la garder ? Ma mère avait exactement la même. Sur son lit de mort, elle a expliqué ce qu'elle avait voulu dire par "ça n'en finit pas", en s'épongeant avec son mouchoir : c'était aussi une référence à l'exécution de mon frère Alexandre, à l'exil de mes frères et sœurs, à la mort de notre chère Olga. Et puis, dans ses derniers instants, elle a déplié le mouchoir sur le lit et l'image de la Vierge est apparue. »

Lénine a posé l'icône au creux de sa main et a replié ses doigts par-dessus.

« Merci bien. »

Il s'est relevé, puis a pris une grande avenue, vers la gare de Finlande, où se dressait une copie de lui-même, sur une place tout aussi déserte.

*

Au printemps, la maison d'Oleg se réchauffe, Baba Mari et la campagne deviennent plus douces, plus agréables à vivre pour Aleksandra. Les premiers crocus apparaissent, le blé en herbe ondoie sous le vent. L'or de la terre, comme l'appellent ses parents, se montre à nouveau – les champs la saluent. Fièrement, les épis se détachent avec de plus en plus d'intensité contre le ciel, dont le bleu s'approfondit de jour en jour. Aleksandra est heureuse de revoir les cultures, qui lui ont manqué durant cet hiver noir où tout semblait plus laid d'une semaine à l'autre. Après le départ de ses parents et de Nastia pour la ville, elle avait senti changer la campagne autour d'elle : c'était plus morne, moins vivant. Même la neige ne l'amusait plus autant, peut-être aussi parce que Baba Mari, neuf fois sur dix, refusait de lui lancer ne fût-ce qu'une seule boule. Le village s'était vidé, comme si Anna et Nikolaï, en quittant leur ferme, avaient donné le signal du départ. Les deux jeunes gens qui les avaient expulsés au cœur de l'hiver revenaient régulièrement pour retourner une autre maison de fond en comble. Ils étaient parfois seuls, vêtus de leur long manteau, parfois accompagnés de toute la brigade. Ensemble, ils traînaient le père et la mère dans la cour de la ferme, les battaient comme plâtre en hurlant et leur crachaient à la figure. Aleksandra entendait les mots « sales koulaks » résonner à travers le village. C'était comme si ces mots restaient collés sur les murs des maisons. L'endroit avait perdu de son attrait. On aurait dit que quelqu'un épiait Baba et Aleksandra derrière chaque fenêtre, que les *komsomoltsy* avaient des yeux partout. Une fois la population expulsée ou disparue, les brigades avaient installé de nouveaux habitants dans les maisons vides : des paysans exténués, venus d'autres villages, ou des jeunes gens qui semblaient ne pas bien comprendre la campagne.

Sous la neige fondue, la terre est plus sombre que les années précédentes. Quelquefois, Aleksandra croit y percevoir la beauté d'un paysage familier, mais d'autres fois, elle a l'impression de contempler une mer d'encre noire où elle pourrait s'enfoncer d'un instant à l'autre et se noyer. Tandis que les mois passent, que le printemps laisse place à l'été, les tournesols, les céréales et le maïs ont l'air d'avoir compris que quelque chose ne va pas, qu'un changement s'est produit. Ils prennent moins de plaisir à pousser dans les champs. Ils font ce qu'Aleksandra est habituée à les voir faire, mais paraissent moins pimpants, leurs tiges se dressent avec moins de fierté vers le ciel. Pendant ce temps, les nouveaux ouvriers agricoles et les paysans pauvres qui ont rejoint les fermes d'État au cours de l'hiver travaillent en silence, comme s'ils n'osaient pas réveiller la terre, comme s'ils savaient que ces champs avaient appartenu à d'autres et qu'il fallait d'abord gagner leur confiance.

Depuis qu'ils sont là, marchant d'un pas légèrement fatigué à travers les cultures, Baba Mari vient aussi chercher Aleksandra à l'école. Ce n'est vraiment pas du goût de la petite, qui, l'été d'avant, avait enfin reçu l'autorisation de rentrer toute seule, mais les règles ont changé.

« Il arrive des choses étranges aux enfants en bonne santé comme toi », lui explique Baba Mari.

La nuit, Oleg verrouille la porte et ferme les volets.

« Tu ne dois pas t'aventurer dehors le soir, et encore moins suivre des inconnus, même si ce sont eux-mêmes des enfants. »

Tous les après-midi, sur le chemin du retour, elles passent devant les moissonneurs, des hommes et des femmes de plus en plus exsangues et maigres. Ils semblent ne pas pouvoir tenir la cadence de la terre, se penchent lentement sur les épis fauchés et battent le grain avec mollesse. Même le tracteur, spécialement mis à la disposition du village par les « brigadiers », n'augmente pas le rythme de travail. Un matin, entre la maison et l'école, une jeune fille s'approche de Baba et lui agrippe le bras.

« J'ai des crampes aux mains et mes jambes me font mal », gémit-elle.

Elle est squelettique. Aleksandra voit les os poindre sous ses joues, on pourrait la dépiauter comme une aile de poulet. Et, d'un simple mouvement, dégager à la cuillère ses yeux enfoncés dans leur orbite. La fille regarde brièvement Baba, puis relève sa robe. Ses jambes sont enflées, comme de grosses aubergines.

« Oh, Seigneur Dieu, murmure Baba Mari en portant la main à son cœur. Si on te piquait avec une aiguille, tu te viderais d'un coup... Est-ce que vous avez suffisamment à manger, au kolkhoze ? »

La fille ne répond pas, elle se contente de secouer la tête. Pas trop fort, voudrait lui dire Aleksandra, ou bien tes yeux vont tomber par terre et alors là, qu'est-ce qu'on va faire ? Les bras décharnés qui tiennent la jupe en l'air ressemblent aux branches d'un jeune arbre. A-t-elle dû passer l'hiver sans réserve de nourriture, comme les bocaux de Baba Mari ? Ou comme les galettes d'Oleg, préparées avec l'amidon des pommes de terre qu'il avait cachées devant chez lui, dans un fossé creusé sous l'allée entre le portail du jardin et l'entrée de sa maison ? C'était un fossé très profond. Il avait jeté les patates dedans, puis étalé une épaisse couche de terre pardessus. Ensuite, il avait obligé Nastia et Aleksandra à faire les cent pas dans l'allée pendant plusieurs heures jusqu'à ce que le jardin ait repris son aspect initial. Aleksandra ne comprenait pas très bien ce qu'elle et sa sœur venaient de faire.

« Je dois retourner au travail », dit la jeune fille sans donner de réponse à Baba.

Elle jette un coup d'œil furtif aux trois jeunes « brigadiers » qui patrouillent, fusil en main, le long du champ. Et file rejoindre les autres moissonneurs.

« T'ai-je déjà parlé des cerfs que Nikolaï a amenés lorsqu'il est venu vivre chez nous ? demande Baba.

– Non.

– Un cadeau de son oncle Matveï. Ton père en a laissé quelques-uns ici avant son départ pour la ville avec Anna et Nastia. Tu les vois ? »

Sa main droite fait un long mouvement ondulatoire. Devant elle surgit un cerf blanc. Ses bois, ses sabots sont en or, tout comme la flèche plantée dans son dos. Baba Mari claque de la langue. Le cerf s'approche du champ et se met à tourner autour du surveillant le plus mollasson, de plus en plus vite, jusqu'à ce que le jeune homme perde l'équilibre et s'étale dans la boue.

« Un prodige, ces animaux », chuchote Baba.

Aleksandra regarde le cerf, qui, sur un autre claquement de langue, revient en trottinant.

« Ils ne sont pas toujours là, seulement en cas de danger. Après certains événements, m'a dit ton père ; il leur faut des années pour reprendre des forces. Parfois, ils ne peuvent pas nous aider, comme avec la ferme. C'est trop pour eux. »

Le cerf, qui maintenant la précède, fait un bond. En une fraction de seconde, il a disparu. Aleksandra et sa grand-mère passent près de leur ancienne maison, gardée par un jeune homme en armes. Un petit cerf blanc va et vient devant la porte de la grange, comme si, lui aussi, montait la garde. Au moment où Aleksandra dirige son regard vers la porte pour voir ce qui est écrit dessus à la craie, le cerf recule d'un pas et courbe la tête.

« Grenier numéro trois, lit-elle à haute voix. Mais les granges n'avaient pas de numéro, avant ?

– Ils numérotent tout à présent : les granges, les écoles, les gens... C'est le début de la fin, ma mignonne. »

Le garçon au fusil fait de grands signes joyeux à Aleksandra, qui lui rend son salut par politesse. Baba sourit sèchement et se tourne vers sa petite-fille, qui s'effraie de ses yeux noirs. C'est le même regard ténébreux que celui de Nikolaï le jour où il a rebouché la fosse dans la cour de Sergueï.

« Regarde-le, avec son fusil... Non mais qu'est-ce qu'il croit ? Que le grain va s'évader ? »

La nuit, les récoltes ne sont pas seulement protégées par un homme en armes, mais aussi par un lourd cadenas sur la porte de la grange. Oleg l'a révélé l'autre jour par inadvertance à Aleksandra, que Baba Mari lui avait confiée le temps d'aller chercher des œufs au marché : « Ils bouclent la grange parce que les gens d'ici n'ont pas assez à bouffer. Tout le monde a les crocs, ma grande. Le grain disparaît, personne ne sait où ça part. Ils raflent même les semences ! »

Baba tire d'un coup sec sur le bras d'Aleksandra pour l'emmener vers l'école. En dépassant le panneau cloué depuis quelques jours sur la grange, elle crache par terre. Le message est écrit en capitales, à l'encre noire :

CEUX QUI S'ENTRE-DÉVORENT À CAUSE DE LA FAMINE NE SONT PAS DES CANNIBALES. LES VRAIS CANNIBALES SONT CEUX QUI REFUSENT DE REDISTRIBUER L'OR DE L'ÉGLISE POUR NOURRIR LES AFFAMÉS.

*

Nikolaï appuie sur un voyant rouge à côté du nombre trois et vient se placer tout contre moi. Il y a bien assez d'espace dans l'ascenseur, mais je le laisse faire, ça fait longtemps qu'il n'a pas eu de compagnie. On entend un « plong » et la cabine s'élève en tremblotant. C'est laborieux, l'aiguille du cadran qui indique les étages passe lentement au numéro supérieur.

« Au milieu de l'hiver, nous avons vu arriver en ville de plus en plus de gens de la campagne, complètement épuisés, raconte Nikolaï, l'œil rivé sur le cadran. Surtout des femmes et des enfants, parfois des hommes. Ils n'avaient que la peau sur les os. Dès la descente du train, toujours bondé, ils s'éparpillaient dans les rues et posaient leurs corps maigres devant les magasins d'alimentation, qui étaient de moins en moins approvisionnés. Certains restaient allongés là des jours entiers, les yeux mi-clos. Ou alors ils s'asseyaient contre une façade, au hasard, et tendaient la main dans l'espoir que quelqu'un y déposerait un peu de nourriture. Souvent, le soir, ils étaient encore là, mais ils avaient disparu le lendemain matin. On évacuait leurs dépouilles en charrette, Lisa, plusieurs douzaines à la fois. Je me souviens d'une femme sur un coin de pelouse au bout de notre rue, avec deux enfants assez jeunes – cinq, six ans. Les petits semblaient ne plus avoir de corps. On aurait dit des pommes de terre dans lesquelles étaient fichés quatre bâtons et une tête. Plus il arrivait de paysans, moins la ville recevait de nourriture. Le matin, avant l'aube, quand Anna allait à la boulangerie, il y avait déjà cent personnes à faire la queue. Tous venaient pour la même chose : un morceau de pain noir. Comme nous étions de la campagne, nous savions que les céréales ne manquaient pas, que les quantités produites permettaient de nourrir un grand nombre de gens, mais voilà, où était donc passé tout ce grain ? Certainement pas dans les boulangeries, ou à peine. Les paysans exténués qui vagabondaient dans les rues nous demandaient ce que nous en avions fait : ils avaient vu leurs récoltes chargées sur des camions en partance pour la ville, c'est donc que la nourriture était là. »

« Troisième étage, nous annonce l'ascenseur. Bienvenue au troisième étage. »

Nous sortons de la cabine et traversons un long couloir. Partout sur les murs, des Ukrainiennes en costume traditionnel tiennent des enfants à bout de bras ou portent des gerbes de blé. Elles me regardent fièrement, droit dans les yeux. Derrière elles : une campagne vallonnée, couverte de blés d'or. Des tracteurs passent au loin, certains ont un drapeau à l'avant.

Un drapeau rouge à l'effigie du grand dirigeant. En fonction du vent, sa moustache tombe ou se raidit. Les robes des paysannes ressemblent à celle que portait ma tante Natacha le soir où nous avons dîné dans sa datcha au bord de la mer. Sur la table trônait un petit drapeau ukrainien piqué dans un socle en bois. La chair des tomates du jardin était aussi rouge que les broderies sur les manches de ma tante. Tout était suave et chaud. Elle m'a offert une tranche de pain noir, que j'ai mordue à pleines dents : « Le seigle. C'est le seigle qui lui donne cette couleur foncée. Tante Klava dit que le pain noir apporte plein d'énergie, sans être bourratif. »

« Nous ne mangions jamais tout notre pain en une fois, car il arrivait aussi qu'Anna rentre de la boulangerie les mains vides, se rappelle Nikolaï. Nous nous partagions alors ce que nous avions gardé de côté. Nastia partait en cours avec seulement une demi-tartine dans l'estomac – le plus gros morceau. Elle n'a jamais été très robuste. À l'école, on lui apprenait que tout allait bien en URSS, que les travailleurs du monde entier s'unissaient et que le plan quinquennal, conçu par notre dirigeant, était un succès. Elle revenait de plus en plus hébétée à la maison. En classe, les questions n'étaient pas autorisées. L'une de ses camarades avait fait une tentative, levé la main et demandé où se trouvaient toutes ces richesses promises à la population. Elle avait ajouté que, d'après son père, les gens avaient moins à manger que pendant la révolution d'Octobre et que la famine des années vingt n'était pas si terrible, comparée à celle d'aujourd'hui. Une semaine plus tard, la jeune fille n'avait plus de père. Disparu. Et pendant quinze jours, Nastia n'a pas dit un mot. Nous-mêmes avions perdu l'envie de connaître la vérité. Nous nous transformions en bêtes craintives, ayant peur d'être battues pour un mouvement de travers. Nous devenions rudes, farouches. Anna, qui avait toujours été chaleureuse et bienveillante, qui savait prendre soin des autres, ma pauvre Anna se faisait chaque matin une place à coups de poing parmi la foule pour obtenir une miche de pain. Les gens, rendus fous, se battaient dans la file d'attente. Lorsque vous parveniez à repartir avec quelque chose, on vous l'arrachait des mains plus loin dans la rue. Je me demandais parfois ce qui se passerait lorsqu'il n'y aurait plus rien du tout, pour personne. Faudrait-il alors que nous fassions comme tous ces mendiants, comme ces femmes qui vendaient leurs dernières casseroles, ou quelques betteraves, au bord de la route ? Nos magasins étaient vides et à Moscou, on entamait la construction d'un palais gigantesque sur les ruines de l'ancien monde, tandis qu'Anna et moi, bras dessus, bras dessous, parcourions le marché noir en jetant des regards furtifs autour de nous, à la recherche d'un peu de nourriture pour Nastia. Tels un tsar et une tsarine dépenaillés, nous avancions entre les petits vendeurs à la sauvette qui, d'un geste mystérieux, soulevaient un torchon dissimulant quatre ou cinq fruits. Les haut-parleurs suspendus aux poteaux électriques diffusaient les musiques entraînantes de la radio d'État. Lorsque retentissait « Plus haut, toujours plus haut », j'avais envie d'aller sectionner les câbles, surtout après avoir vu de mes yeux, à la gare, que les réserves de grains existaient bel et bien, mais qu'elles ne risquaient pas d'arriver jusqu'à nous. Pourtant, les trains de marchandises s'arrêtaient dans notre ville, jour et nuit. Les murs en tremblaient, à la maison. Un matin très tôt, comme je n'avais pas pu dormir à cause de la faim, de la mauvaise santé de Nastia et du vacarme produit par les wagons, j'ai enfilé ma veste de travail et je suis sorti. Les rails passaient devant chez nous, de l'autre côté de la route. Je les ai suivis jusqu'à la gare.

Là-bas, c'était plein de "brigadiers" : ils déchargeaient des sacs et des sacs de grains apportés par charrettes ou par camions et se les passaient de main en main, avec méthode, comme une série de pantins mécaniques. Celui ou celle qui se trouvait en bout de chaîne balançait le sac dans un wagon à bestiaux. Les trains ne repartaient pas vers l'intérieur de l'Union soviétique, ils prenaient la direction de l'ouest, loin de nous.

*

En rentrant de l'école, le dernier jour de classe avant l'été, Aleksandra revoit la jeune kolkhozienne. Elle est couchée sur le côté, au bord du sentier, non loin de la maison d'Oleg.

« C'est vraiment de pire en pire », fulmine Baba.

Aleksandra lui lâche la main et s'avance à un mètre de la fille.

« Fais attention, Aleksandra Nikolaïevna, lui souffle Baba Mari. Ne la touche surtout pas.

– Est-ce que tu es fatiguée ? » demande doucement ma grand-mère à la malheureuse.

Des grains de sable soulevés par le vent retombent sur la joue de la jeune moissonneuse, qui ne semble rien sentir de ce que la terre poussiéreuse tente de faire. Sa figure est à moitié enfouie dans l'herbe. Ses cheveux blonds forment un disque autour de sa tête, comme la Vierge de l'icône que les « brigadiers » ont détruite six mois plus tôt. Au bout d'un moment, Aleksandra s'aperçoit que le ventre de la fille ne bouge pas. Sa poitrine non plus. Elle repense aux chatons nés dans le grenier à foin. Ils étaient pratiquement immobiles, les yeux fermés, mais leurs ventres minuscules montaient et descendaient à toute vitesse. Elle tape du pied près du visage inerte.

« Eh ! Réveille-toi ! Tu ne peux pas rester comme ça ! »

Baba Mari, qui observe la scène à distance, se rapproche.

« Laisse-moi essayer quelque chose. »

Elle s'incline lentement et place le revers de sa main sous les narines de la kolkhozienne. Pendant un moment, elle se concentre, les yeux clos. Puis elle secoue la tête. Le soleil, haut dans le ciel, est brûlant, la peau d'Aleksandra rougit comme une braise. Un détail cloche dans la position de ce corps : les genoux sont repliés sur l'estomac.

« Viens », dit Baba.

Chez Oleg, elle retire un drap blanc de l'armoire. On dirait qu'elle a préservé toute son énergie pour cet instant. Elle ne retourne pas voir la fille, mais s'engage sur le chemin forestier. Ses pas se font de plus en plus rapides.

« Heureusement que nous partons demain. »

Le linge serré dans ses bras, elle respire à longs traits.

« Dans six mois, il n'y aura plus personne pour habiter ce maudit village. Les nouveaux seront tous morts eux aussi, ou déportés. »

Dans une clairière, Oleg est en train de fendre du bois.

« Quel jour on est ? Est-ce que je me suis trompé, Baba ?

– Non, non. Nous avons besoin de la charrette pour autre chose. »

Ils échangent un regard qu'Aleksandra remarque souvent chez les grandes personnes quand il y a des ennuis. Baba Mari hoche la tête à l'intention d'Oleg, qui serre les mâchoires et répond de façon tout aussi tacite. Sans dire un mot, il reprend le sentier qui mène à l'arrière de sa maison.

Une fois réapparu avec la carriole, il demande :

« Alors, où va-t-on ? »

Baba Mari se tourne vers Aleksandra.
« Où va-t-on, ma grande ? répète Oleg.
– Au bord de la route en venant de chez Baba. »

La jeune fille repose toujours dans l'herbe, exactement comme tout à l'heure. Après avoir étendu un pan de drap sur le plancher du charriot, Oleg se baisse pour saisir la malheureuse par les aisselles et la traîne maladroitement sur le chemin de terre. Puis il la hisse, bras croisés contre la poitrine, sur le plateau, lui rajuste sa robe et la recouvre avec l'autre moitié du drap, délicatement, comme s'il préparait des *vareniki* et qu'elle en était la farce. Seul le bout des chaussures en toile élimée dépasse du linge.

« Quel endroit pourra l'accueillir dignement ? demande Oleg à Baba Mari.

– Le cimetière de la petite église. Celle qu'ils ont transformée en magasin à betteraves l'été dernier. »

Les tombes, peu nombreuses, sont toutes entourées d'une clôture jaune et bleu. Tandis qu'Oleg confectionne une croix à partir de deux planches, Aleksandra essaie de retrouver l'oncle Matveï, l'homme grâce auquel son père a appris à coudre et qui a choisi d'être enterré au village de son neveu. Arpentant les allées, elle cherche du regard le cerf blanc qui est peint sur la stèle. Une fois devant la tombe, elle s'aperçoit qu'une flèche couleur jaune d'or est plantée dans le dos de l'animal. Ça ne l'avait encore jamais frappée. « Un Cosaque du Don préfère mourir libre plutôt que vivre en esclave », lui dit souvent Nikolaï.

Elle pose sa main sur la pierre et suit du doigt la ligne dorsale de la bête. Le cerf ne bronche pas. Il reste coi, la patte antérieure gauche levée, comme s'il était aux aguets en prévision d'un événement soudain. Combien de temps tiendra-t-il comme ça, pense ma grand-mère, est-ce qu'il va se vider de son sang ou est-ce que la flèche va finir par tomber en ne lui laissant qu'une cicatrice ?

RÉPUBLIQUE POPULAIRE DE LOUGANSK
25 août 2014

Une nouvelle frontière est apparue. C'est officiel, paraît-il. En tout cas, officiel pour Kolya, pour Larissa, pour Vitya, Ioulya et Nina. Pas pour le reste du monde. La République populaire existe, tout en n'existant pas. Elle est une ombre sur la carte, une zone grise à présent délimitée par cette ligne mince qu'un petit groupe d'individus prétend réelle. Et voilà : c'est reparti pour un nouveau tour de piste, pour un énième épisode de la *Farce du Donbass*. Le pays manque d'air, nous étouffons. La terre n'est plus aussi libre d'accès qu'avant. Sous nos yeux ressurgissent des images du passé : les affiches à l'effigie de Staline, les statues de Lénine que l'on réinstalle sur les places... Des hommes armés de fusils montent la garde devant les bâtiments publics. Ce qu'ils défendent exactement, nous l'ignorons, peut-être ne s'agit-il que d'un spectacle destiné à répandre un peu d'anxiété parmi la population. Les gens discutent de moins en moins ouvertement, nous entendons surtout parler à voix basse. La nouvelle ligne – nous le sentons – est posée comme une corde autour du cou de chacun et se resserre lentement. C'est une ligne séparant l'Est et l'Ouest. Nous sommes témoins d'une conversation entre Kolya et son cousin Andriy, qui l'appelle depuis Odessa.

« Viens donc ici avec Larissa et les filles, jusqu'à ce que ça se soit tassé. Vous pouvez tous loger dans la datcha. Nina aussi.

– Et qu'est-ce qu'on va faire là-bas ? Je ne peux pas reconstruire la vie que j'ai ici, riposte Kolya une fois de plus.

– Mais si, cousin : j'ai plein de contacts, assez pour te pistonner en tout cas. Et ça m'arrive encore d'aller à Moscou, tu vois, pour le bizness. Ne le répète pas à Nina, ça va la mettre en rogne, mais les affaires marchent du feu de Dieu. »

Nous ne savons pas s'il faut envoyer un signal à Kolya, faire chanter les flèches d'or plantées dans notre dos pour l'empêcher de trouver le sommeil jusqu'à ce qu'il se décide à partir. Nous ne savons pas si c'est judicieux.

« Cela risque au contraire de provoquer le ressentiment, objecte l'un d'entre nous. Rappelez-vous donc ce qui est arrivé à Tolia et à Petr : ils ont survécu, mais le silence de Nikolaï et d'Anna les a effacés de la mémoire de leurs proches. Ils n'ont jamais pu rentrer à la maison.

– Et puis, en restant, Kolya bénéficie de la proximité de Vitya. Puisque son cousin, son frère de sang, est dans le camp du nouvel ordre, il ne peut rien lui arriver de mal, non ? Vitya le protégera toujours. »

Nous choisissons de nous abstenir. Au lieu de faire chauffer nos flèches, nous scrutons les routes poussiéreuses aux frontières de ce nouveau pays. Notre regard s'arrête sur le checkpoint de la République populaire de Lougansk, dernier poste de contrôle avant le pont vers l'ouest, vers l'Ukraine. Soldats et officiers foulent l'asphalte de long en large, paressent sur des blocs de béton disposés en travers de la route ou jouent avec des chatons qu'ils ont cachés dans les poches de leur gilet camouflage. Aujourd'hui, Nina part voir sa sœur aînée aux Pays-Bas. Le hasard a voulu qu'Aleksandra échoue en Occident, entraînée par la vague de la Grande Guerre patriotique qui ôta des millions d'enfants à leur terre. Elle y resta. Non par gaieté de cœur, mais parce que, tout comme pour Tolia et Petr, il était impensable qu'elle revienne. D'autant plus que la vie s'est avérée meilleure là-bas. Son père le lui avait bien dit, avant qu'elle embarque dans ce wagon à bestiaux qui puait la pisse et la paille moisie : « Ne rentre pas si c'est mieux où tu es ! » Aujourd'hui, alors que nous observons notre pays, les paroles de Nikolaï se font à nouveau entendre, planant au-dessus des champs tel un avertissement. Nous regardons Kolya conduire sa mère jusqu'au poste de contrôle – il n'ose pas aller plus loin, il a peur de ne plus pouvoir rebrousser chemin ensuite. À deux cents mètres du checkpoint, il se gare sur le bas-côté, aide Nina à descendre de la voiture, puis va lui chercher sa valise et son sac à main dans le coffre. Les quatre séparatistes qui patrouillent devant la barrière de béton saluent aimablement la vieille dame. Ils prennent appui sur leur fusil-mitrailleur, qui leur sert de canne. Tous portent des lunettes de soleil et un bandana, comme des motards. Kolya, nerveux, reste une demi-heure avec Nina dans la file d'attente. Il fait très chaud. De temps en temps, sa mère boit une gorgée d'eau dans une petite bouteille en plastique toute cabossée. Elle revisse le bouchon, les doigts tremblants. Kolya lui pose la main sur l'épaule et la serre contre lui. Une fois son tour arrivé, Nina présente son passeport ukrainien et le justificatif de paiement de son billet d'avion. Elle l'a replié en longueur et en largeur, selon des lignes parfaitement droites. Tandis qu'un soldat de la République de Lougansk examine ses papiers, un autre s'occupe d'inspecter ses bagages. Il ouvre la valise et farfouille parmi les vêtements. Kolya intervient poliment :

« Pourriez-vous faire un peu plus attention, s'il vous plaît ? Ma mère a encore un long voyage à accomplir et elle risque maintenant de ne plus réussir à fermer sa valise.

– Vous allez nous quitter, madame ? » plaisante le militaire.

Il attrape un soutien-gorge mauve et le regarde sous toutes les coutures.

« Je vais rendre visite à ma sœur, répond doucement Nina. Elle aura quatre-vingt-dix ans le 1er septembre. Je prends d'abord le bus pour Kharkiv et ensuite le train jusqu'à Odessa. C'est de là que part mon avion.

– Ah bon ? Elle habite où, votre sœur ?

– En Hollande.

– En Hollande ? Mais alors vous partez à l'Ouest ! Quelle aventure, à votre âge. »

Le soldat retrousse les manches de son treillis et rempile les vêtements dans la valise.

« Et votre sœur, comment elle s'est retrouvée là-bas ? Elle en avait assez, de son pays ?

– On l'a forcée à partir durant la Grande Guerre patriotique.

– Ah ! C'est la faute des fascistes, alors ! Quels chiens, ces Teutons... On peut être fiers que notre pays ait gagné, à l'époque. Les nazis, je les déteste. »

Un homme, muni d'un sac à provisions vide, se racle la gorge et demande au militaire si on ne peut pas accélérer un peu le mouvement, parce que, sinon, il n'aura plus le temps d'aller chercher sa pension de retraite à la banque.

« Ah ouais ? braille le soldat en tirant d'un coup sec sur la fermeture éclair de la valise. Encore une seule petite remarque et cette sympathique vieille dame va être la dernière à passer aujourd'hui. Compris ? »

Il agrippe le fusil suspendu dans son dos et appuie le canon métallique sur le menton de l'homme, qui ferme les yeux. Nina coince son passeport sous son bras, puis, d'une main tremblante, reprend sa valise. Elle s'assure que la pochette en coton dissimulée sous sa robe est toujours en place. Kolya regarde lui aussi le ventre de sa mère, contre lequel est blotti le sac banane contenant deux cent quarante dollars. Il lui a fallu des semaines pour trouver cet argent. Nina lève la tête vers son fils, se tapote la panse et lui fait un clin d'œil. Ensuite, elle sort du rang pour l'embrasser.

« Bon voyage, maman.

– Ça ira, mon garçon. Brûle un cierge pour moi, je te revois le mois prochain. »

Elle lui donne quatre baisers sur la joue droite et se tourne vers le soldat, en train de fouiller le retraité.

« Je peux y aller ? »

Le militaire lui adresse un grand sourire.

« Mais bien sûr, ma petite dame, du moment qu'on vous retrouve d'ici quelques semaines dans notre belle république.

– Merci. Merci beaucoup », lui dit Kolya.

Revenu au niveau des blocs de béton, il jette un dernier regard à sa mère. Elle marche sur la route pleine de trous en direction de la passerelle en bois. Il se demande si elle va pouvoir se débrouiller toute seule pour escalader la rampe d'accès au pont. Mais deux jeunes gens commencent à parler à Nina et l'un d'eux se charge de porter sa valise. L'asphalte fume sous le soleil de midi. Arrivée en haut, Nina pivote sur elle-même, dit quelque chose à ses accompagnateurs, désigne Kolya et le salue de la main. Les garçons lèvent le pouce : pas de souci. Kolya fait de même, pouce levé, puis agite le bras et regagne sa voiture. De l'autre côté de la route se tient maintenant un jeune soldat, des éclats d'obus et des fragments de missiles disposés autour de lui. Il a étalé les plus petits exemplaires sur une vieille table en plastique, tandis que les plus gros sont posés par terre, à la verticale. Trois de ces missiles sont plus hauts que le jeune homme lui-même.

« Je vous prends en photo avec ? Tout ça, c'est ce que les Ukrainiens nous balancent.

– Non merci. Espérons que la paix reviendra bientôt.

– Ça peut prendre un bout de temps, avec ces fascistes de Kiev. Ils sont payés par l'Amérique. »

Kolya reste un moment au volant sans mettre le contact. Dans son rétroviseur, il observe le checkpoint : des gens passent avec de grands cabas et des chariots à provisions, un ado traîne derrière lui sa grand-mère installée dans une carriole de fortune. Par la vitre ouverte, Kolya entend le collectionneur de munitions apostropher une fille. Elle arrive tout juste d'Ukraine et vient de franchir le pont. Le jeune soldat lui fait signe d'approcher avant de lui poser la même question qu'à Kolya : « Je te prends en photo avec ? » Elle rit poliment, lui tend son téléphone et va poser parmi les missiles.

« Ça coûte combien ?

– Rien si tu partages la photo en mettant mon nom. T'es sur Insta ?

– Oui.

– Ben t'as qu'à la poster là, alors. Moi, c'est *Yevguen_97_X.* »

D'une main, la jeune fille s'appuie sur la table d'exposition. Le soldat fait plusieurs photos et lui dit d'attendre une seconde. Il plonge l'appareil dans la poche arrière de son pantalon, puis s'approche d'elle pour lui confier son fusil-mitrailleur, plaçant délicatement la bandoulière sur son épaule. La fille regarde le fusil avec insistance : des fleurs rouges et noires sont peintes sur la crosse. Son épaule est bien étroite sous la bande de cuir.

« Comme ça », indique le jeune homme.

Il lui pose une main sur le canon et l'autre sur la détente.

« Faut pas que t'appuies trop fort, hein, sinon tu vas flinguer quelqu'un par accident. »

Elle cale la crosse contre son épaule droite, se déhanche, avance la jambe gauche et braque le fusil sur l'objectif.

« Splendide, on fera pas mieux ! » s'extasie le jeune soldat.

DANS LE PALAIS DES COSAQUES PERDUS

Nous avançons maintenant dans un long couloir incurvé qui s'ouvre sur des salles remplies de maquettes d'architecture. Après avoir poussé toute une série de portes, Nikolaï me fait entrer dans une pièce abritant des dizaines de versions miniatures de fermes collectives, comme le kolkhoze où, avant-guerre, Aleksandra devait travailler l'été.

« J'avais aussi mal au dos qu'aujourd'hui, m'a raconté ma grand-mère, sauf qu'à l'époque j'étais encore une adolescente. Nous dormions dans l'étable, Niouchka, Douchka et moi, à la place des bêtes. Pendant les vacances d'été, on nous envoyait toujours au kolkhoze, ce qui permettait à toute la famille d'avoir un peu plus à manger. Le kolkhoze en question se trouvait dans l'ancien village de mes parents, le village qu'ils avaient dû quitter de force après la réquisition de notre ferme. C'était bizarre d'aller travailler sur les terres qui nous avaient appartenu autrefois. Les autres ouvriers agricoles me faisaient l'impression d'être des invités, et même des intrus, peut-être. »

Je me penche sur un mini-kolkhoze. De tout petits personnages en tenue de travail, à peine plus grands qu'un ongle, transportent sur leur dos des balles de blé. Ils les hissent sur des échelles de bois et les jettent dans une batteuse mécanique. De l'autre côté de la machine, une large bouche recrache en continu les sacs de jute contenant les grains. On les charge ensuite sur des camions.

« Il reste combien d'étages ? »

J'ai glissé un petit tracteur rouge dans ma poche.

« Onze. Nous ferions mieux de nous dépêcher. Parfois, ici, les choses se transforment d'un coup et on s'enfonce encore plus loin dans le passé. Tiens, l'autre jour, je nageais dans une grande piscine, tranquillement, mais au bout d'une demi-heure à peine, je me suis retrouvé sous les voûtes d'une vieille cathédrale. »

Il referme la porte derrière moi et me presse dans le couloir jusqu'à ce que nous arrivions dans un hall éclairé par de hautes fenêtres, face à quatre escaliers roulants. Je regarde au-dehors. En bas, les rubans rouge et noir continuent de tournoyer. J'aperçois au loin, à des kilomètres d'ici, sept immeubles gigantesques. Ils forment un demi-cercle, à une distance considérable les uns des autres, vers ce qui doit être la périphérie de Moscou.

« Tu m'as entendu ? »

J'écrase mon nez contre la vitre et plisse les yeux pour mieux distinguer les détails. L'un de ces bâtiments compte bien mille fenêtres.

« Lisa ?

– Oui, oui... »

Nikolaï me tire par le bras. Je me libère.

« Attendez, c'est trop beau.

– Ne te laisse pas prendre au piège.

– Mais vous ne trouvez pas ça plutôt imposant ? »

Quelque chose flashe derrière moi. J'entends un drôle de sifflement, puis un craquement. Nikolaï se met à grogner

– ça vient de très profond, on dirait qu'il a une caverne dans les entrailles et que cette caverne est en train de se retourner comme un gant. Je pivote sur moi-même, renonçant à la vue sur Moscou, au panorama dont rêvait Staline de son vivant. Nikolaï me saisit l'épaule et m'envoie ses bois dans la figure. Il rétrécit, s'amplifie, se métamorphose. Je me dégage et vois mon arrière-grand-père se couvrir d'un pelage blanc, devenir un cerf.

« Réfléchis un peu à ce que tu fais ! » brame-t-il entre ses lèvres rose pâle.

Appuyant ses bois contre ma poitrine, il me pousse, m'écarte de la fenêtre.

« C'est terrible de regarder cette ville tous les jours. Que peut faire un simple mortel comme moi d'une vue aussi grandiose ? »

J'essaie de le repousser. Lorsque j'y arrive, je vois quelque chose scintiller derrière lui. De son dos dépasse une flèche d'or. Je tends le bras pour l'attraper. Nikolaï recule d'un bond.

« Qu'est-ce qui te prend ? » râle-t-il en plaquant ses oreilles sur sa nuque.

Je le contourne et tente à nouveau d'empoigner la flèche.

« Arrêtez donc de bouger et laissez-moi vous enlever ça. »

Nikolaï se déplace dans le sens inverse du mien, nous nous tournons autour, en miroir, nous exécutons une danse funambulesque.

Je surveille ses mouvements, attendant qu'il commette une faute.

« Vous savez, c'est exactement comme dans le rêve d'Aleksandra, la dernière fois qu'elle a vu Anna.

– Anna ? »

« Je me promenais dans une immense grotte aménagée en musée, avec, sur les parois, des tableaux fortement éclairés. Je n'étais pas seule : il y avait Marie, ta mère, tes deux tantes et tes oncles, encore petits. Anna aussi était là. Elle semblait vieillie. Fatiguée. Mais elle n'avait pas perdu le sens de l'humour, elle s'amusait avec les enfants, leur jouait des tours en leur tapant sur l'épaule et en allant aussitôt se cacher. Tous les huit, nous passions d'une peinture à l'autre, en direction du fond de la grotte. Et puis, d'un coup, les lumières se sont éteintes. On ne voyait plus rien, on n'entendait plus rien. C'était comme si tout le monde avait disparu, sauf moi. À tâtons, j'ai cherché ma mère dans le noir, en criant : "Je ne t'ai vue que quatre fois seulement depuis la guerre !" J'espérais qu'elle me répondrait, mais non, pas de réaction, rien que le silence. Jusqu'à ce que les voix de mes enfants me parviennent, de très loin. C'était comme des échos, je n'arrivais pas à les localiser. Alors j'ai continué mon chemin en laissant ma main effleurer la paroi de la grotte. Il faisait de plus en plus froid et humide. Mes vêtements me collaient à la peau, la roche sous mes semelles devenait glissante, si bien qu'au bout d'un moment, je suis tombée. Je ne savais plus où je me trouvais. Je suis donc restée assise par terre, les bras croisés sur mes genoux, comme je l'avais fait dans le wagon à bestiaux pour l'Allemagne. J'attendais de percevoir un son familier. Et puis, au moment où j'allais perdre la notion du temps, j'ai entendu, quelque part derrière moi, mes enfants qui parlaient entre eux. J'ai retiré mes chaussures et je me suis levée pour suivre leurs voix. Ta mère, tes oncles et tes tantes se tenaient près d'une lueur. C'était une ouverture étroite qui laissait entrer le jour dans la grotte. Lorsque j'ai atteint cette zone lumineuse, j'ai vu se dessiner la silhouette de ma mère. Son vieux corps rabougri se transformait, grandissait, grossissait. Elle avait soudain une queue, quatre pattes et un mufle blanc. Alors elle s'est penchée pour nous saluer une dernière fois, a bondi et s'est volatilisée. Le lendemain matin, Nina a appelé d'Ukraine chez tes parents, à Rotterdam. Ma mère, Anna, était morte. »

*

Nikolaï souffle des naseaux. Il tourne la tête vers la flèche d'or piquée dans son dos, puis à nouveau vers moi.

« J'ignorais qu'elle possédait ce don, elle aussi, dit-il avec fierté. Sa mère, Baba Mari, pouvait les voir, les cerfs blancs – tu savais ? D'ailleurs, elle s'en vantait toujours un peu. Elle était ravie que l'oncle Matveï m'ait légué ces animaux. Lui, il leur faisait faire toutes sortes de prodiges.

– Est-ce que c'est douloureux ?

– Je ressens parfois des brûlures, des coups de chaud. Lorsqu'il faut intervenir, envoyer un avertissement.

– À qui ?

– À notre terre, Lisa. À la famille. »

Je feinte. Nikolaï s'emmêle les sabots et ne parvient pas à se rétablir. D'un bond, comme un écureuil volant, je lui grimpe sur le dos. Il part en toupie et tente de m'éjecter. Je me cramponne à son pelage, à son cou, j'ai l'impression d'être un enfant de Cosaque du Don en train de monter un cheval bien trop grand pour lui. Penchée en arrière, j'essaie de saisir la flèche, je veux en sentir le feu dans ma paume. Rien qu'une fine brûlure, pour la fois où ma mère, un matin, m'a appelée en disant qu'on avait retrouvé Kolya, tout près de chez lui, torturé, battu à mort. Une ligne supplémentaire au creux de ma main pour chaque jour de plus qu'Igor passe en terre, sous une couche de mensonges. Pour ma grand-mère, qui n'a pas pu assister aux funérailles d'Anna ni de Nikolaï. Je continue de me pencher en arrière, les doigts crochant le vide. La flèche est là, je la touche presque lorsque, tout à coup, me voilà deux mètres plus bas. Étendue sur le dos de mon arrière-grand-père cloué au sol. Je parcours de l'index sa chemise en lin, jusqu'à l'endroit où la flèche était plantée auparavant. Je soulève le tissu, curieuse de voir si sa peau présente un trou, une marque, une trace.

« Bon, ça suffit maintenant, maugrée Nikolaï en me faisant rouler sur le côté.

– C'est parce que vous êtes un Cosaque du Don que vous vous transformez comme ça ?

– Mon père pouvait prendre cet aspect, mon frère, mes oncles, ma mère aussi. J'en ai été le témoin dès ma petite enfance. Ma mère m'emmenait à travers champs sur son cheval et me montrait combien mes ancêtres cosaques étaient nombreux dans la campagne environnante. Sous la forme de cerfs, ils allaient et venaient en continu autour de nous. Ils dormaient à côté de mon lit, nous avertissaient lorsqu'un événement terrible était sur le point de se produire, ils veillaient sur nous. J'ai appris à Baba et à Anna comment les faire venir. Et puis, un jour, alors que me trouvais dans ce palais depuis un certain temps, j'ai remarqué qu'il m'arrivait la même chose dès je me mettais en colère ou que j'éprouvais du chagrin. Au début, ce n'était presque rien, une sorte de bref délire, un vertige, de simples secousses. Comme il n'y a pas beaucoup de miroirs ici, je n'avais que des visions furtives de ma nouvelle apparence, parfois reflétée dans une vitre. Ces épisodes sont devenus plus fréquents durant le séjour de mon petit-fils Aleksandr.

– Celui qui est mort en 1987 ?

– Il a passé plusieurs mois ici. Pendant ce temps, son corps gisait sous la surface d'un lac gelé, quelque part en Afghanistan. Un accident, m'a-t-il expliqué, au cours d'une mission secrète. Chez lui, à Stanytsia Louganska, personne ne savait où il était. Les autres soldats de l'équipe, deux Russes écervelés, piétinaient devant lui sur la glace. Ils étaient chaussés de skis très courts et progressaient péniblement à cause du froid. Tous les trois kilomètres, l'un des Russes racontait une blague sur les Ukrainiens. Tu sais que Baba Mari était russe, non ? Et Stepan ukrainien ? Que le bassin du Donets, c'est-à-dire notre Donbass, a failli revenir à la Russie lorsque l'Union soviétique s'est formée ? Et qu'à l'époque où Tolia enfilait un uniforme polonais dans un cimetière, loin vers l'ouest, les murs de notre village étaient couverts d'affiches de propagande définissant le Donbass comme le cœur de la Russie ? »

Je confirme de la tête.

« Parfait. Eh bien, ces détails n'intéressaient pas du tout les camarades d'Aleksandr, ces deux-là faisaient la sourde oreille quand il leur parlait de la diversité des langues utilisées dans notre coin de pays, des coutumes qui faisaient d'un cheval l'ami de tous, des motifs rouges et noirs brodés sur les vêtements. Ils riaient à gorge déployée en l'entendant dire qu'il valait mieux être gentil avec un Moscovite, mais surtout ne jamais oublier d'avoir une pierre sur soi. Au cas où. Pour eux, tout n'était qu'une vaste plaisanterie, rien ne les faisait réfléchir. Et donc, là, sur ce lac gelé, chaussés de mini-skis, ils continuent de se moquer des Ukrainiens. À un moment donné, l'un des deux raconte une nouvelle blague. Je vais essayer de te la répéter.

– Une blague... russe ?

– Oui, je sais. Mais écoute-moi donc. Il faut juste que je te dise : *Moskal*, c'est un autre mot pour "Russe". D'accord ?

– Un quoi ?

– *Mos-kal. Moskali* au pluriel. Les deux compagnons d'Aleksandr le traitaient, eux, de *Khokhol*.

– *Kakhol* ?

– *Khokhol*. Avec un *o*. Au départ, ce nom désignait la coiffure des Cosaques ukrainiens : tête rase et longue tresse dans le dos. Une histoire très ancienne, traditionnelle. Un cliché. Alors qu'Aleksandr avait des cheveux tout à fait normaux, bruns, coupés court, avec une raie sur le côté. Se faire insulter ne lui plaisait guère, c'est pourquoi, de son côté, il les surnommait *Moskali*. D'ailleurs, sais-tu que les *moskaliki* sont des poissons ? Des petits poissons qui servent à attraper les gros. Chez nous, on les mangeait aussi en casse-croûte, quand il n'y avait rien d'autre. »

Par les hautes fenêtres, Nikolaï contemple la ville silencieuse.

« Tu comprends ?

– Plus ou moins.

– Bon. Alors je me lance : "l'Union soviétique vient d'envoyer le premier homme dans l'espace. Un vieux berger ukrainien, en haut d'une colline, hèle un autre berger ukrainien sur la colline d'à côté pour lui annoncer la nouvelle.

– Hé, Danya !

– Oui ?

– Les *Moskali* sont arrivés dans l'espace !

– Tous ?

– Non, seulement un.

– Et tu me déranges pour ça ?" »

Nikolaï, hilare, se tape sur la cuisse. Je me répète la blague intérieurement, au cas où un détail essentiel m'aurait échappé.

« Tu imagines les deux soldats russes ? Pliés de rire, naturellement. Mais ils n'entendent aucune réaction derrière eux. Aleksandr était déjà sous la glace. Disparu, hop là ! D'une certaine façon, je trouvais cela encore plus drôle que la blague elle-même : Aleksandr n'aurait pas pu faire de meilleur commentaire. Bien sûr que c'était triste. Le pauvre avait soudainement basculé dans l'eau froide du lac, sans pouvoir ensuite trouver le moyen de remonter à la surface. Il nageait sous la couche de glace, à la recherche d'un endroit plus sombre, il cognait de toutes ses forces avec le poing là où c'était moins épais. Après l'avoir appelé plusieurs fois en vain, agacés, ses camarades ont fait demi-tour, sont revenus jusqu'au trou dans la glace, n'ont rien trouvé. Ils sont alors allés un peu plus loin et ont brisé la surface gelée, toujours sans succès. La disparition soudaine d'Aleksandr les sidérait. Ils sont restés là un moment, puis ils ont récité une prière à la va-vite, avant d'admettre du bout des lèvres qu'ils en avaient connu de pires, des *Khokholi*. Ensuite, ils ont repris leur marche. Personne de la famille ne savait où se trouvait Aleksandr, aucunes nouvelles par courrier, rien. C'est seulement au printemps, lorsque la glace a fondu, qu'il a refait surface. Intact, comme s'il avait été conservé pour la science. Mais bon, raide mort, bien entendu. »

*

Aleksandra s'est mise à sortir les lettres et les photos de la boîte à pain, jusqu'à ce qu'il ne reste qu'un grand cliché. En noir et blanc.

« Stanytsia Louganska, au début du printemps 1988 », a précisé ma grand-mère.

Il faisait encore froid dehors, les gens qui assistaient à l'enterrement portaient de longs manteaux d'hiver. Un mouchoir blanc était noué autour de leur bras, en demi-boucle, laissant l'une des pointes pendre librement, comme un drapeau. À l'arrière d'un pick-up reposait Aleksandr. Les ridelles et le hayon avaient été rabattus pour permettre à tous de voir le défunt, couché dans un cercueil ouvert, son linceul blanc remonté jusqu'à la poitrine. Des rameaux bourgeonnants et des fleurs coupées lui recouvraient les jambes, son front était entouré d'un bandeau blanc. On avait placé un tapis sous le cercueil, à côté duquel se trouvait Igor, le frère d'Aleksandr, couché sur le flanc. Douze femmes avançaient en tête du cortège, deux par deux. Chaque paire transportait une couronne ovale de plus d'un mètre de hauteur. J'avais déjà vu de semblables couronnes au vieux cimetière Lychakiv, à Lviv : elles décoraient les tombes de jeunes soldats ukrainiens tombés au Donbass en novembre 2014, janvier 2015, juillet 2016... Devant les rangées de tombes, il y avait un petit banc. Je me suis assise et j'ai regardé le drapeau ukrainien flotter paisiblement au gré du vent sur ce nouveau carré de cimetière. Le petit banc était placé à équidistance de deux périodes meurtrières : sur ma gauche, la partie réservée aux défenseurs de Lviv, ces combattants qui n'avaient pas survécu à la guerre soviéto-polonaise de 1920 et 1921 ; sur ma droite, les sépultures récentes de jeunes gens chargés de maintenir le Donbass en Ukraine. Avec le temps, l'alphabet latin cédait la place aux caractères cyrilliques, ce que j'avais déjà remarqué durant ma promenade sur les collines du cimetière. Le sol sous mes pieds avait appartenu à la Pologne jusqu'en 1939, l'année où la toile de Baba Mari s'était envolée dans un arbre et où l'URSS avait annexé ce bout de territoire occidental.

J'ai repensé au photographe que j'avais rencontré à Kyiv une semaine auparavant.

Quand tout s'est effondré, ou plutôt quand l'Union soviétique s'est effondrée, m'a-t-il dit, on l'a appelé pour qu'il se rende dans une localité près de Lviv. Les habitants avaient découvert quelque chose qu'il devait photographier. À la gare, une vieille dame l'attendait. Elle l'a entraîné au pas de course à la lisière du bourg, devant un bâtiment majestueux. Il était construit en carré autour d'un jardin.

« Autrefois, avant 1939, c'était un monastère, lui a raconté la dame. Et puis, quand les soviets sont arrivés, c'est devenu un bureau du NKVD, le futur KGB. »

Elle l'a fait passer sous le porche et l'a emmené dans le cloître.

« Après la guerre, quelque chose a changé ici. »

Elle désignait le jardin autour d'elle. Comme le photographe ne savait pas où il devait poser les yeux, il a suivi du regard la main de la vieille dame, qui lui montrait un terrain entièrement retourné. On aurait dit que pas une motte n'était restée en place.

« Les gens ont commencé à disparaître. Ce jardin, qui avait soigneusement été entretenu par les moines et par les voisins avant la guerre, est tout d'un coup devenu zone interdite. Personne ne pouvait plus venir bêcher ou semer. C'était le travail des nouveaux occupants – des officiers venus de Russie ou d'Ukraine orientale. Ils ont retourné la terre, planté d'autres fleurs, arrosé les massifs. Avec soin, d'accord, mais nous, nous n'avions le droit de ne toucher à rien. Je me rappelle encore la première fois que ma mère m'a amenée dans ce jardin pour voir la belle roseraie et les poiriers. Nous nous étions assises là-bas, sous la fenêtre, le petit banc n'a pas bougé depuis. Ma mère m'avait strictement interdit de toucher les plantes. Ça faisait quatre années, depuis 1947, qu'on était sans nouvelles de mon père. Comme tant d'autres dans le bourg. En vingt ans, tout le monde ici connaissait quelqu'un qui n'était pas rentré. Un ami, une cousine, un père, une mère, un frère... J'ai grandi en voyant ce jardin fleurir et refleurir, les arbres prendre de la hauteur, la roseraie s'étoffer, se bigarrer. Et voilà qu'un jour tout a éclaté. Notre pays, ce pays ancien auquel nous avons été rattachés en 1939, n'existe plus. Les soviets ont quitté les lieux il y a déjà quelques semaines. Avant de partir, ils ont détruit tous leurs documents. Les papiers, le matériel. Ce bâtiment est vide. Déserté. Lorsque nous avons appris qu'à Lviv des tombes juives avaient été découvertes sous une statue de Lénine, ça nous a fait un choc. Et puis, l'un de mes concitoyens a pensé au jardin du cloître, il s'est dit : mais au fait, pourquoi est-ce qu'on n'avait pas le droit de bêcher là-bas ? Pourquoi est-ce qu'on leur a obéi ? Il a couru dans sa grange et il est revenu avec deux pelles. J'en ai pris une et je suis allée chercher mes voisins pendant qu'il faisait de même avec les siens. J'ai téléphoné à mon fils et à mes filles, qui, à leur tour, ont rameuté leurs amis restés vivre dans notre commune. Au bout du compte, presque tous les habitants qui possédaient une pelle ont répondu présent. Une fois sur place, nous avons commencé par un endroit au hasard. Là, sur la gauche. »

La vieille dame a emmené le photographe dans un coin du jardin. Il y avait encore quelques plantes déracinées.

« Ici même, nous avons trouvé un bocal avec un cerveau à l'intérieur. C'était la première découverte, juste sous la surface. En creusant plus profond, nous avons dégagé des phalanges, des omoplates, des côtes, des hanches, des tibias. Et encore en dessous, des crânes. Pratiquement tous criblés de balles. »

La dame, suivie du photographe, a traversé le jardin en biais et ils sont ressortis par un autre porche pour arriver dans un espace rempli de rayonnages. Des centaines d'étagères en bois, croulant sous les ossements humains. À côté, dans des cercueils, se trouvaient des squelettes recomposés tant bien que mal, tels des puzzles.

« Il y a ici près de trois cents personnes. Nous ne savons naturellement pas à qui appartient quoi, mais nous essayons de reconstituer autant de corps que possible. »

Le photographe m'avait demandé si je voulais les voir, ces rayonnages, ces morts bricolés à partir de différents squelettes. Comme j'étais d'accord, il a tourné vers moi l'écran de son ordinateur, cliqué sur la première photo et attendu que je hoche la tête pour passer à l'image suivante. Nous avons regardé ensemble des gens qui passaient devant les étagères, mains derrière le dos, comme au musée. Il y avait aussi un os encore à moitié enfoui dans la terre, et un vieil homme arc-bouté sur sa pelle au milieu de l'ancien cloître. Je me suis demandé ce que ça vous faisait de savoir qu'un de ces crânes appartenait à votre père, ou à votre sœur. »

« Ils prétendaient être des libérateurs, les soviets, mais dans chaque maison, dans chaque famille, ils ont enlevé un mur, retiré un pilier, sans jamais en donner la raison. Ils ont réussi à tout anéantir. Même la liberté de pensée. Sinon, pourquoi conserver dans le formol le cerveau d'un fusillé et ne le montrer à personne, mais au contraire l'enterrer comme un secret bien gardé ? »

*

Sur la photo de l'enterrement d'Aleksandr, j'ai cherché Kolya. Il marchait juste derrière la camionnette, au premier rang. Encore jeune, le visage mince et anguleux. Il regardait fixement devant lui en marchant au bras de tante Lena et de tante Nadia, qui elles-mêmes tenaient la main de leurs autres sœurs. Toutes pleuraient dans leur mouchoir.

« En même temps qu'il flottait sous la glace, Aleksandr se trouvait donc ici, dans le palais. Il était entré d'une manière ou d'une autre. Je n'avais pourtant pas laissé la porte ouverte, ni entendu frapper. Au début, je ne le voyais pas. Il y avait juste ces bruits qui me parvenaient, surtout la nuit, de la cantine. À l'époque, je dormais sur un divan très chic dans le magasin des accessoires du théâtre. J'avais peur, ces nuits-là, je croyais que c'était un haut dignitaire du Parti qui allait me punir pour avoir pissé sur la moquette de Koba. Mais un beau matin, je l'ai aperçu, attablé au restaurant. Complètement ivre. Ivre et en colère. Affalé sur sa chaise, il était en train de boire de la vodka et de manger du *salo*, avec des cornichons. "Personne n'est venu à temps pour me récupérer, m'a-t-il dit. Les deux autres étaient tellement occupés à se raconter des blagues sur les Ukrainiens qu'ils ne m'ont pas entendu couler." Sa voix sonnait creux, comme si on lui avait plongé la tête dans un seau. Et il était trempé jusqu'aux os, même lorsque je lui ai retiré son uniforme pour le rhabiller avec des vêtements secs. Tout le département des costumes y est passé : tenues d'officiers, robes de gala, toges, panoplies de Cosaques... Jusqu'aux tentures et aux rideaux du décor ! Il n'était pas changé depuis trente secondes que l'eau commençait déjà à imprégner le tissu par le bas, des ourlets aux épaulettes, on aurait dit qu'elle suintait de tous ses pores, qu'elle voulait s'échapper au plus vite. Au bout de quelques minutes, il dégoulinait de partout. Pas très fort, mais on entendait en permanence des gouttes qui tombaient sur le sol. Pourtant, nous avons tout essayé. Un exemple : sous les fauteuils du grand auditorium, il y a des bouches d'aération reliées à une soufflerie. Alors nous sommes allés dans la salle des machines, nous avons mis le système en route, mais non, rien n'y a fait, Aleksandr ne séchait pas. Et pour comble de malheur, il oubliait tout le temps où il était. D'après lui, sa mère l'attendait dehors, près du palais, pour le ramener à la maison. Il disait qu'elle se trouvait devant l'entrée du métro, à la station où il était descendu dans les jours qui avaient précédé son envoi en mission. Lena et lui rejoindraient la gare de Kiev et prendraient le train pour Stanytsia, dans la banlieue de Lougansk, où notre famille s'était installée après la Grande Guerre patriotique. Il parlait sans arrêt de l'étoile rouge qu'il recevrait à son retour et des retrouvailles avec sa femme et sa fille. Dès que je tentais de lui faire comprendre qu'il était mort, il se mettait à me jeter des objets ou à vouloir se battre avec moi. Une fois, il m'a pourchassé dans les couloirs avec une chaise de restaurant. Je ne faisais pas le poids, évidemment, car il était beaucoup plus jeune et plus musclé que moi, pauvre maigrichon. Et puis, dans ses accès de rage, il ne sentait pas sa force. Il fallait que je sois plus vigoureux que lui. À partir de ce moment-là, c'est devenu sérieux, cette histoire de métamorphose. J'avais besoin de ce pouvoir pour aider mon petit-fils à passer de l'autre côté.

– Et Kolya ? Vous ne pouvez pas le faire traverser ?

– Non. Aleksandr avait simplement perdu ses repères, tu comprends ? Je me suis borné à lui répéter qu'il ne s'agissait pas d'un rêve étrange, qu'il ne délirait pas, que ce n'était pas la conséquence d'avoir tant combattu et tué. Une fois qu'il en a pris conscience, eh bien, tout s'est arrangé : ses vêtements ont séché, sa voix est redevenue normale. Après m'avoir serré dans ses bras, il a ouvert la porte du hall d'accueil et s'est fondu dans la masse rouge et noir. Dehors, c'était le printemps, on entendait chanter les rossignols. Pour Kolya, ce n'est pas la même chose : il sait qu'il est mort, mais il refuse d'être inhumé dans ces conditions. Aleksandr a été enterré chez lui, au pays. Son vrai pays. Pas dans l'entre-deux.

– Mhh ?

– Quand le corps d'Aleksandr est rentré à Stanytsia Louganska, tout le monde se tenait du même côté. Notre famille était encore unie. Aujourd'hui, nous nous désagrégeons et notre territoire est en pleine confusion. Kolya ignore dans quelle terre il repose. Tu l'aideras peut-être en lui remettant ce linge. Il verra ainsi que nous nous sommes déjà souvent trouvés dans l'entre-deux. »

Nous prenons un escalier roulant. Ce palais me donne le tournis, chaque étage est plus extravagant et plus pompeux que le précédent, ça n'en finit pas. Encore et toujours ces plafonds en dôme, ces fenêtres vertigineuses, ces statues et ces plantes exotiques de mauvais goût, ces étoiles rouges encastrées dans les murs, ces plaques de marbre en hommage aux héros, ces tableaux de dirigeants et de militaires au combat, ces hommes et ces femmes originaires de toute l'Union soviétique, chantant fraternellement. L'escalator est haut, nous montons pendant une bonne minute, voire une minute et demie. Nikolaï pianote sur la main courante en caoutchouc. Deux marches derrière lui, je regarde son dos, sa chemise sortie du pantalon. Je place mes doigts au bas de ma colonne vertébrale, tâtonne à la recherche du même endroit où la flèche, tout à l'heure, perçait son pelage blanc. Je ne sens rien.

« Est-ce que je t'ai déjà dit qu'il s'était barricadé là-haut ?

– Hein ? Qui ça ? »

Les personnages de mosaïque ont les bras de plus en plus chargés de pain et de blé. Ils s'y cramponnent comme à des bouées de sauvetage. Derrière la foule joyeuse qui défile sur ma gauche, je vois se creuser des lignes sombres. Des tranchées, des fossés. Et plus loin, à côté d'hommes travaillant dur au pied d'une montagne de betteraves, gisent des fusillés. Ils sont entassés comme des troncs d'arbres, comme les soldats polonais que Tolia, dans le cimetière de Zadwórze, avait séparés en les faisant rouler un par un. J'essaie de ne pas quitter des yeux le tas de betteraves, j'espère qu'il y aura des gens qui se lèveront pour réveiller les autres et les remettre debout.

« Je l'entends parfois qui descend, discrètement – les escaliers mécaniques s'enclenchent et ses pas résonnent dans le couloir. Il mange toujours seul et il nettoie tout derrière lui.

– À quoi est-ce qu'il ressemble ? »

Je pense à son visage dans le cortège funèbre. Et à la photo que ma mère m'avait envoyée quelques mois avant qu'il meure. C'était le seizième anniversaire de sa fille. La maison était entièrement décorée de guirlandes et de ballons roses. Avec fierté, il la serrait contre lui, le bras passé autour de son épaule.

« Tu ne l'as jamais vu chez toi, aux Pays-Bas ?

– Il est venu deux ou trois fois quand j'étais petite. »

Je le revois sur le canapé en cuir de mes parents, à Rotterdam. Le matin, en survêtement, tasse de café à la main, fatigué par une nuit trop brève. Ces courtes nuits-là, je les écoutais du fond de mon lit : le brouhaha des sonorités russes, les éclats de rire de mes parents, de mes oncles et tantes, de mon grand-père et de ma grand-mère. Mais celui qui riait le plus fort, c'était Kolya. J'entendais les bouteilles de bière et les verres de vodka claquer sur la table, les cris de joie fuser lorsque quelqu'un avait raconté une bonne blague ou gagné une partie de cartes. Et ce survêtement me faisait une forte impression. Quand on prenait le train pour aller à la mer, au parc d'attractions ou voir les champs de tulipes, je regardais Kolya se mouvoir dans son jogging. Il marchait droit, le torse bombé, parfois il me tenait la main comme un grand frère. Il me parlait en russe, me hissait sur ses épaules, partageait ses frites avec moi sur le chemin du retour, à la fin de la journée.

« Mais ce n'est pas ce que je voulais dire : de quoi il a l'air maintenant ? Il est dans quel état, physiquement ? »

Nous atteignons le quatrième étage. À la sortie de l'escalator, je vois en face de moi un long couloir s'inclinant vers la gauche. Et, à nouveau, des portes à l'infini. J'ouvre la première qui se présente et me retrouve devant un simple bureau accompagné de deux chaises tout aussi rudimentaires. Sur le bureau, il n'y a qu'un téléphone blanc sans touches ni cadran, qui ne peut que recevoir les appels. L'unique fenêtre donne sur un mur gris, haut de plusieurs centaines de mètres. Cette pièce ressemble à une salle d'interrogatoire comme celles de la Stasi, à Berlin. Avec, ici aussi, un joli papier peint à fleurs. « Ils faisaient ça pour que les prisonniers pensent à leur foyer, à leur famille, et qu'ils avouent plus vite », m'avait raconté mon jeune guide. J'ai eu le droit de m'asseoir quelques instants, le temps qu'il prenne une photo de moi décrochant l'écouteur.

« Comme à la mort d'Anna, le lendemain du rêve d'Aleksandra, c'est ma mère qui a dû nous transmettre la nouvelle. Au téléphone, je la comprenais à peine. Elle respirait si lourdement et elle reniflait tellement que j'ai été obligée de lui redemander deux fois ce qui se passait. "On a retrouvé Kolya. Tout près de chez lui, dans les buissons. Il était à côté d'un autre homme d'affaires, mort lui aussi. On n'a pu l'identifier que grâce à son alliance, ils ne l'avaient pas prise, ou n'avaient pas réussi à l'enlever." C'est ce que m'a dit ma mère. »

Nous levons les yeux vers le mur d'en face. Le papier peint fleuri contraste bizarrement avec tout ce gris à l'extérieur.

« J'avais beaucoup de mal à me représenter les choses. Alors je me suis mise à chercher sur Internet des images de la guerre. J'ai trouvé des vidéos de bâtiments désaffectés dans lesquels des hommes étaient frappés, passés à tabac, couverts d'insultes et de crachats. J'ai vu un commandant de la nouvelle république qui cognait sur un garçon, et encore, et encore, jusqu'à ce que, sur le plan suivant, on retrouve le garçon allongé dans une mare de sang, mort, à côté d'un char d'assaut. Je suis tombée sur des photos d'immeubles carbonisés, le même type d'immeuble où habite Klava, à Odessa. Certains étaient totalement démolis. Devant, sur le trottoir, il y avait trois corps. Dispersés autour d'un kiosque où on vendait des journaux, des bonbons, des cigarettes. Les habitants de Stanytsia Louganska regardaient la scène, sidérés. Un cabas à la main, ils fixaient ces gens à terre qui leur ressemblaient, qui portaient comme eux des vêtements ordinaires et pas un uniforme de l'armée, avec le drapeau de la République sur le bras. Non, juste des tee-shirts, des bermudas, des tongs. L'une des victimes avait le coude complètement ouvert, je pouvais voir ses muscles, ses tendons et ses os. En dessous, c'était plein de sang. On aurait dit que tous ces spectateurs se trouvaient en présence d'eux-mêmes, de leur possible mort, et qu'ils ne savaient pas de quelle façon réagir. Ils paraissaient se méfier de ces cadavres, comme si c'était risqué de les toucher, comme si ça pouvait eux aussi les mettre en danger. »

Nikolaï évite mon regard et se tourne vers le papier peint à fleurs, pose une main sur le motif en relief. Lorsque je fais un pas vers lui, il soupire.

« Ce que ta mère t'a dit au sujet de l'alliance... Cela résume un peu la situation.

– Pourquoi vous tournez autour du pot comme ça ?

– Une fois que nous serons là-haut, tu le verras par toi-même. S'il ouvre la porte, ce qui m'étonnerait fort. »

Je passe devant lui pour retourner dans le couloir. Le bureau d'à côté est strictement identique, à part la couleur du papier peint et le modèle du téléphone.

« Imagine-toi être née dans un pays où on t'apprend dès l'enfance un certain tour de magie. Les instructeurs sont très sévères, ils ne laissent passer aucune faute et réussissent à obtenir de toi une exécution impeccable. Et là, juste au moment où tu maîtrises parfaitement ce numéro, ils te punissent pour l'avoir accompli et t'en apprennent un autre. Nous sommes devenus fous, Lisa. Dois-je vraiment te décrire à quel point on l'a esquinté ? Il ne devrait même pas être ici ! Comme le disait si justement Oleg : beaucoup trop de sang a été versé pour rien sur cette terre, le sol doit pouvoir se reconstituer, se purifier, prospérer à nouveau. Mais on ne lui en laisse pas le temps. »

*

La gare de Lougansk est bien plus importante que le simple arrêt qui dessert le village. Ici, les deux voies ont même un quai chacune. Aleksandra aide Baba Mari à descendre leurs affaires. En dernier, elle attrape le balai. Drôle de chose à emporter, se dit-elle, mais Baba y tenait. Leur nouvelle maison n'est pas très loin, à cinq minutes de marche seulement. Lorsque Nikolaï leur ouvre la porte pour les laisser entrer, il ne les regarde même pas en face. Baba Mari l'embrasse sur la joue, puis se faufile à l'intérieur. Elle inspecte les lieux : une table, deux chaises, une seule tapisserie au mur, le grand lit d'Anna et de Nikolaï, que jouxte un lit plus petit. Nastia est allongée sur le matelas au-dessus du poêle maçonné. Elle esquisse un salut de la main. Son visage est blanc comme un linceul.

« Bonjour sœurette, bonjour grand-maman. Vous voilà enfin, murmure-t-elle.

– Oh mon Dieu, s'affole Baba.

– Nous aurons bientôt des tabourets en plus, dit Nikolaï en pointant du doigt vers la table. Un de mes amis à l'usine en fabrique après le travail. J'ai promis de lui coudre un manteau en échange. »

Il a l'air fatigué. Son visage n'est plus aussi hâlé que les étés précédents. Lorsqu'il voit Aleksandra regarder ses joues, il les frotte doucement avec ses poings pour leur donner de la couleur.

« Nous n'avons pas beaucoup de lumière à l'usine, plaisante-t-il. Mais on s'habitue. On s'habitue.

– La pièce d'à côté est pour toi, maman, précise Anna. Tu devras dormir entre les bocaux à conserve, mais au moins, tu seras tranquille. »

Aleksandra s'introduit dans la chambre pour voir où Baba Mari va dormir. L'espace est occupé par un lit étroit et une demi-douzaine de cageots recouverts de torchons blancs. Ma grand-mère soulève un coin de tissu, curieuse de savoir ce que contiennent les cageots. Pas grand-chose, en fait : quelques pommes de terre et un peu de betteraves.

« Qui habite chez nous, maintenant ? chuchote Anna à sa mère.

– Des nouveaux paysans. Ils ne peuvent rien faire de leurs dix doigts, c'est une vraie pagaille dans les champs ! Je n'ai pas non plus revu Dima depuis un bout de temps. Il était très amaigri. Au fait, où est Rébus ?

– Dehors, derrière la maison. Nous devrons peut-être nous séparer de lui, maman, ajoute Anna en baissant encore la voix.

– Les choses vont-elles donc aussi mal qu'au village ? Là-bas, les "brigadiers" contrôlent tout. Ils ont cassé toutes les meules, tu imagines ? Pour que personne ne puisse plus moudre quoi que ce soit. Quelle honte... Au début, ils patrouillaient à pied, mais maintenant, ils vont à cheval, rien ne leur échappe. Même des gamins qui ramassent une pauvre pomme de terre dans un champ reçoivent une raclée. Oleg passera plus tard vous apporter la machine à coudre, quand ce sera plus calme. Il y a trop de risques à la déterrer pour le moment. »

*

Nikolaï prend place derrière le bureau, tournant le dos à la fenêtre. Je m'assieds en face de lui. Je repense à Andriy dans le jardin de sa datcha, lorsqu'il m'a emmenée à l'écart et qu'il m'a offert une tomate. « Tiens, mange. » J'ai pris une bouchée. Le jus gouttait sur mon tee-shirt et sur mon pantalon. Nous regardions la mer Noire et je faisais mon possible pour entendre les vagues s'écraser sur le sable.

« Nous sommes à la fois les victimes et les bourreaux, a commencé Andriy. Les deux en même temps, le rouge et le noir. Moi, je suis un bourreau pour mes frères de l'Est. Et eux sont les miens. Notre sang coule de plus en plus entre nous, il nous sépare comme le Donets nous sépare sur une carte géographique, mais aussi dans la réalité. Plus que jamais, la frontière est là. Je ne sais pas si nous pourrons un jour nous réconcilier. Je ne sais pas si Vitya sait que Kolya a disparu. Je ne sais même pas non plus où est Vitya. Il doit protéger Kolya. J'espère qu'il pourra le sauver, le repêcher quelque part. Pas besoin qu'il nous dise où. Du moment qu'il le ramène. C'est la seule façon de conjurer cette division, Lisa. Autrement, comment allons-nous pouvoir retourner chez nous ? »

Nikolaï et moi regardons le téléphone sur le bureau.

« Ce soir-là, à table, il y avait un silence de mort. Mari avait apporté notre vieille nappe, c'était un peu de la vie d'autrefois qui revenait, mais je pensais aussi aux deux *komsomoltsy*, à leur je-m'en-foutisme. En mangeant, nous jetions tour à tour un coup d'œil au lit-poêle sur lequel était toujours allongée Nastia. Le matin même, j'avais tressé ses cheveux blond pâle en couronne traditionnelle, presque comme un nid d'oiseau. Nous avions espéré, Anna et moi, qu'elle se rétablirait. Il faisait plus chaud, notre potager avait donné davantage. Mais on aurait dit que le soleil, la chaleur et la nourriture ne suffisaient pas après la rigueur de l'hiver et les températures un peu trop fraîches du printemps. Son corps était à bout. »

« Elle a dû attraper quelque chose dont nous ne pouvons plus la débarrasser. Le mal s'est glissé sous sa peau. Les tisanes et les décoctions ne servent à rien, Anna s'est même tournée vers une religieuse qui officie en cachette – aucune amélioration, raconte Nikolaï à Aleksandra. Ici, toutes les denrées alimentaires s'achètent avec des bons de rationnement. Nous faisons de longues journées, mais notre travail est moins dur que celui des mineurs et des métallurgistes, qui ont droit au plus grand nombre de tickets. »

Il baisse les yeux et prend la main de sa femme. Anna referme les doigts sur les siens, lui caresse le bras. Ma grand-mère regarde les mains de son père, la peau qui ressemble à l'écorce d'un vieil arbre. Ce n'est que maintenant qu'elle s'aperçoit, à la lumière des bougies, combien la forme de son visage a changé pendant les mois de leur séparation : il a de grandes poches bleu foncé sous les yeux, en demi-cercle, comme le hamac qu'on accrochait l'été entre deux pommiers dans le jardin de la ferme.

Lorsque tombent les premiers flocons, Nastia se met à tousser de plus en plus, ses poumons se remplissent péniblement, par à-coups. Et elle dort, des jours durant, sous les grosses couvertures que Baba Mari a trouvées au marché.

« En dehors des heures de travail, quand mon père ne fabriquait pas des manteaux à l'usine, il faisait de la couture chez nous, s'est rappelée Aleksandra. Ce n'était pas encore à Stanytsia Louganska, où cette photo a été prise et où mes parents se sont installés après la guerre. C'était en ville, dans la maison où j'ai grandi. Mon père confectionnait des vêtements chauds pour Nastia et pour plein d'autres gens, étant donné que ma mère n'avait pas tardé à se faire des amis là-bas. Il utilisait toutes les chutes de tissu qu'il pouvait dénicher : des petites, des grandes, des morceaux déjà coupés pour autre chose, du cuir sali pendant le transport... Je le vois encore travailler dans la grande pièce, pendant mon premier hiver à Lougansk, sur le manteau de Vassili, un camarade de classe de Nastia. C'était un grand échalas, très blond comme elle, et avec un nez de boxeur. Plusieurs après-midi par semaine, il profitait des brefs moments où elle était réveillée pour venir lui parler. Baba se mettait systématiquement à pousser des soupirs et à râler quand elle le voyait arriver avec son allure d'escogriffe : "Tu as beau être maigre comme un clou, il n'y a pas assez de place pour toi ici." Sur ce, elle partait dans sa chambre en prenant soin de refermer la porte d'un coup sec. Ah, ma grand-maman... Qu'est-ce qu'elle pouvait être rude, parfois. »

« Il la fatigue, il la rend plus chétive qu'elle ne l'est déjà », peste Baba un soir, après le départ de Vassili. Aleksandra est assise à table avec sa cousine Douchka, qui lit un livre illustré d'étranges dessins.

« L'histoire est complètement farfelue, murmure Douchka pour ne pas irriter Baba Mari. Il y a un garçon qui se transforme en avion et une vache qui lui barre la route. Ça ne tient pas debout, tu es d'accord ? »

Elle pose le doigt au milieu d'une page :

« Tiens, écoute ça : *Mikhaïl courut après Vasko jusqu'au bout de la rue en criant : "Holà ! Je ne suis plus Mikhaïl ! Faites tous très attention ! Je ne suis plus Mikhaïl ! Je suis un avion soviétique !"* Incroyable, non ? »

Aleksandra relit le passage.

« *Je suis un avion soviétique*, chuchote-t-elle.

– Je n'y comprends rien, Choura. Ce Mikhaïl voit des choses qui n'existent pas. »

Aleksandra repense aux cerfs de Baba Mari, mais se garde bien d'en dire un seul mot.

« Comment peut-on se changer en avion ? Et si ce garçon peut le faire, pourquoi pas moi ? Ou Nastia ? »

Et Douchka commence à énumérer encore plus d'objets et d'animaux dans lesquels on pourrait se transformer : un cheval, un seau, un maillet, une betterave, une pomme de terre, un train, un palais. Nastia se tourne sur le flanc et regarde sa cousine.

« Un palais, dit-elle doucement. Un palais, voilà qui me plairait bien. »

*

« Je n'en finissais pas de travailler à ce manteau », avoue Nikolaï.

Il ouvre les tiroirs du bureau et en sort deux photos d'identité. Une inconnue nous regarde de face. Dans les coins de l'image, des chiffres sont griffonnés à l'encre noire.

« Ta grand-mère faisait tous les soirs la même chose que Vassili pendant ses visites : elle allait s'asseoir à côté de Nastia et lui racontait sa journée à l'école ou en ville. Je voyais bien que notre fille aînée s'efforçait de ne pas donner à sa sœur l'impression qu'elle était trop fatiguée pour écouter. Au moment où j'allais terminer le manteau de Vassili, elle ne parlait déjà presque plus. Chaque point d'aiguille semblait lui enlever encore un peu de ses forces. Et la liste d'attente pour les médicaments ne raccourcissait pas, au contraire : les gens qui bénéficiaient de relations bien placées nous passaient devant. Vassili venait de plus en plus souvent nous apporter à manger. À côté de ses études de pilote d'avion, il travaillait plusieurs soirs par semaine dans une salle de théâtre. À la billetterie ou au vestiaire. C'est comme cela qu'il réussissait à obtenir un supplément de nourriture. Même Baba Mari s'est mise à apprécier ses bonnes intentions. Elle continuait de le traiter d'âne bâté, mais quand il riait de ses critiques, elle l'imitait de bon cœur. À table, elle s'asseyait à côté de lui en le bousculant un peu pour qu'il lui fasse de la place, mais parfois, elle posait une main sur son genou, ou sur sa joue, et elle lui disait comment préparer des conserves de légumes, broder le lin de noir et de rouge. Un soir, il s'est levé d'un coup et, tout en redressant les épaules dans sa trop grande chemise bleue, il a adressé à Baba un regard plein de gravité. Mari a reposé lentement son aiguille et, de la tête, lui a fait signe qu'elle l'écoutait.

"L'amour n'est pas une pomme de terre qu'on peut jeter par la fenêtre, Baba Mari. Je sais très bien comment ça va. Et ce n'est pas rose..."

Vassili a marqué un silence, puis s'est tourné vers Anna et moi, avant de reprendre :

"Mais je voudrais l'épouser, tant qu'il est encore temps."

Il est allé s'asseoir près de Nastia et lui a susurré quelque chose à l'oreille, ce qui l'a réveillée. Laborieusement, elle s'est redressée sur son matelas et a balayé la pièce du regard. Je n'avais pas vu autant de clarté dans ses yeux depuis des mois. Elle me rappelait Anna le jour de notre rencontre, quand je m'étais pris un coup d'épi de maïs dans la figure. Nous n'avons pas fait d'objections, nous nous sommes mis au travail. Les parents de Vassili ont offert à Nastia une belle pièce de tissu blanc, dans laquelle j'ai taillé une robe. Sur les manches, Baba Mari a brodé les traditionnelles fleurs noires, rouges et bleues. Les gens nous donnaient des petits riens, un peu de blé, des noix, des friandises, du houblon, bref, tout ce qu'on lance sur les mariés pendant les noces cosaques, une fois le pain rompu. Cela me surprenait : ils savaient que j'étais un Cosaque du Don et cela ne les dérangeait pas ? Durant cette période sombre où on se battait devant les boulangeries, cette générosité m'étonnait. Peut-être n'était-ce pas de la générosité, peut-être les donateurs se disaient-ils : puisqu'il s'agit des derniers moments de cette malheureuse, autant respecter la véritable tradition. Le jour du mariage, une camarade de Nastia et une jeune fille du Komsomol sont venues. Vassili avait invité deux de ses amis de l'école militaire. Et ses parents. Oh, et puis sa grand-mère : Baba Tania, une femme d'humeur aussi capricieuse que notre Baba Mari. Ensemble, elles avaient passé la matinée à faire les préparatifs, maugréant sur le destin de Vassili et de Nastia – mais qu'allait devenir ce garçon quand il serait veuf? Oleg, lui, a apporté un magnifique *rouchnik* ancien, brodé de rouge et de noir, avec au centre deux rossignols bleus qui avaient le front posé l'un contre l'autre. Aussitôt entré dans la maison, il s'est agenouillé devant les futurs mariés, assis sur leur chaise, et ils ont levé les pieds pour qu'il puisse glisser ce tissu rituel par-dessous. Vassili a brièvement mis genou à terre et Nastia lui a posé la main sur la nuque. Ensuite, ils se sont mis debout. Vassili ne la lâchait pas, la soutenait à chacun de ses mouvements. Sans broncher, il absorbait toute la tristesse que nous éprouvions ce jour-là, comme un bouchon de laine brute : notre chagrin semblait se dissoudre en lui. La nonne qui avait déjà prié pour Nastia s'est avancée afin de dire quelques mots. Elle était si voûtée qu'on l'aurait facilement confondue avec un vieil arbre tortueux. Lentement, elle s'est inclinée trois fois vers le jeune couple, les mains serrées sur la seule icône qu'elle ait pu sauver de son église. Nastia et Vassili l'ont imitée en se penchant à trois reprises. Personne parmi les invités ne bougeait. Les parents de Vassili, Anna et moi avons attendu que la religieuse ait terminé pour donner nous aussi notre bénédiction aux mariés. À voix haute, nous leur avons souhaité une vie prospère, heureuse, en bonne santé. Puis, tous les quatre, nous avons rompu le pain bénit, le *korovaï*, au-dessus de leurs têtes. »

« Pour confectionner le *korovaï*, nous nous sommes mis en quête du moindre grain de blé », m'a dit ma grand-mère, avant de replacer une par une les lettres et les photos dans la boîte à pain. Le cortège funèbre d'Aleksandr disparaissait peu à peu.

« Tous les matins, on m'envoyait à la chasse aux grains, Niouchka et Douchka faisaient du porte-à-porte dans leur rue, mon père demandait autour de lui à l'usine et ma mère allait une heure plus tôt chez le boulanger pour l'implorer de lui donner un petit supplément. Les grains étaient déposés sur la table, dans une jatte qui se remplissait chaque jour un peu plus. Mon père ne supportait pas de voir tout ce blé à la maison. »

« Je ne pouvais pas m'empêcher de penser à Sergueï gisant au fond de son trou », explique Nikolaï.

« Quand nous avons eu assez de blé pour faire le *korovaï*, il a fallu s'accorder sur les décorations. Tout le monde réfléchissait, le regard concentré sur la jatte. "Des fleurs, des cerfs et des chevaux", a dit ma mère. J'ai déchiré une page de mon cahier et, ensemble, nous y avons tracé les motifs à façonner en relief. J'étais jeune, je ne savais pas très bien dessiner, mes cerfs n'avaient l'air de rien, leurs pattes étaient vraiment bizarres. Ensuite, nous avons moulu les grains pour faire de la farine. À la main. Mon père était allé sur le chantier de l'usine de locomotives et en avait rapporté six pavés. Deux pour chacun de nous. Mes parents et moi, nous avons écrasé les grains de blé en silence. Nastia dormait dans un coin de la pièce. On avait à peine enfourné le pain que ma mère a couru dehors. Je l'ai suivie dans la neige. Elle est allée jusqu'à un terrain vague et elle a rendu tout ce qu'elle avait dans l'estomac. Quand je suis revenue, toute la maison sentait bon. C'était l'odeur de la bénédiction des récoltes, autrefois, à la ferme. Pour cette cérémonie, on faisait le même type de pain rituel, mais dessus, il n'y avait pas de cerfs ni de fleurs, seulement des soleils. Nastia s'est réveillée, elle a souri. Après la célébration du mariage, nous avons tous mangé un petit morceau de *korovaï*. J'ai eu les cerfs, Vassili toutes les fleurs. Nastia n'a pris qu'une minuscule bouchée. Deux semaines plus tard, elle était morte. »

*

« C'est la première d'entre nous qui reposera à Lougansk, j'espère que son corps trouvera la paix sous le sol de cette ville », soupire Baba Mari la veille de l'enterrement. Voilà cinq jours qu'elle ne quitte pas la dépouille de Nastia, couchée dans son cercueil de bois au centre de la pièce, la tête tournée vers la porte et un cierge à ses pieds. Le cierge a été apporté par la religieuse présente au mariage. Elle est venue le premier soir après la mort de Nastia. « Ne t'attarde pas ici, ma fille, et que ton passage soit sûr », lui a-t-elle dit, et elle a fait un signe de croix. Aleksandra est assise en face de Baba, près de la flamme. Elle a sommeil, mais elle veut rester encore un peu avec sa sœur, la regarder. Baba Mari caresse le front et les cheveux de Nastia, observe Anna et Nikolaï qui, coudes sur la table, ont la tête dans les mains. Vassili arrive. Il pousse doucement la porte et la referme derrière lui sans faire de bruit.

« Je viens te relayer, sœurette, dit-il à Aleksandra en lui indiquant le petit lit placé dans un coin de la pièce. Je reste ici pour la traversée. »

Cette nuit-là, en rêve, Aleksandra se tient dans un champ près de leur ancien village. Le sol est blanc, exactement comme durant l'hiver où Nastia est partie pour Lougansk avec ses parents. Au loin, vers le vieux moulin, elle voit Nastia couchée dans son cercueil. Elle s'approche. La neige lui fouette le visage, par instants le cercueil s'efface, puis reparaît. Au moment où elle est presque parvenue auprès de sa sœur et s'apprête à lui parler, trois cerfs blancs lui barrent la route. Une flèche d'or, aussi lumineuse qu'une torche, est piquée dans leur dos. Les bêtes sont si grandes qu'Aleksandra pourrait se glisser entre leurs pattes pour rejoindre le cercueil. C'est ce qu'elle tente de faire, mais avec leurs bois, les cerfs la repoussent. Elle s'élance sur le côté, essaie de trouver une brèche : peine perdue. Quand, de guerre lasse, elle s'assied finalement par terre, les animaux vont se poser en demi-cercle autour de Nastia. Deux d'entre eux tordent le cou pour regarder leur flèche, qui dégage une chaude lueur. Ils ne cherchent pas à lécher le mince filet de sang apparu sur leur pelage blanc. Les trois cerfs illuminent le champ plongé dans l'obscurité. Leur corps fume sous le froid qui s'évapore. Pendant un temps, Aleksandra et les bêtes se font face, immobiles, comme pour une concertation silencieuse. C'est alors que Nastia se redresse dans son cercueil. Elle a les mêmes joues roses que le dernier soir à la ferme. Son visage est plein, son regard tranquille, joyeux. Elle lance un sourire fugace à sa sœur et, claquant de la langue, fait signe aux cerfs de se lever. Puis, avec précaution, elle se met debout, sort du cercueil, caresse l'encolure des animaux. Elle se hisse sur le dos de l'un deux et, une fois à califourchon, salue de la main. Aleksandra a beau courir de toutes ses forces, les cerfs sont plus rapides qu'elle. Ils accélèrent d'un coup et disparaissent dans la nuit.

Quand, le lendemain matin, au réveil, Aleksandra regarde le corps de sa sœur, les trois cerfs sont à nouveau installés autour du cercueil. Leur souffle produit des petits nuages blancs dans la pièce.

« Habille-toi, Choura », lui dit Nikolaï. Il desserre à peine les mâchoires en parlant. Anna lui a taillé la moustache aux ciseaux, ses sourcils noirs de jais tranchent avec ses yeux bleus.

Après avoir boutonné le manteau de sa petite-fille, Baba Mari lui demande :

« Tu veux bien faire en sorte que les bêtes viennent avec nous ? »

Le visage tout contre celui d'Aleksandra, elle lance un regard furtif de côté en direction des cerfs, qui se sont maintenant levés.

« Ton père ne les voit plus à cause du chagrin, alors il faut que quelqu'un le remplace aujourd'hui. »

Nikolaï, deux voisins, Oleg, Vassili et son père se chargent du cercueil et vont le déposer sur une carriole qui attend dans la rue. Les cerfs suivent. Aleksandra leur tient la porte. Les animaux baissent la tête au moment de franchir le seuil, puis se mettent en marche derrière le véhicule tiré par Rébus.

« Tout le monde est là », chuchote Baba. Aleksandra referme la porte.

RÉPUBLIQUE POPULAIRE DE LOUGANSK
1er septembre 2014

Le jour où Aleksandra, que nous avions longtemps crue sacrifiée à la Grande Guerre patriotique, fête son anniversaire, Kolya et sa cousine Ioulya roulent vers une ancienne mine de charbon. En ville, il n'y a aucun réseau. Le courrier postal n'arrive pas, il est impossible d'envoyer des e-mails. Le marchand de primeurs à côté du magasin de Kolya lui a parlé d'un endroit un peu excentré où les communications passaient. Notre descendant, tout comme nous, a longtemps hésité, mais s'est finalement décidé à demander des précisions à son voisin. L'homme lui a indiqué un point en hauteur à quelques minutes de route, sur un vieux terril.

« C'est rare qu'il y ait quelqu'un là-bas, donc pas la peine de craindre les oreilles indiscrètes. »

Kolya et Ioulya arpentent le sommet du terril pendant un moment, brandissant leur téléphone et scrutant les barres de réseau.

« Aaaah ! » s'écrie soudain Ioulya. Elle montre l'écran avec air de triomphe, ouvre aussitôt son répertoire, appuie sur « tante Aleksandra » et attend que la sonnerie se déclenche. Elle met le haut-parleur tandis que Kolya se penche vers l'appareil.

« Allô ? » répond Aleksandra.

Sa voix est claire malgré l'heure matinale. Kolya et Ioulya s'exclament en chœur :

« *Tiotia ! S dniom rojdenia !*

– *Ahhh ! Eto kto ?*

– *Ioulya i Kolya.*

– Oh, c'est gentil d'avoir pensé à moi, les enfants ! Comment allez-vous tous les deux ? Vous êtes en sécurité ?

– Tout va bien ici, ma tante, ne vous faites pas de souci. Nous sommes en bonne santé, la famille aussi. Tous nos vœux pour votre quatre-vingt-dixième anniversaire ! Et comment ça se passe, avec les trois sœurs à la maison ?

– Ah, ça, vous les connaissez, hein, mes petites Klava, Lida et Nina. Têtues comme des mules, je ne peux rien leur payer, même pas un cornet de glace ! Elles aimeraient rester plus longtemps ici, mais leur maison leur manque. Et Nina se languit de vous, m'a-t-elle dit. À propos, est-ce que vous prenez bien soin d'elle ?

– On fait ce qu'on peut, *tiotia*.

– Elle a beaucoup maigri. Il faut toujours qu'elle passe la frontière pour aller chercher sa retraite ? Et comment vont les légumes de son jardin ?

– Nous allons y passer tout à l'heure, voir ce qu'il y a à récolter. Et pour aider son amie Olia, qui garde la maison.

– Ah ! Ravie de l'entendre.

– Est-ce qu'on va vous revoir par ici un de ces jours ?

– J'aimerais bien, les enfants, mais d'après Nina, c'est trop dangereux. Pas vrai ?

– Mais non, ça va encore... Ça va encore.

– Si vous le dites. Mais soyez prudents.

– Oui, oui, ma tante.

– Bien. Je vais y aller, vous avez sûrement autre chose de prévu aujourd'hui. Faites attention à vous, promis ?

– C'est promis. *Poka poka.*

– *Poka poka !* »

Ioulya raccroche et tourne les yeux vers Kolya, encore occupé à agiter la main devant le téléphone, un geste qu'Aleksandra ne peut pas voir de toute façon.

« C'est pas la peine de lui mentir, gronde Ioulya. Elle regarde les infos à la télé, non ? Elle parle de temps en temps à Andriy, à Nina. Elle doit bien savoir que Vitya s'est enrôlé chez ces tarés de la gâchette. »

Kolya secoue la tête en signe de désapprobation et commence à redescendre vers la voiture.

« On n'a même pas besoin de lui dire quoi que ce soit. Elle est d'ici. Elle comprend les codes. »

Il est presque arrivé à la voiture lorsque le téléphone de Ioulya se met à sonner. Elle remonte en haut du terril et décroche. Nous savons déjà qui l'appelle. Nous avons tout vu. Nous sommes souvent témoins de scènes terribles durant nos patrouilles de surveillance : des maisons qui brûlent, des maisons qui s'effondrent, des maisons que l'on pille. Parfois, nous pouvons faire quelque chose, effrayer ou chasser des personnes malintentionnées, mais cette fois-ci, c'était trop fort pour nous. Nous avons senti l'obus traverser notre pelage en sifflant, puis éclater plus loin en dizaines ou même en centaines de morceaux. Là-bas, dans le jardin de Nina, nous étions impuissants. Aucune flèche d'or, aucune ramure, même pas notre harde au complet, celle des Popov-Krasnov, n'aurait su empêcher ce malheur. En un clin d'œil, tout a été renversé, brisé, anéanti. La terre se consumait, la véranda était sens dessus dessous. Dans le jardin, à la place des plants de tomates, il y avait un cratère si profond que notre Nina aurait pu y tenir debout si elle ne s'était pas trouvée aux Pays-Bas, avec Lida et Klava, chez leur sœur Aleksandra.

« Dieu soit loué », avons-nous soupiré de soulagement. Jusqu'à ce que nous allions voir dans la cuisine. Là, sur le sol, nous avons découvert Olia, l'amie de Nina, qui gardait la maison en son absence. Elle tenait un épluche-légumes entre ses doigts. Dans son ventre était fiché un morceau de métal, brûlant comme le fer qui sert à marquer le bétail. Nous n'avons pas pu le retirer. Nous ne pouvions rien faire. Olia respirait difficilement, secouée de spasmes, prenant de grandes bouffées d'air, et puis plus rien. Nous nous sommes agenouillés près d'elle, au milieu du sang et des pommes de terre grenailles. Elle s'est tournée sur le côté, nous a aperçus et a souri gentiment.

« Bienvenue, Olia, bienvenue dans le bassin des Cosaques perdus.

– Oh, je vous connais, nous a-t-elle chuchoté. Mon père et ma mère m'ont parlé de vous, il y a très longtemps, avant la Grande Guerre patriotique. Je n'étais alors qu'une enfant. L'époque n'était guère aux contes de fées, mais quand je me suis cachée dans la forêt pour me protéger des bombardiers allemands, je vous ai vus trotter entre les arbres. Ma mère a pointé le doigt dans votre direction et a récité ces vers : *Sous notre peau, nous portons une livrée blanche. Et dans notre dos, une flèche d'or. Nous sommes blessés, mais vivons encore.* »

Au sommet du terril, Ioulya tombe à genoux. Nous la voyons prendre appui sur un bras. Elle aussi vient d'apprendre qu'un obus a détruit la maison de Nina.

« Tout ? demande-t-elle à Lev, le fils d'Olia. La cuisine, le jardin ? Oui. Non. On ne peut pas la joindre, elle est en Hollande, chez sa sœur Aleksandra. Son téléphone ne fonctionne pas là-bas. Et Olia, où est-elle maintenant ? »

Pendant un long moment, sans dire un mot, elle écoute Lev parler. Elle s'assied par terre, colle son portable à l'oreille, pose une main sur son front. Elle pleure. Kolya revient sur ses pas. Après avoir raccroché, Ioulya regarde son cousin dans les yeux.

« La maison de ta mère. Le toit est bousillé, il y a un cratère dans le jardin, plus rien ne tient debout. »

Lorsqu'ils arrivent dans la rue de Nina, il y règne un silence de mort. Aucune voiture ne circule sur la chaussée, aucun piéton ne se promène le long des jardins où d'ailleurs personne ne travaille. Même l'homme qui vend des pommes de terre dans le coffre de sa voiture n'est pas là. Kolya se gare devant la clôture et voit, à travers les barreaux de la grille jaune et bleu, que le toit s'est effondré. Le portail est criblé d'impacts de balles, plus nombreux que la semaine précédente quand il est venu chercher sa mère pour l'emmener au checkpoint. Il appuie sur le loquet, mais ne réussit pas à entrer : un cliquetis de chaîne se fait entendre de l'autre côté. La petite porte latérale, elle, est ouverte. Kolya jette un coup d'œil à Ioulya, partie rejoindre Lev dans le jardin des voisins. Il inspecte le terrain, une remorque est appuyée contre le portail, en barricade. Une plaque métallique et une grosse pierre complètent le dispositif. Le sol est jonché de tuiles, de panneaux d'aggloméré, de bouts de bois, de briques. Les poires sont tombées de l'arbre et ont roulé un peu partout. L'extension sur la partie droite de la maison, déjà en chantier avant l'avènement de la République populaire, tient encore. Kolya pénètre dans le potager. Entre les parcelles de choux et de pommes de terre, il y a un trou large de deux mètres. Le fond est gris, comme les restes d'un feu de camp. Le terrain autour sent le minerai d'argent, le sang et l'herbe brûlée. Tout en bas, un bout de fer et le fragment d'une petite hélice, semblable à celle d'un modèle réduit de bateau, dépassent de la cendre grise. Un autre morceau de métal traîne un peu plus loin, parmi les plants de haricots. Il porte un numéro de série. Kolya le fourre dans sa poche. Arrive alors Ioulya, talonnée par Lev. Il a les yeux rougis de larmes.

« J'avais déjà appelé plusieurs fois, mais ça ne répondait jamais.

– Ça s'est passé quand, Lev ? demande Kolya en désignant le cratère.

– Avant-hier. Ma mère gardait la maison de Nina jusqu'à son retour. Vous étiez au courant, non ? »

Il monte les marches qui mènent à la véranda et ouvre la porte de la cuisine. Kolya et Ioulya le suivent. Nous détournons le regard de ce spectacle que nous sommes incapables de revoir. Kolya reste sur le seuil de la cuisine, observe les lieux. Le toit est percé d'un grand trou. Une poutre pend à moitié, arrêtée dans sa chute par le réfrigérateur. Partout, de petites pommes de terre : sous la table, au pied des murs, contre les placards. Des traînées de sang séché courent sur le linoléum.

« Ma pauvre petite mère... Elle était en train d'éplucher des patates, raconte Lev, les yeux fixés sur les traces de sang. Un éclat d'obus l'a touchée au ventre. »

Ioulya sort de la pièce en claquant la porte derrière elle. Kolya regarde le sol, les murs, le napperon noir, blanc et rouge posé sur la table de la cuisine, et il sent l'acidité remonter dans sa gorge. Il la ravale.

« Maman était âgée, Kolya, on ne pouvait pas la sauver, prononce Lev d'une voix terne. Ta mère aurait fait la même chose pour elle, il y avait des mois qu'elles s'occupaient l'une de l'autre. »

Kolya pose une main sur l'épaule de Lev, qui fond en larmes. Par la vitre cassée, il voit Ioulya vomir dans le jardin. Il attrape une chaise, Lev le retient en lui comprimant les doigts, fermés sur le dossier :

« Pas celle-ci, lui dit-il. Ne prends pas celle-ci. »

« La clé pour comprendre l'architecture des soviets est essentiellement de nature politique ».

Tout en parlant, je passe la main sur la surface du bureau. Nikolaï s'essuie les joues et fronce les sourcils :

« Quels mots compliqués, tout d'un coup…

– Mais non. Écoutez-moi bien : nulle part ailleurs, et encore moins sur une telle durée, le pouvoir n'a exercé une influence aussi directe sur la transformation du paysage. La mort de Nastia aurait pu être évitée si vos dirigeants n'avaient pas voulu faire de la campagne un territoire grandiose et prospère en bien trop peu de temps, et s'ils ne vous en avaient pas chassés. Les fameux palais du Peuple n'étaient justement pas destinés au peuple, ils devaient permettre aux grands dignitaires de paraître tout-puissants lorsqu'ils saluaient les masses depuis leur balcon. J'y ai fait étape, à Moscou, et je me suis demandé ce que j'étais dans cette ville. Un point minuscule ? Une poussière ? En marchant sur les grands boulevards, entre des immeubles gigantesques aux allures de pièces montées, je me sentais… négligeable. Je ne pensais qu'à vous, les gens normaux, qui ne représentiez absolument rien face à des tonnes et des tonnes de béton, de fer et d'acier. À l'époque, on vous a trimbalés un peu partout comme de vulgaires meubles, vous n'étiez pas le peuple, vous étiez en premier lieu une main-d'œuvre nécessaire à cette architecture de l'esbroufe. »

Je prends l'écouteur du téléphone et le colle à mon oreille. Encore et toujours, l'hymne de l'URSS :

Puissante, indivise est l'Union soviétique, par la volonté de ses peuples bâtie ! chante un chœur de voix crachotantes.

« Putain, quelles conneries... »

Je raccroche.

« Nous avions surtout l'impression de contribuer à un système qui nous brisait, se remémore Nikolaï. Plus il fallait produire, plus les disparitions étaient nombreuses. Le plan quinquennal ressemblait davantage à un plan d'effacement. Chaque disparu était remplacé par une pierre, une section de voie ferrée, un barrage ou un train de marchandises. Ils ne mouraient pas vraiment, pas comme Nastia, que nous avions pu veiller, enterrer, honorer en nous rendant sur sa tombe – voilà peut-être pourquoi je ne l'ai pas vue ici, dans ce palais. Elle, au moins, avait eu droit à un dernier adieu, à une place dans notre sol, ce sol témoin de tous nos efforts pour la garder en vie. Ce n'était pas toujours le cas, tant s'en faut. Je pouvais aller à l'usine le matin et ne plus y trouver l'homme qui, la veille encore, travaillait à côté de moi dans l'atelier. Au bout de dix minutes, je savais qu'il ne reviendrait pas. Mes collègues se contentaient de jeter un coup d'œil en passant et de hausser les épaules.

– Et vous n'avez jamais posé de questions ? »

Nikolaï ricane avec amertume. Il ne me regarde pas.

« Si, la première fois. Au contremaître. Il m'a répondu quelque chose comme : c'était un terroriste, un contre-révolutionnaire, un danger pour les autres travailleurs, pour la ville, pour nous tous. J'ai objecté qu'il n'y avait pas d'employé plus loyal que cet homme, qu'il connaissait tout de nos dirigeants, que c'était un vrai communiste. Le contremaître m'a regardé d'un œil vitreux. Je le voyais penser : peut-être bien, mais maintenant c'est trop tard, qu'est-ce que tu veux y faire, Nikolaï Aleksandrevitch ? Le soir en sortant de l'usine, j'ai remarqué une nouvelle fontaine devant le bâtiment d'en face. Après la deuxième disparition, et alors que je n'avais toujours pas obtenu d'éclaircissements, c'est un parterre de fleurs qui avait poussé au coin de la rue. Ensuite, il y a eu une statue, un boulevard dans le centre, un théâtre de plein air. Il me semble que j'étais le seul à m'en rendre compte, je n'en ai jamais parlé, même pas à Anna.

– C'était bâtir pour vous détruire, donc. »

J'ouvre un tiroir. Il contient une pile de photos d'identité en noir et blanc. Deux par personne : un portrait de face et un de profil. Sous chaque visage, il y a un numéro, un nom et une date de naissance. Ces individus ont les traits impassibles. Ils paraissent fatigués, leurs yeux sont vides, ils regardent au-delà de l'objectif. Dès que je saisis une photo, il en surgit deux fois plus. Le tiroir commence à déborder. Je compte maintenant des centaines de visages.

« Lisa ! Mais que fais-tu ? » s'écrie Nikolaï.

J'essaie de rattraper les photos du goulag. Mais plus j'en récupère, plus il y en a qui s'échappent du tiroir. Elles nous sautent à la figure, nous atteignent aux joues et aux bras, certaines nous coupent même la peau.

Nikolaï m'entraîne vers le couloir. J'ai juste le temps d'agripper deux ou trois portraits et de les fourrer dans ma poche. Aussitôt, je ressens une brûlure à la cuisse, les photos sont en train de fondre. D'un geste rageur, je m'en débarrasse aussi vite que je peux tandis que Nikolaï referme la porte derrière nous. Enfin, pas tout à fait : des centaines de photos restent coincées dans l'entrebâillement. J'attrape l'une des chaises du couloir et me sers de son dossier pour repousser la masse des portraits à l'intérieur. Ils me regardent avec un air de reproche. Je balaie, je racle, je presse, jusqu'à ce que nous puissions refermer complètement le battant. Dans le petit bureau, ça se met à faire du bruit, à toquer, à craquer. Des visages se faufilent déjà sous la porte.

« Là-haut, dépêche-toi ! hurle Nikolaï en me faisant signe d'avancer dans le couloir. Par l'escalier, la porte à droite ! »

Dans notre dos, le flot de photos d'identité grossit. On dirait le lit asséché d'un torrent qui se remplit d'un coup après l'orage : en gros bouillons écumants, avec une force colossale. Je me précipite à l'étage au-dessus et arrive dans un autre couloir aux portes innombrables. Lorsque je m'apprête à en ouvrir une, Nikolaï s'interpose. Il m'oblige à continuer mon chemin, à longer ces murs d'où jaillissent des fragments de statues représentant Lénine ou Staline – doigts pointés, visages ombrageux, torses vêtus de manteaux d'hiver, morceaux de presse-papiers en pierre polie. Je m'accroche aux mains qui dépassent, aux grandes moustaches, aux cols de veste et aux pointes des étoiles rouges. Derrière moi, Nikolaï escalade prudemment les débris de sculptures en travers de sa route. Je l'attends au bout du couloir. Ce que j'ai à présent sous les yeux me laisse perplexe. Deux énormes socles. Sur le premier, Lénine est toujours là, mais plus sur l'autre, d'où ont aussi disparu les étoiles soviétiques – tout comme les lettres de son nom, enlevées au burin, même si leurs contours sont encore vaguement visibles.

« Il montre l'Ouest, encore une fois.

– Celui-ci se trouvait à Vorochilovgrad, précise Nikolaï avant de jeter un regard derrière lui, comme s'il pensait que nous étions suivis. Une grande purge venait d'avoir lieu à l'usine – certains contremaîtres, des Soviétiques de la première heure, pourtant, s'étaient évanouis dans la nature. Tout le monde avait l'air surpris, mais la cause de ces disparitions n'était un secret pour personne : ces hommes en savaient trop. Ils savaient que des brigades exécutaient les jeunes Cosaques du Don, ils savaient que des villages entiers avaient été déportés dans le nord de l'URSS, ils savaient où étaient parties les récoltes de céréales. Crois-moi si tu le veux, mon enfant, mais à un moment donné, on a commencé à éliminer les gens qui avaient éliminé d'autres gens. Je me demandais parfois qui allait rester à la fin, car nous avions tous été les témoins de quelque chose. Des témoins silencieux, certes, mais tout de même. Peu de temps après la purge, cette statue était là. Le doigt tendu vers l'ouest, vers le territoire à conquérir.

– Là où Tolia s'était battu après la révolution ?

– Exactement. Conquérir l'Ouest a toujours été le rêve de nos dirigeants. Mais c'est l'inverse qui s'est produit : l'Ouest est venu chez nous, pour occuper nos terres. Le jour où les Allemands et les Italiens sont entrés dans la ville, ils ont immédiatement renversé cette statue de Lénine. Toutes les représentations de lui ou de Staline ont fini au rebut, loin du centre, quelque part dans un jardin de l'administration régionale. »

*

Le lendemain de l'enterrement de Nastia, Aleksandra se rend au marché pour acheter du tissu. Elle doit demander une longue pièce de lin blanc, mais, l'esprit hanté par les cerfs, elle ne parvient pas à se décider. La marchande l'interroge :

« Qu'est-ce qu'elle veut en faire, ta grand-mère ?

– Je ne sais pas vraiment », répond Aleksandra en toute honnêteté.

La commerçante fouille parmi les tissus entassés devant elle.

« Imprimé ou uni ?

– Uni. C'est tout ce qu'elle m'a dit. »

Après quelques coups de ciseaux, la vendeuse flanque deux longs rectangles de toile entre les mains d'Aleksandra.

« Tiens, ma petite, dis à ta grand-mère d'en choisir un et rapporte-moi l'autre. Si c'est un truc pour dégotter des marchandises à l'œil, je ne veux plus te revoir. »

Elle pousse un petit rire.

À la maison, Baba Mari glisse les deux toiles sous son oreiller :

« Nous saurons demain laquelle des deux a le moins bougé pendant la nuit », explique-t-elle à sa petite-fille avant de la pousser dehors et de lui claquer la porte au nez.

Aleksandra pose son oreille contre le battant, dans l'espoir que Baba, qui parle souvent toute seule, aura quelque chose à ajouter. Bien vu :

« Puisqu'il n'y a personne pour conter nos histoires, eh bien, je vais les broder là-dessus, comme un langage secret, une carte de ce que nous sommes et de ce que nous avons été. »

« Le jour du quinzième anniversaire d'Aleksandra, le 1er septembre 1939, à six heures vingt du matin, Baba Mari s'est réveillée en sursaut. La toile de lin n'était plus là », raconte Nikolaï.

Il se retourne encore une fois vers les statues démembrées. Un court instant, il se transforme et arbore à nouveau ses bois d'or, son pelage blanc. J'ai envie de lui toucher le mufle, de le rassurer par une caresse, mais avant que je me décide, mon arrière-grand-père retrouve son aspect habituel et me revoilà en face de l'homme à la grosse moustache noire, aux yeux couleur de ciel.

« Pendant la nuit, la chaleur nous avait tous fait transpirer comme des bœufs dans notre lit. Baba est venue nous réveiller. Elle se tenait au centre de la pièce, dans sa chemise toute collante de sueur. Elle a commencé par secouer Anna, puis moi. On aurait dit une petite fille qui avait fait un cauchemar. Il nous a fallu un certain temps avant de comprendre qui était cette personne debout près du lit. Tous ensemble, nous nous sommes mis à chercher avec frénésie cette toile que Mari ne nous avait jamais vraiment montrée. Elle n'y travaillait que le soir, lorsque nous étions couchés, et la mettait sous son oreiller pendant la journée – nous n'avions pas l'audace d'entrer dans sa chambre. Mais cette fois-là, l'ouvrage était resté sur la petite table devant la fenêtre. À l'aube, une bourrasque l'avait fait voler dans le jardin, où il s'était pris à une branche du pommier. C'est ta grand-mère qui l'a vu en premier, mais elle ne pouvait naturellement pas l'atteindre. Nous étions là, dans nos pyjamas, les yeux encore pleins de sommeil, à regarder le pommier en nous chamaillant : pourquoi fallait-il absolument sauver cette pièce de toile ? Baba ne nous laissait aucun répit. "Rapportez-moi ça tout de suite !" criait-elle. Moi, je voulais d'abord un peu de thé et un morceau de pain, mais Baba Mari devenait de plus en plus rouge, alors j'ai dû grimper sur l'échelle. Dans la lumière du jour qui naissait, nous avons contemplé le rectangle de lin blanc sur lequel couraient des lignes parallèles, brodées en rouge et en noir. Elles commençaient à gauche et allaient vers la droite, en suivant la progression du temps. Chaque ligne était rouge, avec du noir à certains moments, et cessait à la mort de la personne en question. Mari a tendu le linge devant nous, bras écartés, et nous avons découvert la ligne de Nastia, longtemps rouge, puis noire jusqu'à la fin. Au-dessus d'elle, il y avait nos deux lignes, à Anna et à moi ; encore au-dessus, celles de Baba et de Stepan, de mon père et de mon oncle, et en dessous, la ligne de ta grand-mère. Le jeune Vassili, qui repassait de temps à autre chez nous lorsqu'il n'était pas en manœuvre avec l'Armée rouge, avait sa ligne tout près de celle de Nastia, leurs points se touchaient presque. »

*

En me confiant la toile brodée pour que j'aille la porter sur la tombe de Kolya, ma grand-mère a fait ce que Baba Mari avait fait de bon matin, le 1er septembre 1939, à Vorochilovgrad : tenir l'ouvrage à la lumière et raconter l'histoire de ces lignes, du début à la fin. Le rectangle de tissu était si long qu'elle devait écarter les bras au maximum. Quand je me suis aperçue qu'elle se fatiguait, j'ai pris le relais. Les couleurs s'étaient altérées avec les années. Le fil noir que Baba Mari avait utilisé à l'origine était devenu grisâtre, le rouge tirait dorénavant sur l'orangé. Pendant que je tenais la toile à bout de bras, Aleksandra est revenue au point le plus éloigné dans le temps, à l'endroit où commençait la première ligne de la famille, dans le vieux pays, sur la terre ancienne que les mains parcheminées de Baba Mari avaient travaillée à la bêche. Ma grand-mère a ensuite montré du doigt le jour de sa naissance, le 1er septembre 1924. Puis nous nous sommes attardées sur les noms qui côtoyaient celui de son père : Tolia, Petr, Klim, Matveï. J'ai remarqué qu'elle économisait maintenant l'espace qui restait, qu'elle avait réduit la longueur des années, du temps, pour laisser de la place à ceux qui devaient encore naître, à tout ce qui allait encore se passer. Enfin, elle m'a repris le rectangle de toile, l'a plié plusieurs fois sur lui-même et l'a mis sur ses genoux.

« Tu sais, Lisa, ma grand-mère Mari m'a un jour posé une question, il y a bien longtemps – j'étais encore jeune, plus jeune que toi maintenant. Mais puisque tu vas bientôt te rendre sur ma terre natale pour y rapporter cet ouvrage, je te la pose à toi : comment faut-il réagir face aux forces extérieures qui infléchissent nos lignes de vie ? Que faire lorsque ces lignes se dirigent vers des endroits où elles ne devraient pas aller ? Comment capturer dans cette toile les puissances auxquelles nous ne pouvons pas résister ? Est-il donné à des femmes telles que Baba Mari – que Dieu ait son âme – ou moi d'y faire obstacle avec pour seules armes une aiguille et du fil ? »

*

Nikolaï s'assied sur le bord du piédestal pour reprendre son souffle.

« C'est seulement lorsque les Allemands ont détruit cette statue de Lénine que la guerre a vraiment commencé chez nous. Mais nous avions déjà depuis longtemps l'habitude de voir des populations entières passer dans notre ville. Ces gens avaient marché à travers bois pour éviter les bombardements. Ils allaient vers Rostov, vers la Russie. Ils demandaient du pain, un peu de nourriture. Je nous revoyais dix ans plus tôt, chassés de notre village, traînant avec nous nos biens les plus précieux, à la recherche d'un endroit sûr. Parfois, nous leur donnions un morceau de pain, quand il nous en restait. Ou même des tomates, quelques betteraves. Un soir de grand froid, Anna a invité toute une famille à la maison. Notre potager avait été généreux durant cet été 1941. Le père et la mère semblaient usés, miteux. Ils dégageaient un parfum de fleurs – de fleurs capiteuses, pénétrantes, un parfum qui s'enfonçait si loin par mes narines que j'en avais une sensation étrange dans le corps, qui était comme gonflé de partout. Anna et moi n'avions pas une telle odeur, la nôtre était légère, douce, un peu sucrée mais d'abord amère, comme la terre que nous avions cultivée si longtemps et sur laquelle nos enfants avaient grandi. La mère de famille portait une longue jupe entièrement brodée de fleurs aux couleurs vives : pas un morceau d'étoffe unie pour se reposer les yeux. Elle avait aussi, sur les épaules, un grand châle encore plus chargé de motifs. Sa chevelure était noire comme des plumes de corbeau, son regard aussi. Elle nous parlait à demi-voix, dans une sorte de russe mêlé d'autres sonorités. Moins lourdes, moins épaisses. Du polonais, disait-elle. Son mari, dont le soleil avait tellement bruni la peau qu'il ressemblait à une pomme de terre, mangeait en silence. Il regardait tour à tour son assiette et ses trois enfants. Eux-mêmes avaient les yeux rivés sur la nourriture. Ils étaient jeunes. Leurs paupières se fermaient toutes seules. Lentement, très lentement, ils trempaient leur pain dans la soupe de betteraves et le laissaient fondre sur la langue. Aleksandra essayait de saisir des bribes de notre conversation, mais j'arrivais à parler si bas qu'elle aurait presque dû poser la tête dans son assiette pour entendre ce que je disais à cette femme. »

« J'ai appris très jeune que le fait de ne pas savoir certaines choses pouvait aussi me protéger, a dit ma grand-mère.

Ce soir-là, à table, mon père était plus ou moins parvenu à m'exclure de la conversation, mais il y a une chose que j'ai entendue. Avant qu'il ressorte en compagnie de cette femme pour leur chercher encore un peu de pain, à elle et à sa famille, elle a prononcé quelques mots en russe, juste un peu trop fort, en articulant juste un peu trop bien : "Ils emmènent tout le monde. Tout le monde. Ils arrivent avec leurs motos, leurs chiens, leurs mitrailleuses, leurs chars et leurs trains. Et après, il ne reste plus que des villes mortes." J'en suis restée pantoise. »

Nikolaï passe ses doigts sur la partie du socle d'où le nom de Lénine a été effacé. Le soleil ayant toujours éclairé cette face, les lettres sont encore lisibles malgré le travail du burin.

« Oh, le regard que nous a lancé Aleksandra ! J'ai fait sortir cette femme aussi vite que possible et, plus loin dans la rue, hors de portée des oreilles indiscrètes, je lui ai posé la question qui me brûlait les lèvres depuis qu'elle et sa famille avaient débarqué chez nous. Ce n'était pas une femme ordinaire, je veux dire, il n'y avait aucun doute : elle pouvait voir des choses au-delà du temps présent. Mon père et ma mère avaient souvent consulté ce genre de personnes pour leur demander ce qu'allaient apporter les années à venir. Ce que je voulais savoir, c'était si elle pouvait prédire le sort de notre famille alors que la guerre se rapprochait de plus en plus. Une question un peu sinistre, quand on y réfléchit.

– Plutôt, oui. »

Je repense aux deux lettres, signées de lui, qu'Aleksandra conserve dans sa boîte à pain. *Je t'attends comme un rossignol attend l'été*, écrivait-il. Après avoir envoyé cette lettre, en 1953, il est mort. Ma grand-mère habitait alors La Haye. Son premier mari, qu'elle avait rencontré à l'usine en Allemagne, était parti, et elle s'occupait seule de ses deux garçons, mes oncles Peter et Nico, tout en travaillant le soir dans un club de jazz à Scheveningen. Elle vivait dans un deux-pièces qu'elle avait partagé avec Douchka jusqu'à ce que sa cousine retourne au pays.

« Une semaine avant son départ, j'ai fait faire un portrait chez le photographe. Ça m'a coûté toutes mes économies, mais il le fallait. Douchka emporterait cette photo à la maison. Elle dirait à mes parents que j'allais bien, que moi aussi je rentrerais peut-être. Un mois plus tard, au club, ton grand-père m'a abordée. Pour me demander si je voulais bien sortir avec lui un soir. J'ai dit non. Il est revenu à la charge, mais chaque fois, je refusais : j'étais très occupée avec Peter et Nico, je ne parlais pas bien le néerlandais, j'avais un très petit appartement dont j'arrivais tout juste à payer le loyer. Ça ne l'a pas découragé. Il était gentil, délicat. Un après-midi, il s'est présenté chez moi avec une mallette de docteur à la main – pour ma réputation, car il ne voulait pas que mes voisins me prennent pour une prostituée. Il montrait beaucoup de patience envers moi. Il trouvait que mon logement n'était pas fait pour une jeune femme avec deux enfants. Peter et Nico l'ont tout de suite adoré, je ne sais pas pourquoi. Peut-être parce qu'il était tranquille et doux. Nous avons emménagé chez sa sœur avant de nous installer à Dordrecht, où est née ta mère, la benjamine. On était en 1957, je ne pouvais décemment plus rentrer, ma vie se passait ici, aux Pays-Bas, avec ton grand-père, avec mes amies ukrainiennes et russes, qui elles aussi avaient échoué de l'autre côté de l'Europe après leur déportation. »

*

« Mon père ne croyait pas à grand-chose, mais bien aux prédictions. C'est ce que j'ai dit à cette femme : que toute ma vie s'était déroulée selon des présages et des rituels. Mais elle n'a pas voulu. "Cette époque est trop funeste, trop chaotique, trop imprévisible." J'ai insisté. Baba Mari, Anna et moi, nous avions déjà vu et vécu tant de malheurs, alors, que risquions-nous ? Je lui ai parlé de Sergueï, d'Oskar, des villageois qui s'entre-déchiraient chaque fois qu'une brigade venait vanter les mérites de la collectivisation. Je lui ai parlé de Nastia, des paysans à moitié morts qui divaguaient en ville, mendiant de quoi manger, mâchonnant l'herbe des talus sur le chemin de l'usine. Mon interlocutrice a secoué la tête :

"Pour eux, tout est routine. Une atroce routine. Ils sont efficaces, organisés. Ils arrivent avec des listes déjà prêtes, ils savent exactement où chercher. Ils regroupent les gens comme du bétail. Ils rasent les femmes en pleine rue, écrasent les nourrissons contre les coffres des voitures..."

Elle a continué son énumération : les hommes forcés à creuser leur tombe avant d'être fusillés, les enfants qu'on s'amuse à pourchasser, les chiens qu'on lâche aux trousses des jeunes filles, les granges incendiées avec des gens à l'intérieur... Nous sommes arrivés devant la boulangerie et avons pris place sur un banc. Je l'ai suppliée : "Essayez quand même, s'il vous plaît !" Elle m'a demandé si j'étais sûr. J'ai acquiescé. Alors elle m'a desserré les doigts comme on déplie une feuille tombée d'un arbre, avec beaucoup de précautions, et elle a parcouru de l'index mes lignes de la main. Longtemps, elle a scruté les sillons gravés dans ma peau, si longtemps qu'elle a fini par ne plus pouvoir cacher son hésitation, ses doutes sur la nécessité de me dire ou non ce qu'elle voyait. Je me suis penché vers elle, cherchant son regard. Elle s'est détournée de moi. J'ai crié : "Allez, dites-le!" Elle a levé les yeux. Ses prunelles étaient encore plus sombres qu'auparavant. Elle m'a refermé la main. »

« "Vous ne la reverrez plus jamais", a continué Aleksandra en me tendant la lettre noircie de griffonnages. C'est ce que cette femme lui a dit. »

RÉPUBLIQUE POPULAIRE DE LOUGANSK

14 septembre 2014

Aujourd'hui, c'est la fête de la Ville, qui commémore la fondation de Lougansk en 1795. Le grand boulevard central est barré par des cônes en plastique orange. Nous voyons des femmes et des hommes vêtus de gilets fluorescents régler la circulation. Sur le bord de la route, des petits groupes de spectateurs attendent le défilé. Il y a moins de monde que d'habitude – depuis que la guerre a commencé, la ville est silencieuse et déserte. Plus personne ne s'aventure le soir dans les rues. La nuit, nous faisons notre ronde pour vérifier que nos descendants sont en sûreté. Nous allons et venons entre l'immeuble de Kolya, la résidence de Ioulya et la casemate où dort Vitya, fusil-mitrailleur sur les genoux. Il est de plus en plus difficile de parcourir le secteur. La terre est truffée de mines et des explosions accidentelles se produisent parfois. Hier, nous avons vu à la sortie de Lougansk un cimetière de chars brûlés. Nous entendons les habitants dire que ce sera bientôt fini, Kolya murmurer à Larissa qu'il ne choisira son camp que lorsque la sécurité sera revenue et qu'ils pourront à nouveau se déplacer comme ils le veulent, mais rien ne change véritablement. À dire vrai, les choses ne font qu'empirer. Et nous avons de plus en plus de mal à veiller les uns sur les autres. Nous pleurons toujours notre pauvre Igor, sa mort tragique, les atrocités qui lui sont arrivées. À présent, nous guettons comme Kolya le défilé qui est parti d'un faubourg en direction de la place principale. Derrière les barrières métalliques, notre cousin regarde danser un groupe de jeunes gens. À tour de rôle, filles et garçons fléchissent les genoux ou tapent des mains. Leur énergique monitrice lance des instructions par mégaphone. À côté de Kolya et de Larissa, une dame en tailleur rose dodeline du chef au rythme entraînant de la musique. Elle a épinglé des médailles soviétiques sur son sein gauche. Ses lèvres et ses joues sont fardées de rouge. Lorsque Kolya la regarde, elle lui adresse un grand sourire. Dans un coin de la place, comme tous les ans, un homme vend des barbes à papa sur son stand bleu et jaune. Ce sont les friandises préférées de Larissa.

« Je vais t'en chercher une ? » lui demande Kolya.

Elle fait oui de la tête et lui pince le bras : « Comme au début de notre histoire », ajoute-t-elle gaiement.

Tandis que Kolya s'éloigne pour faire la queue devant le stand, une colonne de véhicules apparaît. Nous sursautons. Ce ne sont pas de simples camions, ni des chars de fête, mais des engins militaires. En tête de cortège roule un gros 4x4 noir, cuirassé de telle sorte qu'il ressemble à la Batmobile. Sur les côtés flottent des drapeaux rouges ornés de deux bandes bleues croisées en diagonale. La Batmobile est suivie par un side-car à l'ancienne. Puis vient un char d'assaut transportant douze hommes armés de fusils-mitrailleurs. Il arbore les mêmes drapeaux que le siège de l'administration régionale. Les hommes saluent les badauds avec fierté. Certains sont coiffés de bonnets cosaques : un cylindre de fourrure noire, serti en son centre d'un médaillon rouge et blanc. Ils portent un brassard orange et noir. Un deuxième char passe. Et encore un. Des éléments de roquettes et de missiles sont exposés sur la place. De l'autre côté, face aux jeunes danseurs et aux projectiles de guerre, des gens font la queue pour la distribution de médicaments, de pain ou de soupe. L'eau, tirée de grandes citernes mobiles, est réchauffée grâce à des générateurs avant de servir pour la cuisine. Les camions chargés de nourriture et de produits de soins, tels que des bandages et de la teinture d'iode, sont blancs à l'exception du drapeau russe sur la carrosserie. Kolya revient auprès de Larissa et lui donne la barbe à papa. Elle la tient quelques secondes à côté de la veste de sa voisine et cligne de l'œil. La petite dame applaudit frénétiquement au passage du dernier char. Le véhicule est pavoisé aux couleurs de l'URSS.

DANS LE PALAIS DES COSAQUES PERDUS

Nous poussons une porte, prenons un petit escalier. Celui-ci est très simple, sobre, il ne croule pas sous les dorures.

« C'était pour les hauts dignitaires, lorsqu'ils devaient rejoindre rapidement et discrètement les salles d'interrogatoire, ou quand il fallait passer un appel urgent.

– En coulisses, donc.

– Eh oui, mon enfant, tout se faisait en coulisses à l'époque ! Jusqu'à ce que les Teutons arrivent. Leur méthode, c'était plutôt de crier haut et fort. Par exemple : "En Allemagne, vous aurez du travail et du pain !" Je les vois encore, ils venaient de renverser la statue de Lénine, corde au cou, sur la place principale. Dans leurs mains, ils avaient des listes de noms, agrafées sur des planchettes. Ils me faisaient penser aux "brigadiers" du Komsomol venus fouiner chez nous en 1931, à ce garçon balafré, à Sergueï, estourbi d'un coup de pelle. "Si vous vous comportez correctement, si vous travaillez avec zèle et conscience, vous serez traités de manière juste et digne ! La mort de Staline sauvera la Russie ! Les Allemands vous accueilleront à bras ouverts, vous donneront du travail et du pain ! Pourquoi verser du sang inutilement ? Suivez l'exemple de vos amis : venez en paix, rejoignez-nous!” Tu vois, Lisa, c’est toujours une question de pain. Chaque fois. »

« Quelle horreur, cette guerre-là », avait dit Nina pendant que nous flânions sur la corniche d’Odessa. Il faisait chaud, le soleil touchait presque la mer Noire.

« Bien sûr, je n’en ai pas vraiment de souvenirs, j’étais encore un bébé, mais il y a les histoires qu’on m’a racontées. Au début de la guerre, ta grand-mère travaillait depuis quelques années au guichet de la gare, avec Niouchka et Douchka. Elles annonçaient les arrivées et les départs, elles vendaient les billets. À un certain moment, les soldats de l’Armée rouge sont venus pour inspecter les marchandises qui partaient vers l’intérieur du pays. De temps en temps, ils fauchaient des articles et les donnaient aux trois cousines. Du cognac, des parfums... Et puis, après une nuit à danser et à faire la fête avec elles, ils ont disparu. L’un d’eux les avait prévenues en douce : “Trouvez-vous des sacs de sel. Et agrandissez votre cave. Ils vont vous bombarder. Ils vont tout démolir.” Pendant quelques jours, il ne s’est rien passé, en dehors des soldats qui déambulaient dans la ville. Ils étaient fatigués, désorientés aussi. C’est alors que les attaques aériennes ont commencé. Avec nos parents, nous restions des journées entières sous la maison, dans la cave agrandie, exactement comme je le fais la nuit chez moi – à Stanytsia Louganska, je veux dire. Le meilleur ami de mon père, Oleg, s’est réfugié au fond d’un trou dans les bois, le trou qu’ils avaient creusé ensemble pour la machine à coudre. Nous avons attendu, toute la famille. Les bombes ne sont pas tombées immédiatement. L’Armée rouge avait eu le temps de faire exploser les ponts qui menaient chez nous. Comme celui qui est à la frontière aujourd’hui – complètement écroulé. Quand les Allemands ont fini par traverser la rivière, sur des pontons mobiles, ils se sont installés en ville et ont commencé à faire leurs listes. Par classes d'âge, entre autres. Ta grand-mère est de 1924. Ils l'ont appelée en novembre 1942, un peu après ses dix-huit ans. Notre père avait essayé de l'en empêcher, il était allé voir un médecin et lui avait demandé de s'arranger pour qu'elle ait l'air malade. Personne n'y a cru, évidemment. Alors, cet hiver-là, j'allais avoir dix-huit mois, elle est partie. »

On contemplait la mer Noire, le soleil était pratiquement couché. Ma grand-tante a sorti de son sac à main la petite bouteille en plastique froissé qu'elle trimbalait partout avec elle et a pris une gorgée d'eau. Devant nous, sur la jetée en béton, des filles de mon âge posaient pour des garçons équipés de smartphones. Elles se pulpaient les lèvres, pivotaient des hanches, croisaient puis décroisaient les jambes, rentraient le ventre et envoyaient des sourires plus grands que nature. Nous regardions les jeunes types tourner autour de leurs modèles comme des chiens affamés.

« Tu sais, Lisa, il espérait qu'elle reviendrait. Nous l'espérions tous. Il n'aurait pas dû oublier les leçons données par notre famille : certains de nous disparaissent pour ne jamais vraiment revenir. Ils restent pour toujours dans l'entre-deux. Entre la présence et l'absence. »

*

Nikolaï saisit les mains de ma grand-mère, les serre autour de son mouchoir. Aujourd'hui, il a les traits doux. Des plis laissés par le sourire courent du coin extérieur de ses yeux vers les tempes. Sur le quai, c'est un grand brouhaha. Partout se tiennent des hommes armés de fusils. Il y en a de chaque côté des voies et dans le petit hall de la gare. L'endroit est noir de monde. Une jeune fille munie d'une valise en cuir bouscule par inadvertance Aleksandra, qui se retourne avec brusquerie et lui jette un coup d'œil contrarié. Ce n'est pas le moment de se laisser distraire, son temps est compté. De plus en plus de filles arrivent des rues avoisinantes. Elles ont à la main une valise ou un sac en toile de jute, portent leurs vêtements préférés, conservent sur elles les choses qui leur sont chères.

« À combien peut-on embarquer dans ce train ? Nous sommes beaucoup trop nombreuses !

– Je ne sais pas, bredouille Nikolaï, je n'ai pas vu partir les convois précédents. »

Apparaît alors un train de marchandises, et tout le monde se tait.

« J'espérais qu'il viendrait un peu plus tard », soupire Anna.

Elle arrange sur sa tête le traditionnel foulard brodé de fleurs et rajuste sa belle robe. Ce matin, elle s'est endimanchée. Comme pour la visite d'un comité d'État. Le train freine dans un sifflement suraigu. De jeunes soldats sautent un par un des wagons. Ils saluent leurs supérieurs en claquant des talons et en tendant le bras droit. Aux mots *« Heil Hitler »*, Anna secoue la tête. Nikolaï promène son regard sur la foule, on dirait qu'il cherche à dresser mentalement la liste des partantes. Son visage s'empourpre depuis les mâchoires jusqu'au front. De temps en temps, il pince les lèvres. Un soldat prend des photos par la porte ouverte d'un wagon encore vide, il braque son objectif sur des mères étreignant leurs filles.

« Comment ose-t-il ? s'indigne Nikolaï. Que va-t-il faire de ces photographies ? Les accrocher au mur du salon ? »

Aleksandra n'écoute pas son père. Elle regarde autour d'elle, à la recherche de Douchka et de Niouchka, elles aussi appelées à partir aujourd'hui. Pas de trace des deux sœurs. Au loin, elle aperçoit Olga, son ancienne petite voisine. Elle lui fait bonjour de la main, Olga répond en agitant la sienne, puis salue à son tour une jeune fille qui habite dans une rue derrière chez elle, Irina, laquelle adresse un signe à deux de ses camarades de classe. Il va finir par rester qui ? s'interroge Aleksandra. Les vieillards, les pères de famille employés à l'usine, les femmes obligées de fabriquer des armes pour les Allemands ?

« Dis-moi, ma grande : dans ce prospectus, est-ce qu'il y avait des consignes à propos des manteaux ?

– J'en ai un, papa, tu vois bien.

– Oui, mais est-ce qu'il est correct, ou un peu trop ordinaire ? Qu'est-ce qu'ils vont prendre en compte pour vous attribuer un travail ?

– Je ne sais pas.

– Pose donc ta valise », interrompt Anna.

Elle lance des coups d'œil furtifs aux affiches placardées sur les murs de la gare : de jeunes Soviétiques radieuses aident au ménage dans une famille allemande ou conduisent une machine-outil. La vie est belle en Allemagne, entend-on à Lougansk depuis des semaines, la vie est belle en Allemagne. C'est avec ces mots que Klim est parti rejoindre un régiment de Cosaques intégré à la Wehrmacht. « Tu vas voir, ce sont eux qui nous sauveront », a-t-il prédit.

Hier soir, à table, Baba Mari a affirmé devant Aleksandra que les Allemands avaient incendié tout un village des environs.

« Certains, comme ton oncle, applaudissent en secret la déroute de Staline, mais on voit bien que les fascistes ne valent pas mieux. »

Elle a psalmodié une courte prière – « Que Dieu nous garde » – et tout le monde s'est tu. Nikolaï se triturait la moustache en posant un regard épuisé sur Anna, qui elle-même avait les yeux baissés vers ses mains, au creux desquelles dormait Nina. Aleksandra aurait voulu pincer sa petite sœur pour la réveiller, lui soutirer un cri, un son, et désamorcer ainsi la tension. Personne ne pouvait égayer l'atmosphère comme Nina quand elle gazouillait, quand elle riait, les yeux fermés. Avec le même rire que Nastia. Baba Mari, au contraire, manifestait encore plus de rage que le soir où ils avaient perdu la ferme.

« Nous passons notre temps à nous faire dévaliser », fulminait-elle.

Au marché, elle avait rencontré un ancien villageois qui s'était engagé chez les auxiliaires de la *Hilfspolizei*. « Ce ruban bleu me donne la liberté, et un peu le pouvoir de résister aux communistes », avait-il chuchoté à Baba Mari avant de saluer, d'un grand sourire et d'un *« Sieg Heil »* appuyé, un soldat allemand qui passait par là.

« Et le comble, c'est qu'il en est fier ! Mais les gens l'évitent. Qui sait ce que les années à venir vont faire de lui : un traître, un vainqueur, un vaincu ? C'est toujours la même histoire par ici. »

Sur ce, elle s'est levée de table.

« Et toi, ma mignonne, tu vas regarder une dernière fois dans ta valise pour voir si tu n'as rien oublié », a-t-elle dit à ma grand-mère, qui se sentait maintenant les jambes en caoutchouc. Baba Mari avait parlé comme si c'était l'été et que toute la famille se préparait pour une excursion sur les bords du Donets. Aleksandra s'imaginait déjà plonger dans la rivière, lorsque Baba est ressortie de sa chambre, tenant la toile brodée dans ses mains.

« Tiens. »

Elle a déposé la pièce de tissu sur les piles de vêtements :

« Même s'ils te disent qu'ils ont besoin de prendre tes affaires pour les laver, fais en sorte de garder ce tissu avec toi. Je te le confie, ne le perds pas. Tu dois continuer cet ouvrage. Et le rapporter quand tu rentreras. »

Baba Mari avait ajouté une aiguille et trois bobines de fil. Aleksandra a hoché la tête.

« Bien. Pense à boucler la valise. »

Une dernière fois, Aleksandra a passé en revue ses vêtements. Plus elle regardait, plus la valise semblait profonde. Bientôt, un petit escalier se matérialiserait dans un coin et elle descendrait avec Baba Mari, Anna, Kolia, Nina et Nikolaï. Le vent qui s'engouffrait sous la porte refermerait le couvercle et les Allemands ne pourraient plus les trouver.

« Départ dans cinq minutes ! » crie un officier au bout du quai.

Nikolaï agrippe Aleksandra par le poignet. Ses yeux se remplissent de larmes, minces couches d'eau pressées contre les cils. Sa moustache tremble en même temps que ses lèvres.

« Il ne faut pas que tu pleures, tente de le consoler Anna. Elles reviendront toutes à la maison un jour. Quand ce sera fini, elles rentreront. »

Elle serre bien fort Aleksandra et prend une longue respiration. Son souffle se propage en saccades sur le dos de ma grand-mère.

« Anouchka, nous n'avons plus beaucoup de temps », susurre Nikolaï.

Anna libère Aleksandra et reste figée, les bras ballants, comme un enfant qui assiste pour la première fois à l'abattage d'une poule – le cou sur le billard, l'effroi, le corps sans tête qui part en courant et l'espoir que l'animal va pouvoir continuer à vivre comme ça.

« Oh, ma petite...

– Maman, n'exagère pas, je vis encore, regarde. »

Aleksandra se pince l'avant-bras et tire plusieurs fois sur la peau en secouant. Nikolaï s'amuse du regard malicieux de sa fille, la « petite » qui sort danser en cachette les soirs d'été, qui boit parfois un peu trop de bière, qui contourne les règles dès que l'occasion se présente.

« Promets-moi d'écrire.

– Oui, si je peux.

– Et fais-nous savoir comment tu vas, si tu es en bonne santé.

– Je serai peut-être loin, maman, mais je ne disparais pas. »

Un soldat ouvre une à une les portes coulissantes des wagons. Une fille crie qu'elle ne veut pas s'en aller, qu'elle préfère être fusillée sur place plutôt que déportée. Elle s'accroche à la tunique de sa mère, une tunique entièrement couverte de fleurs – sur le col, sur l'ourlet du bas, sur les manches, comme si cette femme avait grandi en osmose avec la nature et qu'elle avait finalement dû s'arracher à sa terre pour revenir dans le monde des hommes. À présent, la mère essaie d'immobiliser sa fille entre ses bras vigoureux, de lui enlever toute marge de manœuvre, pour la calmer. La fille prend appui sur un banc, tente de se dégager, d'échapper à sa mère, qui se met elle aussi à pleurer et à crier. Aleksandra, Anna et Nikolaï assistent à la scène, submergés par le déferlement de bruit. Soudain, la jeune fille s'effondre à genoux contre les jambes de sa mère, qui, exténuée, lui pose les mains sur le crâne. Nikolaï baisse les yeux vers ses paumes ouvertes, vers les lignes qui se mêlent aux cicatrices laissées par la couture et le travail de la terre. Ces lignes rappellent à Aleksandra la toile brodée de Baba Mari.

« Écoute-moi, ma chérie, dit-il en prenant le visage de sa fille dans ses mains.

– Oui, papa.

– Si c'est mieux là-bas, restes-y.

– Comment ça, restes-y ? Baba m'a justement demandé de revenir.

– Et n'oublie pas que tu as pour père un Cosaque du Don. Toi aussi, tu es enfant de Cosaques, emporte-le avec toi.

– Avec moi ?

– Écoute donc ce que dit ton père, renchérit Anna. Le peuple de tes ancêtres ne plie devant personne. Ou alors, c'est pour se relever aussitôt. »

Aleksandra a l'impression que ses poumons s'écrasent contre sa cage thoracique. Il n'y rentre plus un atome d'oxygène. Chaque mot qu'elle veut adresser à son père s'assèche et se racornit sur sa langue. Nikolaï baisse les bras, lui embrasse le front.

« Tchac, tchac, tchac ! Que le loup y passe ! clame-t-il.

– Coupons-lui la tête, enchaîne Anna.

– Coupons-lui la tête », murmure Aleksandra.

Elle attire ses parents à elle, se blottit contre eux.

D'un bond, le soldat grimpe dans le wagon ouvert et annonce qu'il est temps de partir. Aleksandra ne bouge pas, elle ferme les yeux.

« Allez, les filles, en voiture ! » insiste le militaire.

À l'avant du train, un coup de feu retentit. Aleksandra, Anna et Nikolaï se rapetissent, certains parents retiennent leurs filles, d'autres les poussent à la hâte dans le wagon. Une jeune fille s'échappe de la cohue et traverse les voies au pas de course, en direction des champs. On entend d'autres coups de feu, elle pousse un cri et s'écroule. Son corps reste immobile sur les rails.

« Va, mon enfant. »

Nikolaï pousse gentiment sa fille jusqu'au train.

« Nous t'écrirons dès que nous saurons où tu es. En attendant, nos prières t'accompagnent. »

Le soldat tape sur l'épaule d'Aleksandra et, d'un mouvement de la tête, lui signifie de monter à bord :

« Hinein ! »

Il essaie de lui prendre sa valise par la poignée, pour la jeter dans le wagon, mais Aleksandra tire en sens inverse, manquant de le faire tomber.

« *Ich geh !* lui lance-t-elle à la figure. Va-t'en, espèce de sale Teuton ! »

Elle tend la main à l'une de ses compagnes d'infortune et se hisse à l'intérieur. En regardant derrière elle, elle voit accourir Douchka et Niouchka.

« Par ici ! »

Elle leur fait signe, ses cousines se fraient un chemin parmi les mères et les filles en pleurs, rejoignent Anna et Nikolaï, qui agitent le bras. S'ensuit une courte embrassade. Puis Aleksandra les fait monter auprès d'elle. Ça sent le renfermé, un peu comme à l'écurie. Elle revoit en un éclair les corps amaigris de Dima et de Rébus.

« C'est terminé, rentrez chez vous ! » crie le soldat en allemand à la foule massée sur le quai, tout en attrapant la poignée de la porte.

Le panneau coulissant se referme avec fracas. On entend des bruits de métal, puis un claquement sonore. Aleksandra appuie sur la porte. Rien. Elle s'entête, cogne du poing.

Niouchka et Douchka font de même. Le bois ne bouge pas d'un centimètre.

Aleksandra pose ses doigts sur les planches humides et froides. L'hiver les a déjà imprégnées. À ses pieds, les jambes des autres filles s'enchevêtrent. Elle cherche dans la pénombre les mains de ses cousines et, ensemble, elles se laissent glisser, le dos contre la porte. Pour trouver un peu d'espace, il leur faut se tortiller sur le plancher couvert de paille. Personne ne parle. Le train se met en marche. Aleksandra commence à fredonner une mélodie russe. Quelque part, dans un coin, une fille éclate en sanglots.

« Nous ne devons pas nous arrêter de chanter », décide Aleksandra.

Sa voix tremble au moment d'attaquer le premier couplet.

*

« Tu te rappelles la chanson que nous avons chantée avec Lida, Klava et Nina pour mes quatre-vingt-dix ans ? Eh bien, c'était celle-là. »

J'ai acquiescé en prenant la main d'Aleksandra. Je la revoyais à côté de ses sœurs, radieuses, chacune devant sa part de gâteau. Après le refrain, Lida, Klava et Nina s'étaient levées, avaient tiré ma grand-mère de sa chaise et toutes les quatre s'étaient engagées, bras dessus, bras dessous, sur la piste de danse de la salle des fêtes de Dordrecht. À pas lents, avec précaution, elles avaient commencé une ronde, battant une jambe après l'autre, pointe du pied tendue vers le sol. Moi, je frappais des mains en cadence et je chantonnais la mélodie avec elles. Puis le rythme s'est accéléré, la ronde des sœurs aussi. Elles se concentraient sur leurs pas, sur l'équilibre du groupe. Leurs corps paraissaient plus jeunes ; ce jour-là, elles buvaient comme si elles étaient encore trentenaires, et dansaient de même. À la fin de la chanson, elles s'étaient échangé des accolades.

« Nous aurions quand même dû le savoir, après toutes ces années, non ? Rien de ce qui avait été emporté n'est revenu. Ni le grain, ni Sergueï. Ni moi. »

*

La voisine de Douchka, les genoux relevés, se balance d'avant en arrière. Sans s'arrêter. Elle marmonne un air monocorde, qui ressemble moins à une chanson qu'à une longue prière.

« Je veux rentrer chez moi, se plaint-elle, chez mon père et ma mère, au village. Mes chaussures sont déjà complètement usées d'avoir fait la route à pied jusqu'à la gare, je ne serai pas assez présentable pour les Allemands.

– Ma cousine a changé sa date de naissance sur son passeport, signale une autre fille. Elle a mis 1927 pour ne pas encore être appelée. J'aurais dû faire pareil.

– Faire pareil ? Mais tu es folle ! s'écrie une troisième. Dans mon village, un homme a tenu tête aux soldats, il a refusé qu'ils emmènent sa fille et leur a dit que ses enfants ne bougeraient pas, que personne ne pouvait être envoyé de force en Allemagne. Eh bien, ils l'ont tabassé, attaché par les pieds à leur voiture et ils l'ont traîné à travers le village. J'étais à ma fenêtre, j'ai vu son corps passer devant chez moi, bringuebalé comme un chiffon. »

Les filles se taisent. Plus aucune ne fredonne. Aleksandra se cherche une position qui ne l'oblige pas à contracter toutes sortes de muscles inconnus. Elle croise les bras autour de sa valise, coincée entre ses jambes, et la colle contre sa poitrine.

Au bout d'un moment, elle s'endort, mélodie en tête. De temps en temps, elle ressort de son sommeil et jette un coup d'œil affolé autour d'elle, pour ensuite prendre conscience de l'endroit où elle se trouve. La nuit tombe. Les roues scandent un rythme à peine brouillé par les chuchotements des jeunes filles qui se réveillent tour à tour. Parfois, l'une d'elles pleure. Des bombes s'abattent sur les terres environnantes. Les déflagrations semblent lointaines, mais leur souffle se heurte aux parois du wagon, comme une vague d'air contre un obstacle. Les respirations s'accélèrent, s'échappent des ventres vers les gorges. Aleksandra plaque ses mains contre ses oreilles et baisse la tête sur sa poitrine, essayant de distinguer une cadence dans la pluie de bombes, un élément prévisible, mais elle n'y trouve aucun système. À chaque explosion, son estomac se noue. Les bombardements se poursuivent un certain temps et ne cessent que lorsque le jour s'infiltre par la trappe d'aération du toit. Elle se rendort un instant jusqu'à ce que, tout à coup, le train s'immobilise. Le freinage brutal projette les filles vers l'avant, les fait rouler les unes sur les autres. La moiteur s'est accumulée entre ces parois de planches, le bois est de plus en plus humide au toucher. Tandis que les mains se tendent, que des jeunes filles en aident d'autres à se relever, les portes des wagons s'ouvrent et des soldats donnent l'ordre de sortir. De la neige fondue mouille le visage d'Aleksandra, qui, par réflexe, fait demi-tour pour rester à bord. Sa vessie attendra.

« Dans les champs ! » hurle un garde-chiourme.

Il tire en l'air et, d'un mouvement de la crosse, lui fait signe de rejoindre ses camarades. Ma grand-mère se bouche les oreilles et saute du train. Elle se reçoit mal sur la terre trempée, ne sait où s'essuyer les mains. Pas sur son manteau en tout cas, ni sur sa jupe noire. Les mots de Baba Mari lui reviennent : « Aussi sombre que soit la terre, elle finit toujours par se voir en séchant. » Au loin apparaît un autre train de marchandises, il vient de l'ouest. Les filles déjà sorties du wagon tournent la tête au bruit du convoi qui s'approche, passe, puis s'évanouit à l'horizon, vers leur pays, vers leur maison. Ma grand-mère décide de s'essuyer les mains sur son collant, à hauteur des cuisses.

« Relevez vos jupes et baissez vos culottes ! crie le soldat. Toutes en même temps, on se dépêche ! »

Aleksandra s'avance dans l'herbe humide, cherchant comme toutes ses camarades un endroit un peu à l'écart. Pas trop près des autres, mais pas trop loin non plus. Elle s'accroupit, sent les brins froids lui mouiller les mollets, renifle l'odeur de la terre et de l'herbe. Elle repense aux fois où, petite, elle s'éclipsait derrière une haie pour faire pipi et où Baba Mari, en la voyant revenir, lui disait : « Dans une cabane en bois ou sur trois brins d'herbe, peu importe. » Rien n'échappait à cette femme, songe-t-elle en tâchant de trouver une feuille pour s'essuyer. En voici une, brun foncé, dernier vestige de l'automne. Les soldats vont et viennent parmi les jeunes filles. Ils regardent leurs fesses nues et leurs cheveux tressés en couronne ou joliment noués en chignon. Certains leur filent même un coup de crosse à plat sur le derrière. Ils s'esclaffent, quelques-uns poussent des cris de joie, comme si la belle dont ils étaient amoureux se laissait entraîner pour une danse le soir de la Saint-Jean. Lorsque l'un d'eux s'approche d'Aleksandra, elle se reculotte en vitesse.

« On remballe », dit-il d'une voix monocorde avant de continuer son chemin.

Les jeunes filles font toutes demi-tour, en une sorte de chorégraphie. Niouchka et Douchka sont déjà arrivées au wagon.

La jeunesse semble avoir déserté leur corps, comme si elles l'avaient laissée à la maison en attendant de rentrer. Quand la porte du wagon se referme pour la deuxième fois, Aleksandra éprouve une sensation encore plus horrible. À tâtons, elle cherche sa valise et l'empoigne. Ensuite, elle écarte délicatement les autres bagages pour se faire une place sur la couche de paille. Une fille avoue qu'elle n'a pas osé se soulager en public. Ses voisines la laissent s'isoler dans un coin. Une odeur d'urine emplit le wagon.

Après deux jours de trajet, Aleksandra et les autres sont attendues par des soldats à la descente du train. Il y a trois militaires pour chaque wagon. Un homme vêtu d'un bel uniforme, sans doute un gradé, conduit les jeunes filles quelques rues plus loin, devant un hôpital.

« Bienvenue en Pologne ! »

Il désigne un perron situé derrière lui. Sur les marches, des infirmières se tiennent prêtes. Elles ont le regard maussade et paraissent fatiguées. Certaines parlent ukrainien, d'autres allemand. D'un signe de la main, chacune fait entrer deux ou trois filles à la fois. Le groupe d'Aleksandra prend le couloir de droite. C'est un bel endroit, avec des sols couverts de mosaïque, comme au théâtre de Vorochilovgrad. Dans un local exigu, l'infirmière leur dit d'enlever tous leurs vêtements et de continuer vers les douches.

« Est-ce qu'on s'occupe de ma valise ? » lui demande Aleksandra après s'être déshabillée. Une main sur les seins et l'autre sur le pubis, elle désigne son bagage de la tête.

« Celle-ci ?

– Oui, madame.

– Ne t'inquiète pas. Va te doucher. »

Aleksandra reste brièvement sous la douche glacée. L'eau sent les œufs pourris. Après s'être passé la main dans les cheveux, elle va faire la queue pour entrer dans la pièce d'à côté.

« Suivante ! » commande une voix à l'intérieur.

Un vieil homme en blouse blanche est assis sur un tabouret à vis.

« Bonjour.

– Bonjour.

– Nom ?

– Aleksandra.

– Aleksandra comment ?

– Aleksandra Nikolaïevna Krasnova.

– Bon. Aleksandra Krasnova.

– C'est "Nikolaïevna" Krasnova.

– Ici, on ne fait pas dans le patronyme, lâche-t-il. Bien trop compliqué. Ce sera juste Krasnova. »

Il lui braque une petite lampe dans les yeux, l'ausculte au stéthoscope, prend son menton entre le pouce et l'index.

« Ouvre la bouche. »

Il lui tourne la tête dans tous les sens et inspecte sa dentition.

« Bien », conclut-il, satisfait, avant de lui indiquer la porte et d'appeler la suivante.

Un bref instant, Aleksandra hésite, elle voudrait demander au docteur comment il se nomme, mais l'infirmière lui crie de circuler, et plus vite que ça.

Elle arrive dans une deuxième salle de douche, où elle doit de nouveau se rincer. La fille à côté d'elle fixe le carrelage en se balançant d'un pied sur l'autre.

« Qu'est-ce que tu fais ? interroge Aleksandra.

– Je ne sais pas ce qu'ils veulent.

– Personne ne le sait. Avance donc. »

Une autre infirmière lui frotte le corps avec une poudre qui pénètre dans les narines. Aleksandra ne peut pas se retenir d'éternuer. Une troisième femme l'enduit d'une graisse gélatineuse qui ne sent rien de particulier. Après quoi, on lui dit de retourner dans la première pièce. Sa valise est toujours là. Elle remet ses vêtements, entre-temps désinfectés. Ils sont encore chauds de leur passage au séchoir. Aleksandra sort rejoindre les autres filles sur le parvis de l'hôpital, où l'homme qui les a convoyées jusque-là lui adresse un bref salut de la tête. Elle s'efforce de lui répondre de la même manière, en restant impassible.

Une camionnette arrive. Son jeune conducteur ouvre le hayon et retire du coffre plusieurs pains, qu'il pose sur une longue table pliante. Il y ajoute trois pots de miel.

« Voilà les tartines. Quand vous aurez terminé votre *Butterbrot*, vous repartirez à la gare. »

*

« Petit à petit, nous avons fini par savoir comment nous placer les unes par rapport aux autres dans le wagon. Nous prenions les bonnes postures pour nous reposer, bouger, nous réchauffer. C'était un puzzle de corps. Celles qui avaient pleuré les premiers jours étaient devenues muettes. On ne faisait qu'écouter – les coups de feu, les bombes... Tantôt le bruit semblait loin, tantôt juste de l'autre côté des planches. Dans ce cas, le train s'arrêtait un bout de temps, puis redémarrait, lentement. Quand il n'y avait pas de tirs et qu'il faisait jour, on pouvait descendre pour uriner. À Francfort, notre terminus, il grêlait. La neige douce de chez nous me manquait. »

*

Là encore, elle doit se laisser désinfecter, mais pas à l'hôpital : l'opération se passe aux bains publics. Et, là encore, un médecin est présent. Cette fois, Aleksandra lui demande son nom.

« Je suis le Dr Jonas. »

Il prend bien note de son patronyme, mais l'intervertit avec son nom de famille, Krasnova. Aleksandra lui en fait la remarque et il les relie rapidement par une double flèche.

« Je ne peux pas faire mieux », bredouille-t-il.

Puis, comme le médecin de Pologne, il lui saisit le menton et la prie d'ouvrir la bouche. Après qu'elle s'est rhabillée, on l'envoie dans un bureau où est assise une femme en uniforme militaire. Ma grand-mère se voit remettre une paire de ciseaux et un morceau de tissu. La toile est imprimée de carrés bleus portant, à l'intérieur d'un cadre blanc, trois lettres blanches : O. S. T.

« Découpes-en un », lui dit la soldate.

Les ciseaux sont émoussés, peut-être n'ont-ils pas pour fonction de couper les tissus. Aleksandra se demande ce qu'en penserait son père. Nikolaï les ouvrirait et les refermerait plusieurs fois, froncerait les sourcils d'un air agacé, puis il passerait les lames à l'affiloir. Tandis qu'elle s'applique à découper un carré suivant la ligne bleue, la femme inscrit un numéro sur une ardoise. Quand Aleksandra est prête, elle lui donne deux épingles à nourrice. Ensuite, de l'index, elle montre d'abord sa propre poitrine, puis pointe le doigt vers ma grand-mère, qui fixe l'écusson sur son sein droit, pas sur son cœur. La soldate lui demande alors de prendre place au bureau, sur lequel repose une fiche cartonnée à quatre cases : deux pour les empreintes digitales, deux pour la photo d'identité. La femme attrape la main droite d'Aleksandra, lui appuie le pouce et l'index sur un tampon d'encre noire avant de les faire rouler un à un sur le papier. Enfin, elle lui tend l'ardoise et désigne la pièce attenante, où un jeune homme blond l'attend derrière un appareil photo. Il a les cheveux lisses et, comme Nikolaï et Oleg, les tempes rasées. Assis sur un tabouret à vis, jambes écartées, il pivote calmement à droite et à gauche. Après s'être allumé une cigarette, il mime le geste de tenir un panneau devant lui. Puis il fait signe à Aleksandra. Elle lève l'ardoise à hauteur de son estomac et regarde droit dans l'objectif. Le garçon actionne le déclencheur : « Et voilà. À partir de maintenant, tu n'as plus besoin de nom. »

Les filles sont rassemblées sur une esplanade, comme un troupeau de moutons. En face d'elles se tiennent des hommes et des femmes d'allure respectable. Ils portent de longues pelisses, des chapeaux élégants, des fourrures autour du cou. Un homme en uniforme gris foncé leur donne de brèves instructions, non sans insister plusieurs fois sur sa fonction de *Lagerführer*. Au début, Aleksandra ne comprend que la dernière partie du mot et pense qu'il s'agit du Führer, celui que Baba Mari nomme « fiourère ». Elle se demande un instant si c'est le même que sur les caricatures placardées partout dans sa ville, le type à l'étroite moustache, l'individu à éliminer si l'on en croit les affiches. Mais non. La moustache de celui-ci est plus large, son visage beaucoup plus épais. Lorsqu'il a terminé son préambule, on dispose les jeunes filles sur un seul rang, de la plus forte à la plus mince. Ma grand-mère et ses deux cousines atterrissent quelque part vers la droite. Pas chez les plus maigres, pas chez les plus grosses.

« Commencez, je vous prie ! » invite le fiourère.

Une femme lève la main, annonce un montant et montre cinq jeunes filles placées tout à droite.

« Employées de maison », proclame l'officier, qui fait signe au petit groupe de s'avancer. Elles sont ensuite une quarantaine à partir rejoindre une ferme, une boucherie, une boulangerie. Aleksandra repense au jour où tous les meubles de sa maison natale ont été vendus aux nouveaux paysans et aux « brigadiers » venus vivre au village. Elle se remémore le garçon à la cicatrice, assis sur son pick-up, plaisantant à propos de la table et des chaises de la famille. Elle le revoit montrer du doigt les tentures, avec nonchalance, comme si ces choses ne valaient rien, comme si elles n'avaient jamais eu de signification pour personne. Elle entend les nouveaux villageois offrir des sommes effrontément basses, regarde le jeune balafré dégager d'un coup de pied le samovar venant d'être adjugé pour quelques roubles. Sur l'esplanade, face aux jeunes filles, il reste maintenant cinq hommes, tous en chapeau, dont deux qui s'appuient sur une canne.

« Bien, déclare le fiourère. Quelle *Untermädchen* parmi vous connaît un peu d'allemand ? »

Ma grand-mère envoie une bourrade dans les côtes de Douchka. Elles font un pas en avant, suivies par Niouchka.

« Wir sprechen Deutsch », dit Aleksandra.

« Vous voyez, Nikolaï, elles étaient les premières Soviétiques employées à l'usine chimique de Griesheim. On leur a appris à peser le gaz de charbon. Elles travaillaient au premier étage du bâtiment principal et pas à la mine, comme les centaines d'autres filles qui sont arrivées quelques mois plus tard. Celles-là rentraient au camp flapies, complètement noires. Et plus maigres de jour en jour.

– Peser le gaz ?

– D'après moi, ça se passait plus ou moins comme ça : elles pesaient un morceau de charbon, elles notaient le poids, le numérotaient, mettaient le charbon au four et le repesaient à la sortie. Au début, elles dormaient dans le grenier, pas très loin de la cuisine. À ce moment-là, en novembre 1942, il n'y avait pas encore de baraquements. Ils ont été construits plus tard, quand les autres filles de l'Est sont arrivées. À la fin de la guerre, l'usine faisait travailler près de mille étrangers – des Belges, des Néerlandais, des Français, des Marocains, des Tchèques... Les filles déportées d'URSS logeaient dans un camp à part. Aleksandra, Niouchka et Douchka ont fini par y aller, elles aussi. Elles étaient toutes des *Untermenschen*, des êtres inférieurs, alors que les autres avaient le statut de travailleurs étrangers, *Fremdarbeiter*. Eux, on leur donnait plus de nourriture, ils étaient mieux payés, ils avaient le droit de sortir plus souvent et parfois, même, ils pouvaient rentrer au pays. Les camps étaient séparés par des clôtures en fil de fer barbelé. Le dimanche, grand-mère avait l'autorisation de se promener quelques heures en dehors du périmètre.

– Chez nous, on ne voyait presque plus de jeunes filles dans les rues. Je me surprenais souvent à espérer qu'elle reviendrait, par miracle, comme les quelques paysans qui avaient réussi à s'échapper du train pour la Sibérie dans les années trente, mais j'ai attendu en vain. Et nous n'avions aucunes nouvelles. Pas de courrier, pas de télégramme, pas même de rumeurs... Nos voisins qui avaient des enfants étaient dans le même cas. Je repensais beaucoup à ce jour où elle avait surgi à la fenêtre de notre chambre, après l'escamotage de la machine à coudre. Parfois, je m'imaginais là-bas, à la recherche de ma fille. J'en étais malade, de cette idée, de cette image qui me revenait sans cesse, qui s'était infiltrée en moi quand ils avaient refermé la porte du wagon et que le train était parti. Je n'avais qu'une question en tête : allait-elle survivre ? Et sinon, que se passerait-il, est-ce que quelqu'un irait fleurir sa tombe, à supposer qu'elle en ait une ? Je ne mangeais plus. Je n'avais pas soif. Je dormais à peine. J'étais une sorte de fantôme. Je ne faisais que travailler, le jour à l'usine, sans réfléchir, et le reste du temps devant ma Singer, à confectionner des vêtements. Au moins, tant que je cousais, j'avais encore un peu de raison. Je réparais des pantalons, je reprisais les chaussettes de tout le monde, je doublais les manteaux, je brodais les cols de chemises, j'assemblais les gilets, je ressemelais les chaussures. Eh oui, même pendant la guerre, on gagnait un peu d'argent à côté... »

RÉPUBLIQUE POPULAIRE DE LOUGANSK
9 janvier 2015

Kolya vient à peine d'ouvrir le magasin que nous voyons entrer un homme portant un brassard orange et noir sur la manche de son gros manteau. Il n'a pas l'air rassurant. Carrure massive. Nez de boxeur. Nous le reconnaissons : c'était l'un des participants au défilé du 14 septembre, pour la fête de la Ville. Il lui manque une prémolaire.

« Dites-moi, tout ça, c'est bien à vous ? s'enquiert-il auprès de notre cousin.

– Oui, bien sûr : machines à laver, télévisions, chargeurs de téléphone, micro-ondes, grille-pain, mixeurs, télécommandes... Tout ça.

– C'est ce que m'a dit Vitya. Ça marche bien pour vous, paraît-il. Vous avez aussi des batteries ?

– J'en ai deux ou trois en stock, derrière. Vous avez besoin de batteries, vous autres ?

– Vous autres ? »

Kolya l'interroge du regard. Nous nous frayons un passage à l'intérieur en essayant de ne rien renverser.

« Que voulez-vous dire, commandant ?

– Je ne suis pas "vous autres", monsieur Poliakov. Je suis "nous autres". Avec vous. Vous et moi, ça fait "nous", ici, en République populaire.

– Ah oui, pardon, *nous*», bredouille Kolya.

Que vient faire cet homme? Qui est-il? Avons-nous raté quelque chose? Kolya va-t-il se ranger du côté de Vitya, fermer boutique et prendre les armes? Ses conversations au téléphone avec Andriy ne portent plus que sur ce sujet. Ça devient trop dangereux, trop de gens disparaissent, insiste son cousin. On raconte d'étranges histoires. Fais attention à toi. Va t'installer en Russie, en Allemagne, mais pars. Et emmène Nina, si tu peux.» Kolya en avait parlé avec sa mère, mais elle avait refusé : c'était sa terre, ici. Nous ne pouvions pas lui donner tort. C'était sa terre, elle n'allait pas l'abandonner.

«Exactement. *Nous*. Et quelques batteries *nous* seraient bien utiles. Ça n'est pas évident, hein, d'instaurer une république, vous comprenez sûrement...

– Je peux vous fournir deux ou trois batteries.

– Et des roubles?

– Mais quels roubles, commandant? Je n'ai pas vendu de lave-linge depuis des mois! Ma dernière grosse vente, c'était un micro-ondes combiné, j'ai même dû faire une ristourne parce qu'il y avait une rayure sur la vitre.»

Kolya baisse les yeux vers l'insigne que le milicien porte sur la poitrine : une aigle à deux têtes. L'oiseau mutant s'élève et descend au gré de la respiration. Le commandant remue la tête avec une empathie feinte.

«Allons, Nikolaï Aleksandrevitch... C'est bien comme ça que vous vous appelez, non?»

Kolya acquiesce.

« Bien. Un nom qui fleure bon notre pays. Et ce pays est en train d'évoluer, Nikolaï. Mais ça ne va pas tout seul, ça demande des efforts. De la part de tout le monde. Bon, je prends les trois batteries. Ça suffira pour l'instant. »

Kolya va dans l'arrière-boutique et en rapporte les batteries, une à une. Le milicien, apparemment satisfait, les charge ensuite dans sa jeep.

« Et s'il m'en faut plus, je reviens ! »

Nous regardons Kolya, qui s'appuie sur le comptoir et lui répond.

« Je suppose que je n'ai pas le choix, si c'est pour la République.

– C'est pour nous tous.

– Alors je vous dis à la prochaine fois.

– Vous êtes quelqu'un de bien, Nikolaï Aleksandrevitch. Quelqu'un de bien. »

« Entre son départ forcé au service du travail obligatoire et la libération de notre ville, il ne s'est pas passé beaucoup de temps. Trois mois seulement. Et ensuite, deux ans jusqu'à la capitulation allemande. Entre-temps, nous avions déménagé rue de la Gare à Stanytsia Louganska, tout près des quais. Après la reconquête du secteur, des prisonniers de guerre allemands et italiens étaient évacués presque tous les jours dans des trains de marchandises. Je me disais que si ces hommes pouvaient rentrer chez eux, nos filles n'allaient pas tarder à faire de même. Chaque fois que j'entendais une locomotive arriver de l'ouest, je courais à la gare. La nuit aussi. Quand j'étais allongé sur le ventre, je sentais parfaitement les trépidations des engins. Je me couchais donc toujours ainsi et Anna me laissait faire. Elle m'aidait même chaque fois à passer mon manteau. Sur place, j'attendais que le train s'arrête et j'allais poser mon oreille contre la porte des wagons, en cherchant à discerner des voix de filles à l'intérieur. Personne n'est jamais descendu. Quand je n'étais pas sur le quai de la gare, je cousais. Parfois, on m'appelait à l'usine pour différents travaux : réparer les machines, déblayer les gravats... Je ne savais pas par où commencer et, en fin de journée, j'avais l'impression de n'avoir rien fait. Il m'arrivait d'aller à la mairie de Vorochilovgrad pour voir si, par hasard, ils avaient des nouvelles de nos filles. Aucun employé ne pouvait me renseigner. Là-bas, il y avait plein de petits mots affichés par des parents qui cherchaient leurs enfants et par des enfants qui cherchaient leurs parents, ou leurs frères, ou leurs sœurs – de simples feuilles de papier griffonnées, avec de temps en temps une photographie, qu'ils punaisaient sur un immense panneau. *Tatiana, si jamais tu reviens, j'habite maintenant au n° 5, bâtiment 6. Je t'attends. Ta mère, Mariia.* Moi, je n'avais pas le courage d'accrocher quoi que ce soit sur ce panneau, c'était comme un arrêt de mort. Anna, elle, a osé. Elle a rédigé une sorte de notice dans un style quasiment télégraphique : *Nous recherchons notre fille Aleksandra. Déportée vers l'Allemagne le 18 novembre 1942. Sans doute pour travail forcé à l'usine. Ses cousines Douchka et Niouchka faisaient partie du convoi. Nous ignorons ce qu'elles sont devenues. Si vous avez des nouvelles, nous habitons au n° 2 de la Vokzalnaïa, à Stanytsia Louganska. Anna Krasnova et Nikolaï Krasnov.* Les mois passant, nous avons vu ce petit mot jaunir sur le panneau. Quelquefois, il disparaissait derrière un autre avis de recherche, que je détachais pour le punaiser ailleurs. Au printemps 1949, c'est tout le panneau qui a été retiré, comme s'il n'y avait plus de problème, que les choses étaient résolues. Je suis tombé malade, très malade. J'avais toujours eu les poumons fragiles à force de travailler la fourrure, mais cette fois, c'était plus grave. On m'a aussi trouvé une boule de poussières dans l'estomac, je me suis fait opérer, mais pour la toux et les difficultés respiratoires, ils n'ont rien pu faire. Le poumon du fourreur ne se guérit pas, disaient-ils. Deux ans plus tard, alors que je ne pouvais marcher que sur de petites distances et que je passais beaucoup de temps au lit, Douchka est venue frapper à notre porte. Anna lui a ouvert et s'est effondrée. Nous la pensions morte, comme Klim. Elle était maigre. Le regard creux. Elle avait beaucoup vieilli. Elle s'est assise à mon chevet et a posé ses mains sur les miennes. Nous sommes restés un moment comme cela. Elle m'a dit qu'elle était désolée d'être là plutôt qu'Aleksandra. J'ai répondu que cela n'avait pas d'importance et qu'en même temps, c'était horrible. Nous en avons ri un bref instant. Ensuite, Douchka m'a remis le portrait photographique de ma fille. Aleksandra était bien jolie dessus. Visiblement heureuse. Deux petits garçons posaient avec elle. Le plus jeune était assis sur ses genoux, l'autre se tenait debout à ses côtés. Ils portaient un costume de marin et ils avaient les cheveux noirs, comme moi. Aleksandra regardait l'objectif avec des yeux d'adulte. Des yeux qui n'étaient plus du tout espiègles. »

« Je leur avais écrit un message au verso, s'est souvenue Aleksandra. *Vous me manquez, je pense très fort à vous. Papa, te rappelles-tu ce que tu m'as dit quand je suis montée dans le train ? Sur ce qu'est un Cosaque du Don ? Et le conseil que tu m'as donné ? C'est ce que je fais maintenant. Je viendrai vous voir dès que possible.* »

Elle a regardé la lettre de Nikolaï, celle où il lui demandait quand elle rentrerait, celle où il évoquait les pauvres gens du numéro douze.

« Deux ans après, mon père était mort. Je croyais que nous avions encore le temps. En réalité, c'était une lettre d'adieu. »

*

Nikolaï soupire. Je tente de défendre ma grand-mère :

« Ça n'était pas simple de rentrer au pays. Vous deviez le savoir, non ?

– Oui, oui... Mais j'espérais qu'elle essaierait tout de même.

– Et si on avait voulu l'arrêter ? La juger pour collaboration ?

– Dans ce cas, je l'aurais emmenée chez Oleg. Lui et moi, on s'était mis d'accord là-dessus en 1943, une fois la région libérée des Allemands. »

Nous empruntons un escalier monumental. J'imagine la fosse creusée dans les bois derrière la maison d'Oleg, les cerfs de mes aïeux patrouillant autour de cet abri humide et froid où Aleksandra aurait dû se cacher durant peut-être des années. Je pense à mes oncles, les deux petits garçons de la photo, qui seraient restés chez Oleg, comme les passagers clandestins d'une terrible histoire. Qui, tout comme ma grand-mère avant eux, auraient été arrachés à leur terre.

« La deuxième fois qu'elle est retournée au pays, je crois que c'était en 1978, elle a rencontré une ancienne camarade de camp. »

Je fais glisser ma main sur le marbre de la rampe d'escalier.

« Un après-midi, elle est allée se promener avec ma mère et ma tante Anna au bord d'un affluent du Donets. De l'autre côté de la rivière, sur un banc, il y avait une femme avec un panier d'osier posé entre les chevilles. Son corps était décharné, presque translucide sous le soleil. »

Aleksandra barbote en compagnie de ses filles Anna et Marie. La rivière s'écoule doucement. L'eau est tiède. La vase s'agglutine entre ses orteils.

« Ça n'est plus aussi profond que dans le temps. Beaucoup de choses ont changé. Quand j'étais petite, je passais des heures à courir sur les collines. On jouait à la guerre, j'étais la doctoresse qui soignait les copains. Un jour, le cheval de notre voisin Oleg, le meilleur ami de mon père, s'est échappé, on ne l'a pas vu pendant plusieurs jours, et puis il est rentré tout seul dans son enclos, tranquille, entièrement couvert de boue, des brindilles plein la crinière. Il n'y a plus de collines aujourd'hui, elles ont disparu à cause de l'exploitation minière. »

Des cheminées d'usines fument à l'horizon. La femme assise sur l'autre rive appelle ma grand-mère :

« Choura ! C'est bien toi, Choura ?

– Maman, la dame t'appelle, là-bas, lui dit Marie, qui patauge maladroitement dans cette eau pas si profonde.

– Hé, Choura, viens donc par ici ! »

Aleksandra n'a pas entendu ce diminutif depuis si longtemps qu'elle en oublie presque de réagir.

« J'arrive ! » répond-elle en sortant de l'eau à la hâte.

Elle s'essuie les pieds, enfile ses sandales compensées, puis traverse le pont étroit vers cette femme qu'elle ne reconnaît pas, même en s'approchant.

« Pardon, mais je ne suis pas très physionomiste », s'excuse-t-elle.

Elle s'assied à l'autre extrémité du banc, le plus loin possible de l'inconnue.

« C'est moi, Natacha, dit la femme avec bienveillance. On dormait dans la même baraque, au camp de Griesheim. Je suis arrivée après toi. À l'époque, tu logeais encore dans le grenier au-dessus du laboratoire, avec tes cousines. »

Aleksandra reste un moment silencieuse. Elle regarde autour d'elle, contemple les collines aplaties, la rivière qui se tient coite. Elle baisse les yeux vers les mains de la femme et reconnaît sa cicatrice : Natacha s'était vilainement ouvert la main gauche sur une écharde à l'angle de la table commune. Tout le monde s'y écorchait. La table avait dû être esquintée pendant l'aménagement des lieux, si tant est que le terme convienne à propos d'une baraque pour travailleurs forcés. Natacha camoufle la cicatrice en posant sa main droite par-dessus.

« Ah, oui, je me rappelle, maintenant. Comment vas-tu ?

– Je suis rentrée, mais pas toi.

– J'ai suivi mon premier mari en Hollande. Avec notre fils Peter. »

Natacha se rapproche d'Aleksandra et tapote du plat de la main l'espace qui sépare encore les deux anciennes camarades de camp. Elle est aussi gentille et attentionnée que lorsqu'elle promenait le petit Peter dans ses bras chaque fois que c'était son tour de garder les enfants des *Untermädchen*. Aleksandra se remémore les rires des tout-petits, qu'elle entendait par la fenêtre ouverte du laboratoire. L'image lui revient d'une Natacha souriante, en fin de journée, au milieu des nourrissons et des bambins.

« Là-bas, en face, tu peux voir deux de mes trois filles. Pour Anna, c'est son premier séjour ici. »

Natacha, elle, désigne son fils, un jeune homme efflanqué en maillot de bain noir, allongé à l'écart sur une serviette de bain, les yeux dans le vide.

« Ça n'était pas facile de m'occuper de lui. Dès mon retour, on m'a envoyée pratiquement tout de suite en Sibérie. Je venais à peine d'accoucher, mais il fallait déjà repartir. Avec mon mari et mon bébé. Là encore, dans un camp. On trimait comme des bêtes. Je coupais du bois à mains nues, je pliais du métal dans des machines usées. On avait encore moins à manger qu'en Allemagne. Pour dormir, je mettais tous mes vêtements. Il y avait des lits superposés, mais pas assez de matelas. Oh,

Choura, qu'est-ce qu'il faisait froid... Tout le temps. Au début, j'arrivais encore un peu à me réchauffer au soleil, mais au bout d'un moment, la lumière ne me faisait plus d'effet. J'ai arrêté d'aider les affaiblis à marcher jusqu'à leur baraque. J'ai arrêté de travailler plus longtemps que les autres. J'ai arrêté de voler du pain pour le partager autour de moi. Et puis, un jour, comme ça, je ne me souviens même plus de la date précise, ils nous ont laissés repartir. On était en 1954, ça faisait un an que Staline avait cassé sa pipe. J'ai fait le trajet du retour dans un train rempli d'hommes et de femmes qui riaient, qui pleuraient. Il m'a fallu changer six fois. Et je me suis retrouvée ici, dans cette fichue gare. Sans rien. Pas de maison, pas de terres, pas d'adresse, pas de lit. Et tu sais ce qui était le plus fou, Choura ? Personne ne posait de questions. Tout le monde savait d'où je revenais, mais on ne m'a jamais demandé de détails. Des centaines de filles étaient parties d'ici, seulement personne n'en parlait, que dis-je, personne n'en parle encore aujourd'hui. J'aimerais pouvoir te confier mon histoire, toutes mes paroles, mes pensées, toutes les images qui tournent dans ma tête, la nuit... Je voudrais que tu les emportes ailleurs, loin de l'Union soviétique. »

Plus Aleksandra la regarde, plus elle compte de trous dans les vêtements de Natacha, plus elle prend conscience de sa maigreur, de ses joues émaciées, de ses yeux ternes. Le soleil couchant trace de profondes entailles sur son visage, comme la terre noire crevassée par la sécheresse de l'été.

*

« Avant de venir ici, je suis passée par l'Allemagne, pour voir l'usine où ma grand-mère avait travaillé pendant la guerre.

En février 44, avant même que les Américains aient vraiment atteint Francfort, les portes de l'usine se sont ouvertes. Les barbelés n'étaient plus sous tension. Tout le monde pouvait sortir du camp. Aleksandra est allée vivre un temps chez un couple de fermiers allemands, et ensuite, elle a pris le bateau pour les Pays-Bas. Je trouvais ça drôle : en bateau ! Comme si elle avait déjà intégré notre culture, le rapport des Néerlandais à l'eau. Et pour habiter au bord de la mer, en plus. »

Nikolaï est assis à côté de moi sur une marche du grand escalier. Il ne dit rien, il se contente de hocher la tête au fur et à mesure de mon récit. Je lui tiens la main.

« J'ai refait son voyage à l'envers, par voie fluviale, jusqu'à Francfort, et ensuite j'ai continué vers l'est, pour aller d'abord sur la tombe de Kolya et terminer par votre ancien village. Le premier soir, quelques heures après avoir quitté Dordrecht, j'étais sur le pont arrière, le soleil descendait lentement sur le fleuve. J'ai vu passer un petit bateau avec à son bord des gens habillés comme dans les années quarante. Parmi eux, il y avait Aleksandra, elle tenait tout contre elle mon oncle Peter, né en Allemagne pendant un bombardement. Elle paraissait plus maigre, plus fatiguée, plus adulte que sur la photo de 1939. Les vaguelettes que faisaient nos bateaux se chevauchaient en croisillons d'écume. Je l'ai saluée de la main, sans réponse. Elle se tenait au bastingage, à côté de son premier mari, qui était très brun et rasé sur les tempes. Je l'ai regardée s'éloigner, berçant Peter dans ses bras. Je me suis souvenue de ce qu'elle m'avait dit à propos de toi : il paraît que tu l'avais emmenée en promenade à travers les champs dorés, juste après sa naissance, et que tu lui avais raconté le bassin du Donets, la frontière avec la Russie à quelques kilomètres de là, le rouge et le noir de la terre, l'incroyable fertilité du sol. »

*

« Je parlais à Peter dans un mélange de russe et d'ukrainien, m'avait dit Aleksandra avant de me montrer la première photo du bébé, prise par l'une de ses collègues allemandes au laboratoire. Elles le trouvaient adorable. Il faut dire que c'était déjà un sacré charmeur. »

Ensuite, ma grand-mère s'est tournée vers le vaisselier, vers le dernier portrait de son fils aîné. Peter avait toujours le même regard : à la fois surpris et malicieux.

« Sur ce bateau, je lui ai dit : nous nous éloignons de mon pays natal. Là-bas, les paysages sont immenses, magnifiques. Il y a des champs de céréales partout, des animaux, des tomates rouges en été, des melons. Parfois, le soir, on joue de la musique et on danse. Le miel et le lait coulent à flots. Les jours de fête, tout le monde porte une chemise en lin blanc, avec des broderies rouges et noires sur le col et sur les manches, les filles ont des couronnes de fleurs dans les cheveux. Mes parents se prénomment Anna et Nikolaï. Ma mère est russo-ukrainienne, mon père est un Cosaque du Don. J'ai un frère, Kolia, qui en fait s'appelle aussi Nikolaï, mais puisque c'est le plus jeune, on le désigne par son diminutif. Il a les sourcils noirs comme ceux de papa, et ses cheveux sont tout aussi beaux. Ma petite sœur Nina, elle, est née un an avant mon départ pour l'Allemagne. Je ne l'ai jamais vue autrement que bébé. Elle a les mêmes yeux bleus que toi. Tu vois, tu as déjà une grande famille. »

Je serre les doigts de Nikolaï, essaie de me rappeler la configuration du complexe industriel de Griesheim.

« Après deux grandes barrières automatiques, j'ai longé le trottoir jusqu'à un bâtiment où se trouvait l'accueil. Un homme avec des lunettes rondes était assis derrière le comptoir. Son ventre débordait un peu du pantalon. Il m'a vue regarder les dépliants sur l'étagère de présentation, puis il a de nouveau baissé les yeux vers ses papiers. J'avais envie de lui dire qu'en fin de compte ça ne me faisait pas grand-chose d'être là, dans ce lieu qui – je le voyais bien – n'était plus du tout comme à l'époque. J'aurais voulu me plaindre de ce patelin horriblement ennuyeux, avec ses parterres tirés au cordeau et ses retraités qui, avachis sur un banc, jouaient aux échecs ou buvaient leur thermos de thé en regardant couler le Main. Au lieu de ça, j'ai lancé : "Bonjour ! Euh, je voudrais, euh, ma grand-mère a travaillé ici. Dans le temps. Elle venait d'Union soviétique. Elle était employée chez IG Farben, je sais que ça ne s'appelle plus comme ça et qu'il n'y a plus un seul mur encore debout, mais je cherche des choses. Qui datent de l'époque. Des photos, des papiers, tout ça... Des traces d'elle." L'homme a souri. Il s'est penché pour attraper un truc sous son bureau. "Tout a été rasé, directement. Les papiers ont brûlé." Toujours plié en deux, il a fait rouler son fauteuil à l'autre bout du comptoir, "Attendez ! Ah non, ce n'est pas là", il s'est ensuite redressé pour aller tapoter sur son ordinateur – "Vous voyez, un ordinateur, c'est un appareil qui sert à ranger plein de choses, comme des listes, des photos, des documents, des films" – et enfin, après avoir encore une fois plongé sous son bureau, il est réapparu en brandissant un plan qui sortait tout juste de l'impression. Il a posé la feuille de papier sur le comptoir et il a dessiné cinq ronds verts sur des zones qui correspondaient à des friches industrielles : "Ça devait se trouver à peu près par ici." J'ai regardé les cercles, puis, à l'extérieur, les gros panaches de fumée qui sortaient des cheminées d'usines, les camions qui passaient dans la rue, les types en tenue de chantier qui quadrillaient la zone, porte-calepin sous le bras… “Vous pouvez le prendre”, m’a dit l’homme en tapant le bout de son stylo sur le plan. Je suis ressortie du terrain et j’ai pris à droite. Sur ma gauche, il y avait le fleuve. Aux endroits que le réceptionniste avait marqués d’un cercle, j’ai photographié les vestiges des bâtiments d’avant-guerre. Ensuite, je suis retournée sur la rive, là où Aleksandra et les autres filles allaient se baigner le dimanche. L’eau était lisse comme un miroir. Griesheim ne faisait presque pas de bruit. »

RÉPUBLIQUE POPULAIRE DE LOUGANSK
26 mars 2015

Le commandant est revenu. Cela ne nous dit rien qui vaille. Nous l'avons vu à l'œuvre dans le secteur : c'est une brute. Partout, il trouve des gens à maltraiter. Il les menace, les soumet aux contrôles vexatoires de ses soldats, les fait chanter. Nous ne le voulons pas ici. Il ouvre la porte d'un grand coup et entre dans la boutique, bras écartés, comme s'il arrivait au bar où l'attendent ses camarades.

« Nikolaï Aleksandrevitch ! On a besoin d'extenseurs WiFi. Avec des rallonges. Grand modèle, les rallonges. Pour nos tranchées. Ça devient sérieux, maintenant, et les gars ne peuvent rien faire sans Internet.

– J'en ai cinq.

– Je les prends tous les cinq pour le prix de trois.

– Mais comme ça je n'ai plus de marge ! C'est impossible. »

Le commandant le regarde dans les yeux sans rien dire, s'enfourne le pouce et l'index dans la bouche et siffle, comme un hooligan pendant un match de football. En moins de cinq secondes, un jeune homme entre dans la boutique. Sur son crâne millimétré s'étire une longue bande de cheveux blonds, qu'il a noués en chignon à l'arrière. Kolya le reconnaît. C'est un ami d'enfance, à Vitya et à lui.

« Tiens, Vova, quelle surprise !
– On a besoin de ces amplis, Kolya. Tu comprends ?
– Oui, je comprends. Et moi, j'ai besoin d'une marge. Il faut que je mange, que je paie mon essence.
– Comme s'il te restait encore des clients à part nous, lâche Vova. Il n'y a plus d'argent nulle part, gros malin. Les gens échangent des betteraves contre des patates. Tu peux t'estimer heureux de pouvoir nous rendre service. Parce que nous, on reviendra, même quand ça sera fini.
– Ah oui ? Quand ça ? Personne ne reconnaît cette république. Même pas vos amis les Russes. Alors que votre argent, là, il vient de chez eux. Qui te dit que j'ai besoin de roubles ? »

Le commandant secoue la tête et fait signe à Vova de passer derrière le comptoir. Vova hésite un instant, puis obéit à son supérieur. Il pousse Kolya de côté, jette un œil sous le meuble-caisse et ouvre quelques tiroirs. Sa brusquerie nous choque. Il semble n'avoir de respect pour rien. Est-ce là le nouveau pouvoir qui règne sur nos terres ?

« Ça lui ferait de la peine, à Vitya, si on lui disait que son cousin ne veut pas nous aider. T'es bien d'ici, pourtant ? Pourquoi tu n'y crois pas, à notre république ?
– Tu m'as vu défiler place Maïdan ? Non. Est-ce que je me suis enfui ? Non plus. Je reste ici, tous les jours, à vous faire des ristournes. D'accord, je ne vais pas au combat, mais vous avez Vitya, non, ça ne vous suffit pas ? On m'a même dit qu'il avait appelé notre cousin d'Odessa pour le prévenir qu'il le descendrait s'il le voyait se pointer en ville.
– Encore heureux ! Ce type est un traître à sa patrie. Et vas-y que je pars m'installer à l'Ouest pour jouer les hommes modernes !
– Notre cousin Andriy nous a toujours aidés quand on avait besoin de quelque chose. En plus, ça fait des mois que je

n'ai pas vu Vitya. La dernière fois, il manifestait dans le centre-ville, bourré comme un coing. C'est ça, l'avenir ? »

Le commandant soupire et, d'un air théâtral, lève ses yeux bleus vers le faux plafond.

« Écoutez : vous êtes quelqu'un de bien, je l'ai tout de suite remarqué. Bonne présentation. Caractère posé. Vous comprenez les choses, vous respectez les règles. Alors maintenant que nous avons voté pour le changement, il est bon de poursuivre en ce sens. Vous connaissez la situation. Vous êtes du Donbass. Le Donbass a besoin de tous. »

Kolya réplique :

« Et ça aurait changé quoi si j'avais voté ?

– Mmh ?

– Vous savez bien ce que je veux dire. Il n'y avait pas de choix possible. »

Vova s'acharne sur les touches de la caisse, mais rien ne se passe. Le commandant pose la main sur la crosse de son fusil.

« Ils sont où, ces putains d'amplis ? aboie Vova.

– À l'arrière, dans la réserve. »

L'autre appuie sur son smartphone pour activer la fonction lampe de poche et défonce d'un coup de pied la porte qui mène à la réserve.

« OK. Par ici ? Tu peux déjà noter : trois extenseurs WiFi. Les deux autres, tu les déclares comme défectueux. Ou tombés du camion. Enfin, à toi de voir. Vitya te dira merci.

– Je préfère en facturer quatre. J'ai une femme et deux enfants.

– Nous sommes informés, intervient le commandant. Larissa, Mariya et Anya. Ta femme partage de belles photos sur Internet. Surtout à Pâques et au 1er Mai. Il y en a une que j'ai trouvée très bien, d'ailleurs, devant la tombe de ton cousin Igor. Lui aussi, c'était une grande gueule ?

– Il a toujours travaillé dur. On l'a retrouvé avec une ceinture autour du cou.

– Ah oui ? Bizarre, ce n'est pas ce que j'ai entendu dire. Enfin, traître ou patriote, on ne le saura jamais. Mais maintenant, tu peux faire quelque chose de bien pour lui. »

Kolya tape le montant de trois extenseurs WiFi et imprime le ticket de caisse. Derrière lui, il entend Vova renverser des rayonnages en jurant. Il pose la facturette sur le comptoir et la glisse vers le commandant, qui la prend et la plie en quatre. Le petit carré de papier disparaît dans sa poche de poitrine, sur laquelle nous apercevons l'emblème d'un cerf blanc au dos piqué d'une flèche d'or. Un autre insigne, orné de l'aigle bicéphale, est cousu à côté.

« Il y a le même cerf sur les tombes de mon grand-père et de mon arrière-grand-père.

– Bien. Ça veut dire qu'ils étaient du bon côté », rétorque le commandant.

Dans un fracas du tonnerre, Vova revient de l'arrière-boutique avec les cinq extenseurs WiFi. Il bouscule Kolya en passant et trottine derrière son supérieur, qui s'arrête pour lui tenir la porte.

« Aux fils de la gloire et de la liberté ! » clame Vova juste avant de monter dans le 4 x 4.

*

Le bâtiment se rétrécit autour de nous, comme si nous étions des poissons nageant lentement vers le fond de la nasse. On dirait que le temps de notre ascension s'allonge. Nikolaï pousse une porte qui s'ouvre sur une étroite cage d'escalier. Il lève les yeux, entre les rambardes et les paliers, je fais pareil et dénombre une bonne vingtaine d'étages.

« Au fait, tu ne dois pas l'appeler "mon oncle", mais "mon frère". C'est ce que nous faisions autrefois, quand nous vivions encore au village. »

Au mot « frère », je sens mon estomac se retourner. J'ai le vertige. Je m'agrippe à la main courante, ferme les yeux et me retrouve transportée dans la cathédrale du monastère, à Odessa. Dehors, derrière moi, des gens traversent le parvis. Il fait froid ici, comparé à la touffeur du centre-ville. Une bonne sœur vend des souvenirs religieux, je lui achète un cierge, très fin et très long. Cinq grivnas. Des prêtres, sac plastique à la main, entrent dans l'édifice, échangent quelques mots avec des petites dames assises sur des bancs et disparaissent ensuite derrière une cloison en bois. Une douce brise de mer souffle sur l'enceinte. J'entends les vagues s'écraser contre les falaises. Voilà quatre jours que je suis dans cette ville asphyxiante. C'est une sorte de labyrinthe, je n'arrête pas de perdre mon chemin. J'ai descendu et monté l'escalier du Potemkine, crapahuté dans les souterrains des partisans, donné une caresse à la statue de Pouchkine, déambulé entre les étals suspects d'un marché de conteneurs, mais surtout beaucoup bu et beaucoup mangé. Chaque jour, on me gavait comme s'il n'y allait plus avoir de nourriture le lendemain. Après la visite de tous les lieux touristiques, Klava et Nina m'ont emmenée sur ce promontoire dans le sud de la ville. Pour y arriver, il a fallu marcher près de trois heures sous un soleil de plomb. Les faubourgs de ce côté-ci font un peu zone, contrairement à la banlieue où vit Klava. Son immeuble est situé à distance raisonnable du centre, juste en face d'une caserne, ce qui explique dans doute pourquoi le quartier est mieux entretenu. Ici, les maisons sont basses, entourées de clôtures, et ont toutes un potager. Des petits vieux remuent vaguement la terre à l'aide d'une bêche ou d'un râteau, caressent leurs chats et s'assoient sur un tabouret pour boire du thé ou du jus de fruits.

Mes grand-tantes me précédaient à vive allure sur leurs talons compensés, slalomant entre les nids-de-poule et les crevasses de la chaussée. Plus nous approchions du monastère, moins elles parlaient. Lorsque nous avons bifurqué pour rejoindre l'entrée principale, j'ai constaté que nous n'étions pas seules : de nombreux parents accompagnés de leur fils en uniforme marchaient dans la même direction. La main à plat contre le dos du garçon, ils le poussaient vers le grand portail. Nina a secoué la tête en apercevant les jeunes gens.

« Il y en a tellement... Bientôt, je les verrai passer devant chez moi. »

Klava a posé la main sur l'épaule de sa sœur.

« Nous brûlerons aussi un cierge pour ça.

– Pour quoi ? Pour un bon voyage ?

– Non, pour que ça finisse. »

Je les écoutais se chamailler, Nina dans un russe plein et grasseyant, Klava dans un langage émaillé de termes ukrainiens. Elle, la Soviétique moderne et citadine, était la représentante d'un pays neuf, tandis que sa sœur, la fermière, avait suivi l'exemple de leurs parents et de leurs ancêtres. Nina : une femme de la terre rouge et noir. Avant d'entrer par une arche ornée de fresques religieuses, mes grand-tantes m'ont noué un tissu à fleurs autour des cheveux, qu'elles avaient tressés en couronne le matin même. Là, dans le petit appartement khrouchtchévien de Klava, j'avais dû m'asseoir sur une chaise au milieu du salon. Nina était installée sur le canapé, buvant du thé et prodiguant des conseils. Klava me peignait, calme et minutieuse. Après chaque coup de peigne, elle me faisait une caresse sur le crâne. Elle parlait en russe, tout doucement, comme si ces mots ne m'étaient pas destinés, comme si elle me chantait une chanson que je n'avais pas besoin de comprendre. Par la porte ouverte de son balcon nous parvenaient les bruits du boulevard. De temps en temps, un tramway passait, des voitures klaxonnaient, le marchand de fruits et légumes au coin de la rue criait à qui voulait l'entendre que ses fraises étaient encore plus sucrées aujourd'hui. J'ai regardé les petites mules roses que j'avais aux pieds. Mes orteils dépassaient. Au-dessus du canapé, il y avait un tableau représentant un paysage ukrainien : champ de blé jaune d'or et ciel bleu. Juste à côté se trouvait un fanion illustré d'un moulin, de nuages et portant le mot « *Holland* ». L'armoire vitrée qui occupait tout un mur me renvoyait mon image. Je me voyais dans le verre limpide et devinais mes contours sur le bois verni. Derrière mon reflet, je distinguais les babioles de Klava : boules Swarovski en cristal taillé, portraits de mes cousins et cousines d'Ukraine, photos d'anniversaire de la branche néerlandaise, et un cadre souvenir réunissant mes grand-tantes un jour d'été à Vorochilovgrad. Elles avaient toutes un peu l'air de faire la tête. Lida était la seule à afficher un grand sourire, comme d'ailleurs pendant sa visite aux Pays-Bas pour les quatre-vingt-dix ans d'Aleksandra. Avec son épais rouge à lèvres et son ombre à paupières bleu pétant, elle montrait en permanence un visage radieux. Même quand je lui ai demandé si ce n'était pas trop dur de vivre aussi loin de ses trois sœurs, au Kazakhstan – elle a d'abord poussé un petit rire avant de se mettre à pleurer.

Une fois la tresse terminée, nous sommes parties.

« Ça, c'est pour ton frère, me dit Nina en désignant le cierge.

– Mon frère ?

– Kolya. Écoute : je sais que c'est le cousin de ta mère, mais par tradition, elle doit l'appeler "frère". Et comme Marie n'est pas là, tu la remplaces pour brûler ce cierge. Aujourd'hui, Kolya est ton frère. »

Je vois à ses mains combien elle a vieilli depuis son dernier séjour aux Pays-Bas. Je baisse les yeux vers le cierge, puis me tourne vers elle.

« Où est-ce que je dois aller le mettre ? »

Nous regardons autour de nous les piliers adornés d'icônes. Aux pieds de chaque saint se trouve une tablette servant de support à des cierges, certains tout juste allumés, d'autres presque entièrement consumés ou même éteints.

« Je ne sais pas. Il n'y a pas d'autel pour les gens qui sont dans l'entre-deux. »

Je me promène à l'intérieur de l'église, parmi les saints et les prêtres, le comptoir où on vend des icônes et deux dames conversant à mi-voix sur un banc. Et puis je sors : il faut que j'aille voir la mer. Je passe devant des ruches installées par les religieux dans un petit jardin, longe un cimetière, continue au-delà d'une fontaine coiffée d'un dôme bleu et quitte l'enceinte du monastère pour m'engager sur le chemin qui mène au rivage. Au loin, les jeunes soldats se tiennent en rang, le dos tourné à la mer. Leurs parents sont assis sur des chaises dans l'herbe. Je suis plus âgée que tous ces garçons à la peau glabre, au visage presque luminescent. Le prêtre les appelle un à un, leur fait avaler une cuillerée d'une substance contenue dans un bol argenté. Ils se signent juste après. Leur présence me bloque la vue sur la mer Noire, sur l'horizon qui bombe un peu au milieu, un détail dont m'a parlé l'oncle Andriy lorsque nous avons trinqué hier soir à la santé de tous, à la paix et à la tranquillité.

« Tu vois, le verre est correctement rempli quand la vodka ballonne. Prends-le doucement dans ta main, trinque et bois d'un seul trait. Ça porte bonheur. »

La chaleur du trajet et la vodka de la veille se bousculent dans mon estomac. Je cours vers le bosquet le plus proche. Pliée en deux sous le feuillage épars, je vomis jusqu'au vide, jusqu'à la bile. J'ai cassé le cierge sans le faire exprès.

« Oh, Lisa, tu es blanche comme un linge ! Viens donc par ici. »

Nina sort un morceau de pain noir de son sac et me flanque une bouteille d'eau dans les mains. En échange, elle me prend le cierge brisé. Je bois une gorgée et sens l'acidité remonter dans ma gorge.

« Allez, ma grande, on retourne en ville. Ce cierge ne trouve pas sa place. Pas aujourd'hui, en tout cas. On finira par en savoir plus, et à ce moment-là, je le brûlerai pour toi, à la maison, à Lougansk. »

*

Nikolaï me saisit la main et m'entraîne dans l'escalier.

« Lisa ?

– Oui, oui. »

Après avoir monté six volées de marches, je regarde vers le haut, par-dessus la rambarde. La cage d'escalier paraît s'étirer comme un accordéon. Le dernier étage ne se rapproche pas.

« Et Igor ? Lui aussi, il est passé ici, non ? Avant Kolya ?

– Oui. Un grand maigrichon avec une grosse moustache et des cheveux mi-longs.

– Il jouait toujours au Risk avec mes parents, jusque tard dans la nuit.

– À quoi ?

– Au Risk. C'est un jeu de société, les participants doivent s'emparer de différentes parties du monde. Igor et ma mère avaient même fabriqué de nouvelles cartes de mission : conquérir à la fois l'Europe et les territoires de l'Union soviétique, ou conquérir le monde entier... Je les entendais jouer depuis ma chambre, tous les soirs, ils parlaient fort, en russe. Dans la journée, mes parents emmenaient Igor à la mer. Ils lui ont appris à manger le hareng comme les Néerlandais : vous attrapez le poisson par la queue, vous le roulez dans des petits cubes d'oignon cru, vous le tenez au-dessus de votre bouche grande ouverte et vous le laissez descendre. Au début, Igor s'y prenait assez mal, mais il a vite trouvé le coup de main. C'était le seul qui finissait tous ses morceaux d'oignon. Les sœurs de grand-mère adorent le hareng, elles aussi.

– Ah, mes chères filles, mes mignonnes... »

Nous montons une nouvelle volée de marches. Je reprends la parole :

« Vitya a fait séparation.

– Séparation ?

– Je veux dire qu'il est parti. Dans l'autre camp, peu après le début de la guerre. Nous ne savons pas où il est. Vous le savez, vous ?

– Tu me demandes s'il est passé ici ?

– Oui. »

Nous nous arrêtons. À quatre marches d'écart. Nikolaï inspire un grand coup.

« Je n'en ai aucune idée. Qui sait, il est peut-être mort en paix avec lui-même, ou bien il vit encore. »

Mon arrière-grand-père redémarre, je m'aligne sur son pas. En cadence, nous arrivons au dernier étage, dans un grand hall. Face à nous se trouve une large porte en bois, gravée d'une étoile rouge. Un lustre au centre du plafond éclaire le parquet verni. Nikolaï s'approche avec prudence et pose la main sur la poignée de porte. Il appuie plusieurs fois, puis secoue la tête, dépité.

« Essaie donc, toi. »

Je fais comme lui, tire sur la poignée, me presse contre la porte. Rien.

« Kolya ? Tu es là, mon frère ? C'est moi, Lisa. Marie t'envoie le bonjour. Elle dit que tu lui manques. Sacha m'a demandé de venir, elle m'a donné une mission : je dois mettre quelque chose sur ta tombe. »

Pas de réponse. Je regarde Nikolaï, qui lève les yeux au ciel.

« Tu veux voir ce que c'est ? Un rectangle de toile. Elle l'a reçu de Baba Mari avant son départ forcé, pendant la guerre. Toi aussi, tu es dessus. »

J'empoigne mon sac à dos, dézippe la poche intérieure et en sors le tissu replié. Nikolaï me prend le sac, le plaque contre son ventre, me lance un regard inquiet. Je ne me laisse pas décourager : « C'est tout ce qu'on peut faire. »

J'aplatis la toile autant que je peux et l'introduis sous la porte.

« Regarde, Kolya, tu y es aussi. Regarde, s'il te plaît. »

Avec mon petit doigt, je pousse le dernier bout de tissu à l'intérieur. S'il l'attrape maintenant et qu'il n'ouvre pas la porte, je vais avoir un problème. Des bruits se font entendre juste derrière. Je sens comme un courant d'air et vois disparaître le dernier liseré noir et rouge.

« Nikolaï Aleksandrevitch, ouvre cette porte. »

RÉPUBLIQUE POPULAIRE DE LOUGANSK
30 mars 2015

La jeep noire stationne en face du magasin depuis le début de la matinée. Nous restons à proximité, pour surveiller. Les deux occupants du véhicule ont une mine patibulaire. Ils mâchent du chewing-gum et boivent de la vodka au goulot. Ils ne quittent pas des yeux la boutique, comme s'ils avaient rendez-vous avec Kolya pendant sa pause de midi. Mais ce n'est pas le cas. Kolya a d'autres projets. Une fois installé au volant, il baisse sa vitre avant de mettre le contact pour aller chez Ioulya. Il entend le moteur de la jeep qui démarre. Le 4x4 roule maintenant derrière lui. Nous les suivons au petit trot. Le conducteur du véhicule imite chaque manœuvre de Kolya, bifurque aux mêmes endroits, en gardant ses distances. Lorsque notre cousin se gare sur le parking de la résidence, la jeep va s'arrêter cent mètres plus loin. Kolya descend de voiture, verrouille les portières et jette un coup d'œil par-dessus son épaule. Les deux hommes attrapent leur téléphone. Ils font semblant de chercher quelque chose ou de passer un appel. L'un d'eux n'est autre que Vova. Ils attendent. À l'évidence, ils sont là pour notre cousin et, à l'évidence, ils ont tout leur temps.

Ioulya se précipite au balcon : elle a oublié des choses sur sa liste de courses.

« De la viande et du lait, s'ils en ont ! Ohé, Kolya ! »

En bas, sur le parking, il lève la tête.

« Qu'est-ce que tu dis ?

– Du lait et de la viande, même si ce n'est pas beaucoup. Tu regardes ce qu'il y a.

– Je vais voir ce que je peux faire. Il faut d'abord que je passe prendre Larissa après le boulot, donc ça risque d'être un peu tard.

– Un peu tard ?

– Plus tard que tu ne le penses.

– Comme d'habitude, quoi. »

Kolya rit, salue de la main et rejoint sa berline. Pendant un instant, il oublie la jeep. Pas nous. Postés près de sa voiture, nous voyons les deux hommes quitter leur véhicule. Ils claquent les portières et s'avancent vers notre cousin. Vova porte une tenue militaire, l'autre est vêtu d'un costume aux jambes un peu trop longues.

Lorsque Kolya leur demande ce qui se passe, ils répondent :

« On a des ordres.

– Il vous faut encore des extenseurs WiFi ?

– Non, autre chose. On ne peut pas t'expliquer. C'est le commandant qui va s'en occuper.

– Je dois faire des courses pour ma cousine. »

Il montre du doigt l'appartement de Ioulya, le balcon où elle se tient encore et d'où elle observe les trois hommes. Elle téléphone à Kolya. Il ne décroche pas. Tout comme elle, nous voyons l'un des scélérats monter sans autorisation dans sa voiture. Ioulya rappelle.

« Décroche », murmurons-nous.

« Oui ? répond Kolya.

– Tu veux que je descende ?

– Ah, merci, tu fais bien de me le rappeler. De la viande et du lait, OK ! Je vais voir ce que je peux faire. Ça va aller.

– Quoi ? Est-ce que je dois appeler Andriy ?

– Ça va aller. Si ça dure un peu longtemps, tu veux bien prévenir Larissa ? »

Kolya raccroche. Il sort du parking et tourne à gauche en direction de la vieille mairie, occupée par le nouveau pouvoir depuis près d'un an. Les flèches d'or piquées dans notre dos s'embrasent et se mettent à chanter. Depuis le balcon de Ioulya, nous bramons, de plus en plus fort, au-dessus de la ville. Des cerfs accourent à notre appel, ils arrivent des champs, des bords de la rivière, des faubourgs. Nous nous concertons sur le parking, tout doucement, par crainte de réveiller les aigles à deux têtes, d'affoler encore plus la terre noire. Nous racontons l'histoire de Kolya, l'histoire d'Andriy qui n'ose pas se rendre à Lougansk car il a peur d'être abattu par son cousin Vitya. Nous racontons l'histoire d'Igor, que nous avons déjà perdu. Nous remarquons que tout se désagrège, une fois de plus.

« Oui, une fois de plus. Que pouvons-nous faire à présent ?

– Nous ne pouvons rien faire, déplore l'un de nos anciens. Nous ne sommes que des ancêtres. Nous sentons encore le sol sous nos sabots, mais nous ne pouvons plus le fouler. »

Nous espérions que la réponse serait différente cette fois-ci. Trop de pertes inutiles ont déjà eu lieu sur ces terres.

Nikolaï et moi nous laissons glisser le long du mur et nous asseyons sur le parquet verni.

« Bon, il ne reste plus qu'à attendre ! dit-il avec force. Nous pouvons rester longtemps ici, tu sais ! Surtout moi ! Je ne bougerai pas, tu peux compter là-dessus ! »

Il recommence à cogner contre la porte.

« Es-tu vraiment mon petit-fils ? Dans ce cas, montre que tu en as et ouvre-nous ! Cette jeune femme est venue ici, entre la vie et la mort, spécialement pour toi ! Tu m'entends ? »

Il regarde le plafond, les ornements du décor et les portraits de Soviétiques célèbres accrochés sur les murs. Moi, je lève les yeux vers le lustre qui se balance doucement.

Mes paupières se ferment. Je suis fatiguée, mon corps est lourd et lent d'avoir gravi toutes ces marches, d'avoir vu tous ces personnages souriants, toutes ces dorures, tous ces mensonges de mosaïque. Je pose ma tête sur l'épaule de Nikolaï et tombe dans un rêve en forme de trou noir. Je dégringole par l'oculus du grand auditorium, fais un roulé-boulé sur la scène et passe à travers une trappe pour atterrir enfin sur le quai d'une station de métro déserte. Comme dans le hall d'accueil du palais des Soviets, de gros piliers supportent le plafond voûté. Il y a des étoiles rouges partout. Un peu plus loin, près du mur à l'opposé des voies, j'aperçois Nikolaï. Il essaie d'ouvrir des portes les unes après les autres en appuyant comme un forcené sur la poignée. Chaque porte qui résiste le rend un peu plus nerveux. Est-ce que nous sommes coincés ici pour toujours ? Sur les dalles rouges et blanches du sol en damier, je m'élance vers mon arrière-grand-père pour lui dire que tout ça n'est qu'un rêve, lorsqu'une rame de métro vide s'arrête derrière moi.

« Station Kropotkinskaïa, palais des Soviets », annonce une femme à la voix glaciale avant l'ouverture des portes automatiques. Et puis plus rien ne se passe, le métro reste obstinément à quai, comme s'il nous attendait pour repartir. J'hésite un instant : faut-il monter à bord ? Peut-être allons-nous ressortir sur l'esplanade, devant le palais, au centre de Moscou ? Ou bien vais-je me retrouver à nouveau dans les champs de blé ? Juste au moment où je m'apprête à embarquer, Nikolaï réussit à ouvrir une porte métallique. Elle donne sur un escalier de granit rouge qui brille de mille feux. Chacune de ses marches est incrustée d'une étoile d'or. Au-dessus, un panneau blanc fléché vers la droite indique en lettres bleues : *Moskva Bassin*. Les portes de la rame se referment derrière nous. Le métro s'en va.

Nikolaï grimpe l'escalier quatre à quatre, encore plus loin à l'intérieur de mon rêve. En haut, vers la droite, une autre volée de marches débouche à la surface. Le soleil éclatant se réfléchit sur les parois de marbre, je ne vois pas où nous allons. Alors que je tente d'habituer mes yeux à la lumière, mon odorat me confirme ce que j'ai cru sentir en bas tout à l'heure, mais en plus intense : du chlore. Ce n'est qu'après être sortie du métro et avoir tourné les talons que je comprends d'où vient cette odeur. Je suis au bord d'une gigantesque piscine ronde, aussi spectaculaire que l'auditorium du palais des Soviets. S'agit-il du bassin en plein air que Khrouchtchev, qui venait de dénoncer le culte de la personnalité de Staline, a fait construire sept ans après la mort du sanguinaire dictateur ? Je n'ai pas le temps d'y réfléchir : au loin, dans l'eau bleue, flotte la toile de Baba Mari. Je saute, nage aussi vite que possible pour atteindre le rectangle de tissu et m'en saisis. Ensuite, à la brasse, je rejoins la plateforme centrale où Nikolaï m'attend au pied des plongeoirs. Il est assis sur le bord, pantelant. Je lui jette la pièce de lin chiffonnée en boule et me hisse hors de l'eau. Il déplie l'ouvrage brodé, puis l'étend sur un parapet, au soleil. De l'autre côté des plongeoirs, à la périphérie du bassin, Kolya va et vient en rétropédalage. De temps à autre, il essaie de sortir du bassin en poussant sur ses avant-bras, qui sont couverts de plaies et d'ecchymoses. Il abandonne au bout de deux ou trois tentatives. Et reste dans l'eau.

« Nikolaï ! s'écrie-t-il. Qu'est-ce qui se passe ?

– Je ne sais pas. C'est la deuxième fois seulement que j'échoue ici. »

Je regarde autour de moi. La piscine a vraiment les mêmes dimensions que l'auditorium du palais des Soviets. Je replonge en vitesse et nage vers Kolya, après avoir fait signe à mon arrière-grand-père, qui attrape le tissu et se laisse glisser dans l'eau en fermant les yeux et en se pinçant le nez. Revenu à la surface, il démarre en nage indienne et, exécutant de puissants moulinets, me dépasse avant que je sois arrivée au bord.

« Viens, nous allons te rincer », dit-il à Kolya.

Il s'extirpe de l'eau et tend la main à mon frère pour le tirer au sec. Kolya se laisse faire, puis il traîne son corps lourd et ses bras ballants vers les douches extérieures. Je le suis à distance, les yeux posés sur sa chemise bleu ciel qui se macule de sang. Il prend place sous une pomme de douche. Nikolaï tourne le robinet. L'eau jaillit, Kolya ne se retourne pas. Avec lenteur, il écarte les bras et lève la tête. Sur sa chemise aux manches retroussées, le sang imprègne maintenant toute l'étoffe et la colore de rose pâle. Ensuite, mélangé à l'eau de la douche, il ruisselle jusqu'à la bonde, sans jamais s'arrêter de couler.

« Vous allez rester encore longtemps comme ça, à me regarder ? s'impatiente Kolya. Vous voyez bien que ça n'avance à rien, ce que vous faites ! »

Je m'approche de lui pour l'aider à retirer sa chemise, mais je me retrouve tout d'un coup pataugeant dans une flaque boueuse. Mes vêtements sont secs, ils ne sentent pas l'eau de Javel, comme si la piscine n'avait jamais existé. Autour de moi, il y a un chantier de forme circulaire, aussi grand que trois terrains de football. Je vois des blocs de béton, des poutres en acier. Mes pieds sont sales, couverts de gadoue. Nikolaï a trouvé une pelle. Il se met à creuser.

« Regarde, Lisa ! Le trou de la machine à coudre ! Et Sergueï est là aussi ! »

Kolya s'éloigne vers le bord du terrain, vers un wagon à bestiaux prêt à partir. Une jeune fille ouvre le panneau coulissant et monte à l'intérieur. Elle porte une valise.

« Grand-mère ! »

Je cours jusqu'au wagon et commence à cogner sur la porte refermée tandis que le train se met en marche. Je continue de cogner, sans répit, au point d'avoir les mains pleines d'échardes.

« Aleksandra ! crie Nikolaï. Aleksandra, redescends ! Il y a ici une fosse où nous pouvons te cacher, tu peux rester, tu n'es pas obligée de partir ! »

Kolya, dans un sprint, me dépasse et s'arc-boute sur la poignée de la porte, qui s'ouvre. Ma grand-mère nous tend la main et nous fait monter, Nikolaï, moi et Kolya.

« Ça y est, je vous ai tous enfin près de moi. »

Elle repousse ensuite la porte du wagon, nous plongeant dans le noir complet.

RÉPUBLIQUE POPULAIRE DE LOUGANSK
30 mars 2015

Le commandant allume sa lampe de bureau. Je cligne des yeux pour voir où je suis. En l'occurrence au siège de l'administration régionale de Lougansk. La pièce est bondée de cerfs blancs. Ils me saluent de la tête, leurs flèches d'or font entendre une intense vibration. Près de moi, Nikolaï est assis sur une table, devant l'écran brisé d'un ordinateur. Il prend la souris dans sa main et l'examine, clique, fait tourner la mollette. Mon regard se dirige vers un mur auquel sont accrochés cinq portraits : Staline, Fidel Castro, Hugo Chavez, Che Guevara, Poutine. En voyant que Kolya, posé sur une chaise juste en face de moi et de Nikolaï, observe les photos, le commandant se racle la gorge.

« Tu sais ce qui me fait rire ? Dans l'ouest de l'Ukraine, notre vieux pays, il y a un patelin du côté de Lviv où ils veulent peindre une fresque avec Poutine, sur le plus grand mur de leur église. Russia Today a montré une ébauche du projet, hier : Poutine était en enfer, les pieds ligotés par un serpent, les mains sur la tête, comme pris d'une panique absolue. Il avait la cravate un peu de travers. Dis-moi : est-ce qu'il porte des cravates ? »

Kolya réfléchit un instant, puis opine du chef :

« Oui, je crois bien.

– Moi aussi, mais maintenant, j'ai des doutes. Enfin bref, cravate ou pas, il avait le diable dans le dos. Au centre de la scène, un démon perçait un drapeau nazi avec son trident. En dessous du drapeau, on voyait un bouclier en bronze avec la faucille et le marteau, lui aussi rongé par les flammes. Et tout à gauche, entre les rayons du soleil, un ange levait le doigt vers Jésus dans le ciel bleu. Je me suis demandé : mais qu'est-ce qu'ils veulent bien dire par là ? C'est comme ça qu'ils s'imaginent la situation, les Ukrainiens, dans leur monde soi-disant démocratique ? »

Encore un appel de Ioulya.

« Tiens, c'est ta cousine », feint de s'amuser le commandant.

Il regarde le téléphone, qui se tait au bout de quatre sonneries. Kolya pose ses mains entre ses genoux et regarde aussi. Sur l'écran s'affiche un message :

Kolya, dois-je faire quelque chose ?

Kolya, où es-tu ?

Dois-je appeler Larissa ?

Je vais appeler Larissa.

19 h 34

Le centre de notifications indique seize appels en absence et vingt-cinq nouveaux messages. À chaque notification, l'écran s'allume, ce qui nous permet de voir que la batterie, à présent dotée d'un trait rouge, clignote frénétiquement. Le commandant fait glisser un formulaire vers Kolya et lui donne un stylo.

« Puisque tu es capable de trouver tous ces dollars pour ta mère, tu dois bien pouvoir nous verser un petit quelque chose.

– Il me faut six mois pour faire ce chiffre !

– Je te demande juste de rendre service à notre république. Beaucoup d'autres l'ont fait avant toi.

– Je n'ai jamais vendu si peu qu'en ce moment. Vous l'avez bien vu par vous-même, à la boutique : depuis février de l'année dernière, on est dans la panade. Plus personne n'a besoin d'un frigo, ni d'un robot de cuisine, ni d'un extenseur WiFi. Les gens veulent de l'eau et de la nourriture. Nous avons dépensé presque toutes nos économies. Cette somme d'argent, pour ma mère, c'était notre dernier gros retrait. Elle, elle n'a pratiquement rien à part une petite pension et son potager – ils ont toujours cultivé un lopin de terre, dans la famille. Comment est-ce que je vais pouvoir faire vivre ma femme et mes enfants si je vous reverse toute notre épargne ?

– Écoute, Nikolaï Aleksandrevitch : si tout le monde se met à dire : "Désolé, je ne peux rien faire pour aider", ça n'est pas près d'avancer. Et comment on va financer notre nouvelle république, alors ? En volant les gens ?

– Je ne vois pas trop la différence.

– Est-ce qu'on a débarqué chez toi en armes, peut-être ? Non. Nous sommes tranquillement ici en train de conclure un accord.

– Monsieur le commandant, il faut que j'en discute avec ma femme. Je peux ? »

Le commandant soupire et regarde le papier posé entre Kolya et lui. Il s'enfouit le visage dans les mains, puis soupire à nouveau. Très fort. Ça nous fait râler, Nikolaï, moi et les cerfs. Tu parles d'un cinéma ! Qu'est-ce qu'il a derrière la tête ? Le commandant se lève et ouvre un tiroir plein de chargeurs de téléphone.

« C'est quoi, ton appareil ?

– Un iPhone, avec le nouveau câble USB.

– Ah. »

Le commandant sort plusieurs caissettes du tiroir et remue vaguement ses gros doigts entre les fils de connexion.

« Qu'est-ce qu'ils vont faire dans cette église, à ton avis ? demande-t-il sans regarder Kolya. Se mettre devant la fresque et prier pour que Poutine brûle en enfer ? Ça n'est plus sacré, alors, la religion ? Quelle bande de crétins. »

Il finit par trouver un câble de charge blanc.

« Oh, le bazar que c'est, à chaque fois ! »

Il part à la recherche d'une prise de courant. Nous le suivons des yeux à travers la pièce.

« Évidemment, tout est planqué derrière les meubles ! Ça, on peut dire qu'ils ont bien pensé leur agencement, les... comment ça s'appelle... les *office managers*. Et moi qui croyais qu'ils avaient fait des études pour ça, pour ne pas mettre des armoires et des bureaux devant les prises. Bon, va falloir recharger ton téléphone ailleurs si tu veux joindre ta femme.

– Ah bon ? Où ça ?

– Pfff... Dans un autre bâtiment, mais c'est loin. Ah, ce casse-tête ! Je vais devoir appeler quelqu'un, qui va devoir appeler quelqu'un d'autre... Enfin, tu me comprends. Il est quelle heure ? »

Kolya lève les yeux vers l'horloge au-dessus des portraits.

« Pas loin de huit heures.

– Aïe, grimace le commandant. Je ne suis pas sûr qu'il y ait encore quelqu'un dans les bureaux, en fait. »

Kolya ferme les paupières et écoute le brouhaha qui vient du couloir. Des hommes vont et viennent, s'interpellent, rient. Le commandant retourne s'asseoir au bureau et pose le chargeur blanc sur le formulaire.

« Je ne sais plus très bien ce que je peux faire pour toi. C'est dommage que tu ne signes pas. Tu pourrais rentrer à la maison, comme ça. Et moi aussi. Je suppose que toi non plus, tu n'as pas encore mangé ?

– Non.

– C'est juste pour dire.

– Mon cousin Igor.

– Hein ?

– Quand il a signé.

– Oui ?

– Enfin, je veux dire, après. Une fois qu'il a signé.

– Hmm, oui, oui... Continue, camarade.

– Eh bien, vous êtes quand même revenus.

– Tu peux préciser ?

– Après la première enveloppe. Cinq mille. Lui, c'était juste un peintre, pas un homme d'affaires comme moi, monsieur le commandant.

– Si tu veux une réponse, faudrait peut-être que tu poses une question.

– Et si vous revenez, vous autres ?

– Ça y est, encore "vous autres"... Tu vois, c'est parce que je connais Vova et que lui-même est un copain d'Igor, mais je n'avais jamais entendu parler de ce garçon avant. La République populaire, ça fait un paquet de gens, on n'est pas tous amis intimes. En plus, nos effectifs n'arrêtent pas d'augmenter.

– Mais si vous revenez ?

– Quand ça ?

– Quand j'aurai dit oui. Aujourd'hui. Plus tard. Je ne sais pas. Quand j'aurai signé.

– Aucune idée, Kolya. Je ne peux pas lire l'avenir. Tu me prends pour qui, Madame Soleil ?

– Je veux appeler ma femme. Prévenez donc votre bonhomme, là.

– Ça ne va pas lui plaire.

– Ma femme non plus, ça ne va pas lui plaire si je signe sans son accord. »

Le téléphone de Kolya vibre très fort sur la table, une seule fois. Nous fixons l'appareil. Le commandant se lève et presse la touche au bas de l'écran, qui s'éteint pour de bon.

« Très bien, grommelle-t-il. Tu es sûr, Nikolaï Aleksandrevitch ? »

Kolya confirme d'un signe de tête. Il se lève. Je voudrais aller près de lui, mais Nikolaï et les cerfs m'en empêchent. J'ai beau tenter de me frayer un chemin entre eux, ils me repoussent jusqu'à ma chaise. Le commandant escorte Kolya vers la sortie et, une fois dans le couloir, jette un dernier coup d'œil à l'intérieur du bureau. Il ne nous voit pas, il ne voit même pas les flèches d'or incandescentes. Il referme la porte.

« Je suis désolé, mon enfant », chuchote Nikolaï avant de me serrer contre lui.

Un instant plus tard, les cerfs ont disparu.

La porte donnant sur la pièce où Kolya s'est réfugié, tout en haut du palais des Soviets, se déverrouille d'un clic. Je pose la main sur la poignée et lance un regard à Nikolaï. Anxieuse à cause des mots prononcés par ma mère quand on l'a retrouvé, à cause de son corps sanguinolent sous la douche, j'entre quand même dans le vaste bureau. Kolya, assis sur une chaise, me tourne le dos. La toile de lin est dépliée sur ses genoux. De l'index, il suit les lignes brodées sur le tissu. Les portes-fenêtres sont grandes ouvertes. Sur le balcon, une table est dressée : pain et *salo*, rondelles de concombre, œufs garnis, rouleaux de saumon fumé, quartiers de tomates, cornichons, bouteille de vodka givrée.

« C'est ta grand-mère qui l'a brodé elle-même, le dernier bout de ma ligne de temps ?

– Oui.

– Est-ce qu'elle ressort vraiment cette toile de son placard chaque fois qu'il s'est passé quelque chose ? On peut dire que Baba Mari – Dieu ait son âme – lui a refilé un travail plutôt morbide... »

Une petite brise remue les voilages en douceur. La pièce de lin se soulève légèrement, puis retombe sur les genoux de Kolya. Il tourne la tête vers moi, les yeux baissés sur mes chaussures, avant de croiser brièvement mon regard. Sa tempe est encroûtée de sang brunâtre. Il a l'œil bouffi, la joue enflée. Il crache par terre. Encore du sang. Un morceau de dent. Et finit par se détourner.

« Ce genre de situation n'avait rien de nouveau. Ça s'était déjà produit après l'éclatement de l'Union soviétique. Toi, tu devais avoir deux ou trois ans, Lisa. Il y a eu l'Abkhazie, l'Ossétie du Sud, la Tchétchénie... Mais chez nous, au printemps 2014, on ne se sentait pas dans le même cas. On pensait que notre territoire allait seulement connaître quelques turbulences, on se disait : ça va gueuler un moment, tout le monde va donner son avis sur la politique, la souveraineté, le changement, et puis les choses vont revenir à la normale. Les premières semaines, Maïdan n'avait rien à voir avec les horreurs que certains avaient subies pendant les guerres officieuses des années quatre-vingt-dix. Jusqu'à ce que les habitants de la Crimée commencent à se faire intimider, menacer, jusqu'à ce qu'on les force à choisir entre plier bagage ou accepter un nouveau pays. Ou être battus à mort. »

Il pousse un petit rire amer, comme s'il se moquait de lui-même, de son sens de la nuance, de la mort peut-être.

Je m'approche de lui pour poser ma main sur son épaule. Avant que j'y parvienne, il lève le bras pour m'arrêter :

« Pas tout de suite. »

Son poignet, contorsionné d'une façon bizarre, est plein d'hématomes. Ils lui ont laissé sa chevalière, elle brille à la lumière du jour. Je feins de ne pas voir les coulures de sang sur l'or.

« Allez, Kolya. Je ne vais pas m'évanouir. »

Durant un moment, personne ne bouge. Je reste immobile, Kolya est assis sur sa chaise, Nikolaï se tient entre les montants de la porte. Le vent s'engouffre dans la pièce, faisant frémir la toile de lin.

« Bon, d'accord. Allez, on passe à table, c'est toujours ce qu'il y a de mieux. »

Kolya replie calmement le rectangle de tissu et, après s'être levé tant bien que mal, le dépose sur sa chaise. Puis, traînant la jambe droite, il se dirige vers le balcon. Il est pratiquement sorti lorsque son pied reste coincé derrière la barre de seuil. On dirait d'abord qu'il ne s'en rend pas compte, mais il finit tout de même par regarder au sol, tourne le torse vers la gauche et fait un petit saut sur sa jambe valide, dans l'espoir de passer l'obstacle. J'ai tout à coup le souvenir d'une anecdote que m'ont racontée mes parents : deux ans avant ma naissance, ils avaient rendu visite à la tante Nadia, hospitalisée à Lougansk. C'était l'été. La famille les avait d'abord emmenés admirer tous les sites remarquables de la ville, tous les monuments célébrant les victoires et les héros, toutes les statues de Lénine, toutes les places, toutes les fontaines, et le cinéma où Nikolaï avait vu le film de propagande sur le palais des Soviets... Ensuite, ils étaient allés à l'hôpital en tramway. Devant l'entrée, au centre d'un rond-point gazonné, une femme attendait sur un banc, la jambe dans le plâtre. Elle regardait les gens descendre du tram avec des bouquets de fleurs et des choses à manger. Elle les suivait des yeux jusqu'à ce qu'ils disparaissent derrière les grandes portes vitrées. À l'intérieur, ma mère et mon père avaient embrassé tante Nadia, s'étaient entretenus brièvement avec elle, lui avaient donné une carte de vœux et des gaufres hollandaises, avant de repartir au bout d'une demi-heure. En remontant dans le tramway, ma mère avait remarqué que la femme n'était plus là. Sur le banc, il ne restait que son plâtre. Mes parents se sont toujours demandé où avait bien pu passer cette femme, comment elle avait pu se volatiliser sans disparaître totalement.

Je rejoins Kolya, passe son bras autour de mon cou et donne un petit coup d'épaule jusqu'à ce qu'il ait les deux pieds sur le balcon. Puis je m'accoude à la balustrade, près de lui, pour contempler le boulevard des Soviets, toujours désert.

« Je ne peux pas traverser maintenant et me transformer en cerf. La terre est trop instable pour l'instant. Je ne peux pas veiller sur elle comme nos ancêtres l'ont voulu. »

Il m'attrape l'avant-bras et le serre fort.

« Mais ça n'a peut-être jamais été autrement, dans l'entre-deux. »

Il me lâche le bras et se tourne vers moi, avec précaution. Le côté de son visage que je ne pouvais pas distinguer jusque-là n'est que croûtes de sang et cavités noires. Sa paupière droite, tuméfiée, lui masque entièrement l'œil. L'arcade sourcilière a éclaté, fendue par une entaille qui descend depuis le haut du front. Son œil gauche est injecté de sang. L'empreinte bleuâtre d'une chaussure de sport lui rainure le cou. Sa tempe droite est profondément cabossée : s'il s'allongeait sur le côté, on pourrait y déposer une balle de golf.

« Notre petit bout de pays est sur une ligne de faille et nous nous enfonçons toujours plus dans le sol. Cette putain de terre noire nous empêche de bouger, d'avancer, de reculer, et même de faire un pas de côté. On ne lui accorde rien, à ce bout de pays. »

Il se tourne vers Nikolaï, qui est maintenant au centre de la pièce, tenant le tissu entre ses mains et scrutant les fils noirs et rouges des lignes de temps. Alors qu'il écarte un peu les bras pour avoir une meilleure vue d'ensemble, la toile est soulevée par un souffle de vent. Nous nous figeons tous les trois, stupéfaits. Elle semble portée en l'air par des doigts invisibles, elle flotte au ras du plafond, passe devant le portrait de Staline et de sa mère dans les montagnes, redescend un peu et se fait aspirer à l'extérieur, sur le balcon.

« Non ! »

Je saute pour rattraper le rectangle de lin. Kolya fait plus ou moins la même chose en prenant appui sur sa jambe gauche. Nikolaï se précipite dehors, à nouveau métamorphosé en cerf blanc. Il paraît plus grand que la dernière fois. Lorsque la toile s'envole par-dessus la balustrade, il souffle et s'élance dans les airs. Par réflexe, je saisis l'une de ses pattes arrière et fais un bond pour le suivre. Je suis comme happée vers le haut. Kolya s'agrippe à ma cheville. Nikolaï essaie de mordre dans le tissu, qui s'éloigne encore un peu. Raté. Mais après une sorte d'acrobatie aérienne, il réussit à accrocher l'étoffe avec ses bois. Kolya et moi tournons les yeux vers le rectangle de toile qui flotte comme un étendard au-dessus de nous, puis vers les trois cents mètres de vide sous nos pieds.

À LA FRONTIÈRE ENTRE LA RÉPUBLIQUE POPULAIRE DE LOUGANSK ET L'UKRAINE

Août 2018

L'atterrissage est extrêmement brutal. Lorsque j'ouvre les yeux, mes joues brûlent et ma peau me donne la sensation d'être en feutre. Dans ma main crispée, je tiens la toile de Baba Mari. À côté de moi sont couchés deux cerfs blancs aux bois et aux sabots en or. Ils ont une flèche d'or plantée dans le dos. Quand ils bougent la tête, ils étincellent au soleil. Ce n'est que maintenant que je remarque les tournesols qui poussent entre les épis de blé. Je me tourne sur le flanc, à la recherche du soldat ukrainien de tout à l'heure, mais il a disparu. Plus loin, entre les tiges des fleurs et les céréales, j'aperçois l'homme à la chemise hawaïenne. Accroupi en bordure de champ, il agite la main pour m'envoyer un salut qui se transforme aussitôt en signe STOP.

« Comment tu t'es retrouvée ici ? Tu vis encore, sérieusement ? »

Je suis tentée de lui parler du grand restaurant derrière le hall d'accueil du palais, mais je ravale mon histoire. Il va me prendre pour une folle. Je pivote sur le dos, prête à me remettre debout, quand l'Hawaïen crie :

« Non ! Pas ça ! C'est un champ de mines ! Reste allongée, je vais chercher de l'aide ! »

Appuyée sur les coudes, je m'incline tout doucement en arrière, jusqu'à toucher à nouveau la terre noire. Les cerfs se penchent vers moi, ils posent un instant leur museau sur mon ventre. Je chantonne :

Ô mon humble pays, cœur du Donbass ! Chère demeure de mes parents ! Le Donbass a tout ce qu'il me faut : des rivières, des steppes et un peuple industrieux. Les oiseaux chantent pour moi dans le ciel radieux et le soleil couchant rougit en mon honneur.

Les cerfs se relèvent, s'éloignent à travers champs. Je tourne la tête et les suis du regard. Leurs silhouettes s'effacent sur la ligne mince entre le ciel bleu vif et le jaune des blés.

CARTE DE L'UKRAINE ET DU DONBASS

Au 1er août 2018

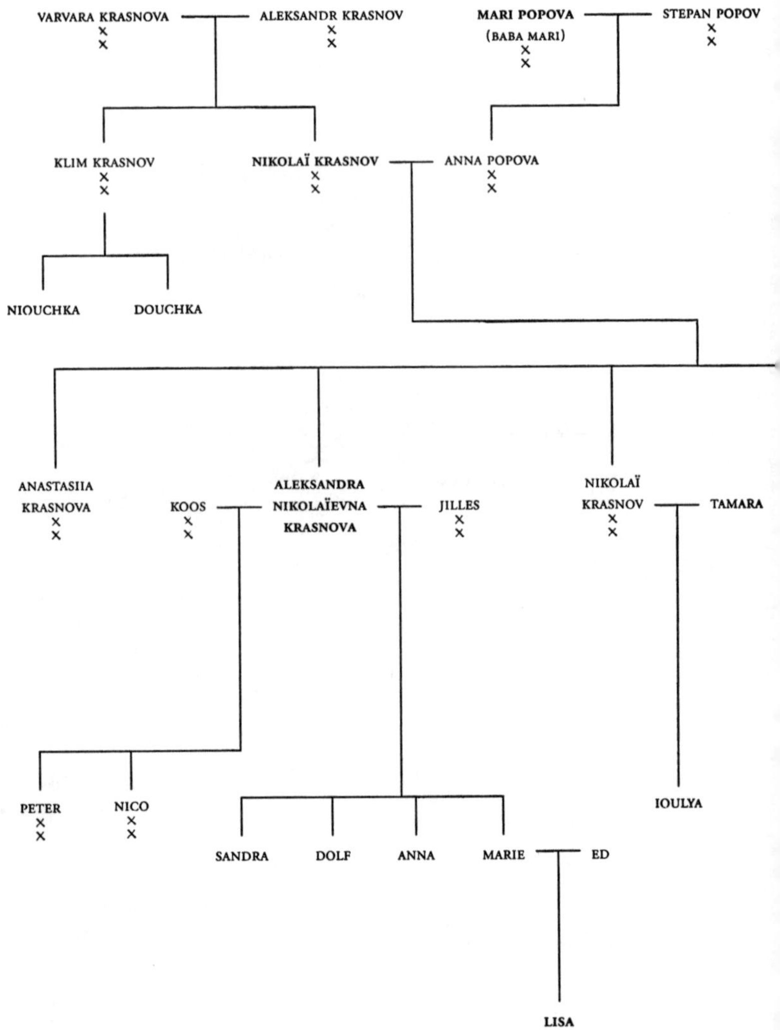
VARVARA KRASNOVA
ALEKSANDR KRASNOV
MARI POPOVA
(BABA MARI)
STEPAN POPOV
KLIM KRASNOV
NIKOLAÏ KRASNOV
ANNA POPOVA
NIOUCHKA
DOUCHKA
ANASTASIIA KRASNOVA
KOOS
ALEKSANDRA NIKOLAÏEVNA KRASNOVA
JILLES
NIKOLAÏ KRASNOV
TAMARA
PETER
NICO
SANDRA
DOLF
ANNA
MARIE
ED
IOULYA
LISA

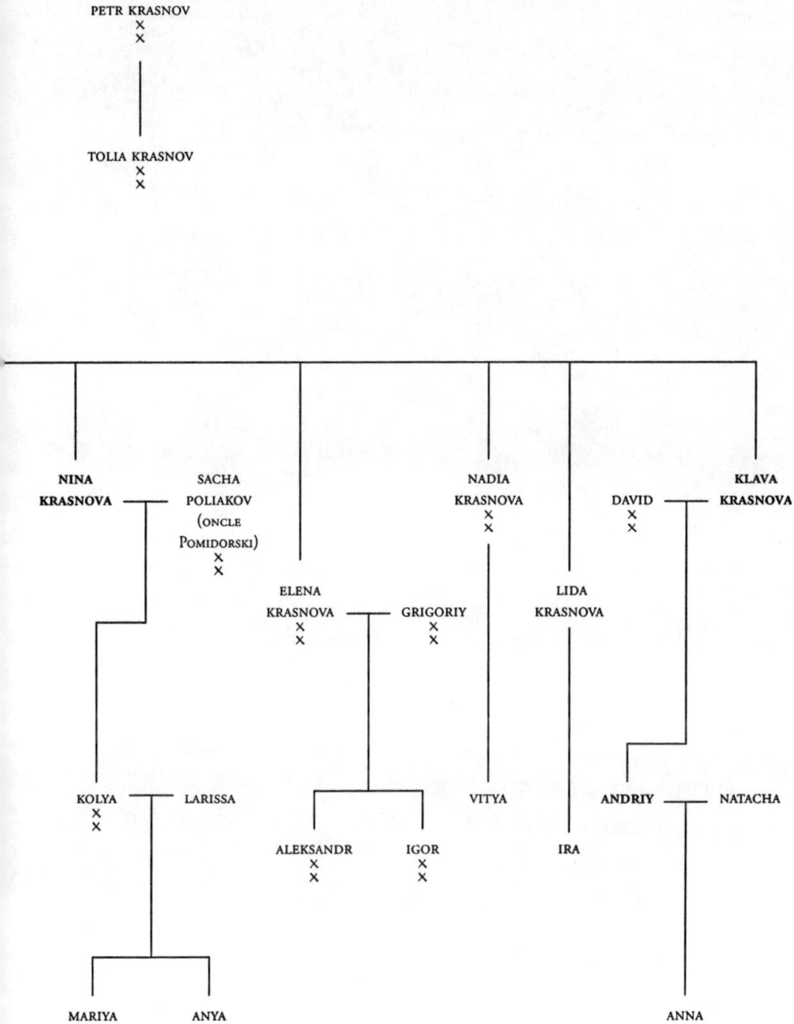
PETR KRASNOV
TOLIA KRASNOV
NINA KRASNOVA
SACHA POLIAKOV (ONCLE POMIDORSKI)
NADIA KRASNOVA
DAVID
KLAVA KRASNOVA
ELENA KRASNOVA
GRIGORIY
LIDA KRASNOVA
KOLYA
LARISSA
VITYA
ANDRIY
NATACHA
ALEKSANDR
IGOR
IRA
MARIYA
ANYA
ANNA

CATALOGUE

Anuk Arudpragasam
Un passage vers le Nord
Traduit de l'anglais (Sri Lanka) par Dominique Vitalyos
2023

Christian Astolfi
De notre monde emporté
2022

Hanna Bervoets
Les choses que nous avons vues
Traduit du néerlandais par Noëlle Michel
2022

L'expérience Helena
Traduit du néerlandais par Anne-Laure Vignaux
2023

Anna Hope
Le Rocher blanc
Traduit de l'anglais par Élodie Leplat
2022

Alice Kaplan
Maison Atlas
Traduit de l'anglais (États-Unis) par Patrick Hersant
2022

Semezdin Mehmedinović
Le matin où j'aurais dû mourir
Traduit du bosnien par Chloé Billon
2022

Noëlle Michel
Demain les ombres
2023

Touhfat Mouhtare
Le Feu du Milieu
2022

Sara Mychkine
De minuit à minuit
2023

Maude Nepveu-Villeneuve
Après Céleste
2023

Aslak Nore
Le Cimetière de la mer
Traduit du norvégien par Loup-Maëlle Besançon
2023

Boris Pétric
Château Pékin
2022

Stine Pilgaard
Le pays des phrases courtes
Traduit du danois par Catherine Renaud
2022

Juan Tallón
Chef-d'œuvre
Traduit de l'espagnol (Espagne) par Anne Plantagenet
2023

Pour en savoir plus sur nos publications
et suivre notre actualité,
vous pouvez consulter notre site Internet
www.lebruitdumonde.com

Ouvrage réalisé par Cursives à Paris

Imprimé en France par CPI
en janvier 2023

N° d'édition : M20640/01 – N° d'impression : 3051901